明將軍傳奇
偷天弓
時未寒——著

目錄

名人推薦

時未寒的《明將軍》系列，共同構建了一個以京城為中心的天下，它北至塞外，南至海南，西至吐蕃，成為朝廷和江湖的角力場。時未寒文氣縱橫，其小說的武功較量別具一格，自成一派，有「陽剛技擊」的美譽，在「新武俠」的諸多作品中獨樹一幟。

——《武俠小說史話》作者　林遙

破浪竊魂偷天換日碎絕頂，時光荏苒江湖再見二十年，山河永寂的那一刻，是一代讀者的記憶，時未寒加油！

——知名網紅　劍光俠影

時未寒把經典武俠小說向未來推進了一大步。

少年的成長、浪子的情懷、俠客的熱血和將軍的野望是構成《明將軍傳奇》小說的基礎。

——知名網紅 Christopher Zhang

偷天煉鑄，換日凝鋒。碎空淬火，破浪驚夢。登絕頂而觀山河，卻道那一場無涯的生。

——知名網紅 華山一風

為什麼一個女生也這麼喜歡時未寒？我的回答是：我喜歡他作品裡猶如春日繁花那樣漫山遍野四季搖曳的美麗句子。

——知名網紅 沈愛君

文如其人，時未寒這個圍棋高手，以下棋的精巧構思編織故事，時而大氣磅礴時而溫婉細膩，還設有很多局，所以要小心他書中美麗的圈套，溫柔的陷阱……

——知名網紅 禾禾

「綜藝」武俠開新面——時未寒武俠小說序

師大教授 林保淳

在中國近代武俠小說發展的過程中，金庸與古龍可以說是兩座高不可攀的巍峨大山，橫絕在其發展的中路上，「後金古時期」的作者，如果未能克服障礙、超越其巔峰，勢都無法窺見其後一馬平川的坦途。因此，如何絞心盡力、整備藝能，以求超金邁古，就成為後起諸秀最大的考驗了。

武俠經過了大半個世紀的拓展，盛極而衰，雖是日薄崦嵫，而餘光普照，夕色之美，仍是不可勝收，卻也正是「後金古時期」的諸子，力揮魯陽之戈所呈顯的多姿多采的景象。於是，我們可以看到，無論台灣、香港，或是中國大陸，都有不少對武俠難以忘情的新銳作家，各逞其巧思妙手，從各個不同角度出發，為打造一個新的武俠世紀而盡心戮力。在這些作家當中，我對台灣的奇儒、蘇小歡、張草、孫

曉，及香港的黃易、鄭丰都有所論列，也頗關注於喬靖夫，皆不無可圈可點，令人耳目一新的表現。但總體來說，時移世易，在中國大陸改革開放之後，由於人口上的絕對優勢，以通俗為主導方向的武俠小說之發展重心，無疑已轉向由大陸肩負起重新開疆闢土的重責大任，繁星點點，熠耀生光，雖未能有如金庸古龍之高懸日月，亦可為武俠天空綻現如希臘神話般的瑰麗色彩。

時未寒脫穎而出

大陸在改革開放後的武俠小說發展，韓雲波以「新武俠」名之，展現出大陸在禁絕武俠題材又重新予以重視後的強烈企圖，而其真正具有「開新」意義的轉捩點，無疑當以二〇〇一年武漢《今古傳奇．武俠版》的創刊為嚆矢，其間新秀輩出，滄月、步非烟、慕容無言、楊虛白、李亮、方白羽、盛顏、趙晨光、扶蘭、碎石等，皆頗有可觀，彬彬之盛，實不亞於前此的港台作家，尤其是王晴川、鳳歌、時未寒、小椴，號稱「四傑」，更是備受矚目。

時未寒（一九七三—），本名王帆，初期泛寫各類不同題材，二〇〇二年十一月始以時未寒為筆名，於《今古傳奇》發表《碎空刀》，遂開始專力於武俠創作，歷年來已有三百多萬字的創作量，而其中二百多萬字的《明將軍》系列：《偷天》、《換日》、《絕頂》、《山河》四正傳；《碎空刀》、《破浪錐》、《竊魂影》三外傳，可謂是嘔心瀝血之作，廣獲各方好評。

大陸「新武俠」興起較晚，基本上是奠築於前此舊派武俠及港台新武俠的基礎上發展起來的，平心而論，雖仍難以企及金庸、古龍的巔峰，但相較於其他多數的舊武俠作家，都已有長足的進步，蓋前此作家機杼已然略盡，後起新秀自不可能重蹈舊轍，而無寸進；反而能在其此的基礎上開新創發，這是文學史發展的慣例，也代表著武俠小說吐絲成繭之後，在繭蛹中默釀其新生命的階段，既有其或顯或隱的承襲，也蘊涵著未來破繭成蝶的新姿——儘管我們還很難斷定其會翩然化為何色何樣的蝴蝶。

葉洪生在論列台灣武俠小說流派時，將其心目中僅次於金庸、古龍的台灣名家司馬翎，歸為「綜藝俠情派」，所謂的「綜藝」，正如電視上的「綜藝節目」一般，有歌有唱、有演奏、有短劇，將所有能一搏觀眾眼球的各項表演，盡情納入一個節目當中，而其間固是應有盡有，卻也有其自家節目的特色，司馬翎的小說，正復如此，在博取各家之長後，又別有開新的特色，故亦能成其一家之言。時未寒的小說，據我看來，正如同司馬翎一般，是妙於綜合，而又能夠從中化生出一己特色的新銳作家。

明將軍氣象萬千

在「新武俠」之前，金庸、古龍深入人心，恐怕沒有任何一位後起諸秀能擺脫其籠罩，時未寒儘管極力想突破金古的枷鎖，還是未能掙脫其束縛，這是無可避免的，《明將軍》系列中的「一個將軍，半個總管，三個掌門，四個公子，天花乍現，八方名動」，雖說人物眾多，又各有特色，但基本還是金庸在《射鵰》中的「東西南北中」的格局；而「英雄塚」的英雄碑，雖具巧思，也還是古龍百曉生「兵器譜」的故轍。扼要來說，時未寒在金古之間，於金庸取其宏大的格局及架構，參之以古龍的離奇變化，而以複雜的人物定位關係推動整個系列小說的進展；在武功摹寫上，不取古龍的乾淨俐落、迎風一刀，既欲從哲理上論武學境界的高低，又不忍放棄詳盡的互鬥描寫；文字的運用，又從舊派擷取泉源，委屈詳盡，對摹寫景物曲盡其雅致之能事，可謂是冶金庸、古龍、舊派，乃至溫瑞安於一爐，算是道道地地的「綜藝」了。

當然，此一「綜藝」，也包含了時未寒冶傳統文化於武俠小說之爐的企圖，琴、棋、書、畫、機關、法醫之學，莫不刻意藉書中的不同人物展現出來，雜學之豐富，更是其所長之一。但時未寒卻絕非簡單鋪排，如《換日》中的那場慘烈的「人棋」之戰，摹寫得驚心動魄，儘管也曾有人寫過，但卻絕無如此毛骨聳然的效果，其中的悲壯、勇烈，幾乎令人窒息，這正是時未寒萬鈞的筆力。

不過，《明將軍》系列最足稱道的，還是整系列小說迴環聯結、變而有體的結構。在此，時未寒刻意隱伏的人物「定位」，起了莫大的功效。所謂「定位」，指的是人物之間的關係，有明有暗，不到最後關頭，無法呈現，而一旦呈現，卻又順理成章，有條不紊。

《明將軍》系列的故事，人物非常龐雜，但從源流說起，則可上溯至千年前的唐朝武周時期，這點顯然是有取於金庸《天龍八部》中的慕容世家。所不同的在於，當初欲扶持武周後代的五大家族水、花、景、物及御泠堂，觀念不合，故幾百年爭論不休，這又與金庸《雪山飛狐》中李自成的四大護衛有異曲同工之妙。明宗越是四大家族經數百年隱忍後終於培植出來有力可爭奪天下的「少主」，武功高強、智計優勝，且功業偉然，為手握權柄的大將軍。然此時朝廷乃屬異姓，又有泰親王、太子兩幫勢力與之抗衡，明爭暗鬥。三方勢力，各自培養親信，江湖諸大門派、勢力，皆各有依附，且各有隱間，局勢相當詭譎。

後現代綜合各家

故事是從明宗越征伐西北開始，由於欲建功業，故殺戮慘烈，激起冬歸劍客許漠洋的反抗。冬歸城陷，許漠洋得巧拙和尚之助，脫出重圍，帶引出「暗器王」林青，欲以「偷天弓」制服明宗越，但不幸落敗。許漠洋隱居鄉野，以打鐵為生，收一養子許驚弦，其實正是當初巧拙和尚之所以救助許漠洋的原因，許驚弦無疑就是「換日箭」，弓箭合一，足以「換日偷天」，改變氣運，冥冥之中，就是足以克服明宗越的一股力量。少年許驚弦成長的過程，屢有機遇，而逐漸與相關的江湖人士取得飽含恩怨情仇的聯繫與接觸，作者處處作了奇巧而又不失情理的安排，波瀾起伏，可謂密合無間。

朝廷與江湖，在《明將軍》系列中是綰合為一的，故江湖恩怨、朝廷政爭、中外糾葛，聯成一氣，使此系列格局龐大、劇力萬鈞。明宗越、林青、許驚弦及御泠堂的宮滌塵無疑是其中最重要的角色，雖有複雜的恩怨關係，卻無明顯的所謂正邪的區分，林青的傲岸正直、許驚弦聰慧調皮，固是典型正派角色；而明宗越的坦朗氣度、宮滌塵的深謀遠慮，亦是自具特色，這足見時未寒在人物角色設計上的深沉功力。

《明將軍》系列也可視為「後現代」觀念凸出的一部武俠，後現代的特色，就是打破一切截然區畫的觀念，讓眾聲在喧嘩之際，各持己見，而自待定奪，故每個角色都自有其一段未必足以為外人道的心路歷程，是非善惡，實難一言而定，而其委曲的重重心思，則化作各種不同的智慧、謀略展現出來，這是時未寒最能引人矚目的特點。但除了前述我所提到的諸家影響外，我卻也從其「綜藝」的成效中，窺見其與司馬翎的共同特點。

司馬翎武俠的特色之一，在於他對整部小說的人物，無論或重或輕，都不會有所輕忽，能從人物自身的角度思量其應有的行動，智力與武力，交替而用，故呈顯出一個既鬥智而又鬥力的江湖爭鬥模式，而欲如此經營，則勢不得不針對多數的角色作內心思慮的詳盡刻劃，故推理、鬥智，層出不窮而詭譎多變，卻又縝密緊湊，條理分明。時未寒雖自謂其實對司馬翎所知不多，但天下文章的輾轉變化，往往是萬變難出其宗的，英雄所見，很難不有雷同；更何況，相信時未寒對取法於司馬翎甚多的黃易相當稔熟，故其蹊徑相同，也就不足為奇了。

看他廿年磨一劍

事實上，《明將軍》系列中的每一角色，都是饒具智慧的，只是在智計上有高下疏密之別，絕非只是但憑武功決勝的一勇之夫，這與朝廷上的勾心鬥角倒是相得而益彰，而如此也引帶出一個充滿智性的武俠世界，這與司馬翎特別強調「智慧」及借雜學凸顯智慧的構思，也是相當類似的，足以讓讀者費心去思量其智計角鬥的成與敗。至於人物的設計，具有一代梟雄氣度的明宗越，與《劍海鷹揚》中的嚴無畏相類，於驍勁之外，具有堂堂宗師的風範，與林青惺惺相惜，欲進窺「武道」，也暗合於司馬翎對「武道」的探索；至於女扮男裝的宮滌塵，在朝野各方智計的角量中，縱橫捭闔、步步為營，又與司馬翎小說中刻意凸顯女性，如《劍海鷹揚》中的端木芙、《金浮圖》中的紀香瓊，也是難分軒輊，而各有所長的。

許驚弦的設計，應是時未寒企圖別開生面的塑造與過去武俠小說那種英俊瀟灑、允文允武的主角不同的構想，刻意強調其面貌之醜。平心而論，如此的設計，功效並不顯著，但明顯受到古龍《絕代雙驕》中江小魚、金庸《鹿鼎記》中韋小寶的影響，是可以確定的，聰穎慧黠、機靈巧變，自是不在話下，例如許驚弦設計逃脫出「追捕王」監管的計略，渾然如江小魚與韋小寶的綜合體。但是，細究之下，卻又饒有司馬翎在《纖手馭龍》中裴淳的影子。裴淳在《纖手馭龍》中是武俠小說中少見的忠厚懇直的俠客，無論「南奸」商公直是如何的機詐多變，各種機關算盡的智謀，在裴淳身上都起不了任何作用；而「日哭鬼」與許驚弦的鬥智，結果也和商公直一樣，最終受到了許驚弦善念的感化，作家思致，有時竟是雷同若此，或許是

「集體潛意識」的默化吧？

我對大陸「新武俠」涉獵不多，時未寒的《明將軍》系列的第一部也是二〇〇二年就出爐了，時隔十數年，其《山河》一書竟尚未完成，這使我在「後睹亦快」中，略有惋惜，但也頗為慶幸還是有緣得見。武俠夕色雖闌，時猶未寒，但願借此一序，能如金雞一啼，喚起猶在混沌朦朧中徬徨的時未寒，能及早跨過漫漫長夜，於晨曦之中，重綻光芒。是為序。

於庚子歲說劍齋

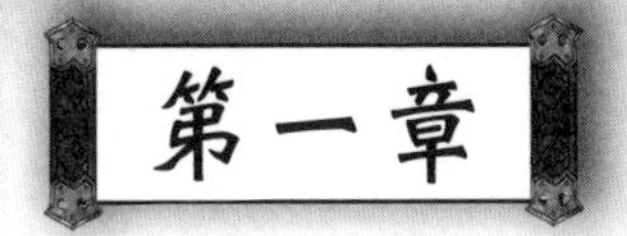

第一章

一眼慈悲

明將軍的目光同時迎上了老道的目光，
耳邊聽到了十餘年來除了當今天子外第一個直呼自己名字的聲音，
沒有先，也沒有後，沒有絲毫的差遲，
就好像是老道的聲音忽然喚出了一個明將軍般，
一切的一切就是在這種毫無差遲的玄奧與微妙中發生了……

夕陽鑲出西天一抹絳紅，漫天匝地的斜陽將冉冉漸翳的金光塗染在蒼綠疊翠的青山上，似是披起了一衣紅衾。

一道瀑流由峰頂傾濺而下，峻崖峭壁間突石若劍，令水瀑分跌而墜，擊撞處隆然有聲，氣勢迫人。遠觀懸泉激湧，怒濤噴瀉，如長臥雄山間的白虹，近看雲騰霧漫，飛花碎玉，似萬斛晶珠織就的簾帷。

山腰處是闊達數丈方圓的平地。瀑布落至山腰窪地處聚水成潭，潭底有伏流泄水，常年不滿不涸，倒映著滿山鬱蔭，澄碧如鏡，沙漬漱波，與轟雷噴雪般的垂瀑形成了動和靜之間極致的對比。

潭邊有一方大石，卻架著一圍泥爐。嫋嫋爐煙被輕風吹成一道軟弧，與垂於潭岸邊的樹枝勾手；濃濃茶香若有若無地傳來，飄溢於水汽淡霧間。

一個老道人盤膝於石旁，一柄拂塵橫放於膝上。他鬚髮皆白，怕已有七八十歲，青衫飄揚，白髯迎風，垂目打坐，不發一語，似是渾不為世事所動。

微風撼樹，似欲將夕照下滿樹的流紅溢芳曳落於光潤起伏的水面，雋秀奇峰，巍峨青山，襯以涓汩水響，漱玉清流，宛若仙境。

此山名為伏藏，位於塞北之外冬歸城西二十餘里。

那冬歸城原是一小集鎮，人口不過數百。然而此地卻是得天獨厚，依山傍水，加上地處中原與外疆的接壤地帶，塞外遊牧的各民族每每到了嚴冬臘寒之際便來此地進行休養與交易，冬歸之名亦由此而來。

久而久之，此處漸成規模，後有志之士引水為渠，築土為牆，終修建起這塞外大城。而冬歸城亦成為歷代兵家的必爭之地。

現任冬歸城主卓孚豪爽不羈、胸懷大志，不依常法破格起用優秀人才，加上冬歸城本就是各族人口往來頻繁，大宗交易不斷，國力日漸盛隆，已發展為塞外近疆的第一大城。而這一切卻也深為中原漢室所忌。

兩年前朝廷終於藉口冬歸城未能及時上納貢品，派出大將軍明宗越引兵來征，幾年戰禍下來，冬歸城已是元氣大傷。幸好冬歸城主卓孚平時愛民如子，將士各各用命，百姓亦拚死抗擊外侵，加上身為冬歸城守號稱冬歸第一劍客的許漠洋領兵有方，更借了冬歸城的堅固城防，才勉強支撐到現在。然而久攻不下冬歸城，中原漢室大傷尊嚴，也是不斷派兵增援，城破已是遲早之事。

伏藏山乃是冬歸城外一明淨之地，幾百年來常有修道練氣之士於此閉關清修，久而久之，更增靈氣。

此時正是早春三月，斜陽欲沉、牧童晚歸之時。夕照映射下，但見明媚遠山中，天空純淨的不染一塵，花香瀰漫，雀鳥啼唱，蜿蜒而去的河溪邊上奇花異樹夾溪傲立。雖是值此塞外苦寒之地，又在兵亂彌禍之時，卻也是有一番江南水鄉似的勝景。

只看這明山秀水翠林晴空，便若如一個不理世事自得其樂的世外桃源，誰又能想起二十餘里外的如荼戰事？

寧謐山谷中，變故頃刻而生，一陣急促的蹄音踏碎了伏藏山的幽靜。

一匹快騎從冬歸城奔著伏藏山疾馳而來，晚歸的林鳥紛紛驚飛而起。那馬兒渾身是血，口噴粗氣，馬上乘客半身伏於鞍上，面目根本看不清楚，唯見掌中持著一柄明晃晃的長劍，劍身亦是被血水染紅。

剛剛到了山腳下，那馬忽然前蹄一軟，將馬背上仗劍的騎士掀落在地。

那騎士用一個靈巧的側撲化去撞向地面的慣力，直起身來時卻是觸發了腰腹的傷，一個趔趄，手中的長劍支地才勉強撐住身體。看看倒在地上的愛馬已是口吐白沫，命在旦夕，不由心神一散，長長歎了一口氣，仰天躺在地上，就似虛脫般再也不想起身了。

他就像是才從血水中泡出來的，已然分不清身上的斑斑血跡哪些是自己的哪些是敵人的。適才長達三個時辰的激戰不但讓他失去了親人、朋友，還有他的國家，幸好他還保持著堅強不屈的鬥志，才憑藉著過人的體能和酣戰中激發出的武功拚死殺出了重圍，暫且擺脫了追兵，逃到了伏藏山下。然而他的體力已完全透支，心底念著他拚死要來見的那人，卻不知自己還能不能在失去生命之前趕到山頂。

他身上大大小小共有十餘處傷，最觸目驚心的無疑是額頭那一道劍傷，已經結疤的傷口就像一道暗紅色的符咒。如果江湖上人稱「炙雷劍」齊追城的那一劍再深半寸，必是頭破額裂，只怕他現已是一具冰冷的屍體了。

然而這還不是他最重的傷，最重的傷是脅間被「穿金掌」季全山掃中的那一掌，在亂軍群戰中他不可能避開所有的襲擊，只能用身體去捱殺傷力最小的兵刃，是以為了躲開幾枝重兵器的襲擊，他幾乎是用身體去撞向季全山那全力施出的一掌。幸好，這能穿金開石的一掌還不能穿過他那比金石還堅硬的身體。

可這些都不是最致命的傷，最致命的是仍插在小腹上的那一記毒鏢。他甚至不敢拔鏢，只恐一拔之下毒素牽動心脈會立時斃命，已完全麻木的傷口根本感覺不到疼痛，流出的全是散發著腥臭的、紫黑色的血。

鏢傷並不重，可怖的是那鏢上的毒力。因為發鏢者有一個江湖上人人聞之心驚膽寒的名字——毒來無恙。

他強撐著望向來路，遠方的冬歸城已成一片火海，映得天空都泛起了如血般的殷紅。「許漠洋，你不能這樣倒下，你的愛妻幼子都命喪敵手，一定要報仇啊！」

此人正是冬歸城中第一劍客許漠洋，只見他身材高瘦修長，卻絲毫不給人孱弱的感覺，雖已是渾身浴血，一雙眼睛卻依然如晨星般明亮，胸腹更是挺得筆直。或是用力握住長劍的原因，肩背間肌肉隆起，更顯得整個人像是蘊藏著一種不甘沉浮的意志與隨時可爆發的力量。他喃喃念著自己的名字，強壓喪妻失子之痛，努力振作精神，深吸幾口氣，盤膝調息一陣，奮力站起身來，跌跌撞撞地、卻亦是堅定不移地向山頂行去。

那是一個美麗的幽谷，迂迴的山路愈行愈險，兩邊山峰壁直，危岩高聳，卻又是樹蔭盈峰，更有一些不知名的花草點綴著，清幽寧靜。拂過的山風在空谷中猶若鐵馬嘶叫，溪流隨著樹林的間隙時現時隱，水聲潺潺而來，如仙如幻，似詭似奇。

山道越行越高，古樸的石階青苔叢生。沿著山路的來勢看，似是無窮無盡不見端頭，然而踏上石階的最後一級，前方驀然便是一方山腰間的平地，卻也不顯突兀，巧奪天工般就似更有一峰的奇幻。

首先映入眼目的是一汪清潭，一方大石，大石邊正坐著那個老道人。瀑聲驀然加巨，隆隆灌入耳中，更襯得老道的面容莊重肅穆，寶相端嚴。

「大師！」許漠洋來到老道面前，一跤拜倒在地，眼中憤火狂燒，嘶聲叫道：「冬歸城已於三個時辰前被明將軍大兵攻破，卓城主當場戰死，城主夫人懸樑自縊，卓公子帶領十八親隨投降，卻被懸頭於城門，此時明將軍的人馬正在屠城，過不多時恐怕就來此處了……」許漠洋雖對冬歸城被破早有心理準備，但此刻想到敵人斬盡殺絕的狠毒與痛失戰友的悲壯，以他素來的堅韌沉毅也幾乎忍不住要奪眶而出的淚水，直欲失聲大哭。

那道人卻對許漠洋的嘶聲吼叫渾若不聞，仍是像什麼事情也沒有發生一般垂目打坐。

山腳下隱隱又傳來戰馬的嘶叫聲，許漠洋急得大叫：「大師，明將軍追兵已至，請教弟子應該何去何從……」他之所以強拚著一口氣不泄來到了伏藏山，只為了當初與老道長立下了城破之時於此地相見之約，可如今殺出重圍來到此地，卻仍是不明老道是何用意。

那老道依然閉目如故，只似是若有若無地輕歎了一聲，手中拂塵輕動，往身邊一個蒲團上輕輕一拂。

蒲團撞到許漠洋身上，許漠洋但覺一股暖洋洋的勁力傳來，身心忽覺得平和起來，很是受用。他暗歎了一口氣，在此大兵伺伏之時，重傷在身、體力幾近油盡燈枯的他已沒有退路，亦根本不抱突圍之念。看著老道的慈眉善目，心頭逐漸安定，索性盤膝坐上蒲團，拋開雜念專心運功，唯求追兵趕來時再多殺幾個敵人。起初尚是百念叢生，漸終覺清風拂體，胸懷緩舒，再聽得水聲潺潺，鳥鳴啾啾，終進入物我兩忘的境界，渾然忘卻了剛才的浴血拚殺。

也不知過了多少時候，山道上傳來數人的腳步聲，當先一人狂笑起來：「姓許的命還挺長，還是等我親自送你上路吧，哈哈哈。」

許漠洋睜開眼睛，發話那人面相瘦硬如鐵，容貌凶惡，聲音鏗鏘如金石亂擊，正是一劍劃中自己面門的「炙雷劍」齊追城。舊傷新仇重又湧上，戰志充注心頭，明知此時的狀態不宜再動手，仍忍不住要躍起身來出手殺敵。

老道仍未睜眼，卻彷彿預知了許漠洋的心情，拂塵輕輕搭上了他的肩膀。

一個冷冷的聲音從齊追城的身後傳來：「齊兄你也太厚道了，對一個死人也說這麼多話，先殺了再說。」

「穿金掌」季全山雙目深陷，鼻鉤如鷹，乃是突厥近數十年來的第一高手，為人嗜殺，每每將活人用掌生生擊斃練功，塞外人談起飛鷹堡的堡主「穿金掌」季全山，無不噤若寒蟬。

一群士兵手執長矛盾牌，依次上得山來，團團圍在許漠洋與那老道四周。只看這群士兵所站的方位各守要點，就知道平日均是訓練有素。這正是明將軍帳下親兵博虎團。

一個手提禪杖的胖大和尚笑嘻嘻地站立在一邊：「阿彌陀佛，貧僧千難，剛才未能與許施主過招，如今特來給冬歸城第一劍客超渡。」

這個千難乃是少林叛徒，雖是一臉嘻笑，卻是無惡不作，更令人不恥的是喜歡姦淫幼女，是為佛門人之大忌。偏偏此人又武功極高，數次令圍剿他的武林中人無功而返，最後少林派出法監院院主風隨大師追殺千難，千難聞得風聲，知道難以匹敵，於是便投入當朝權臣明將軍府下，卻仍不知收斂，反因有了靠山而更是肆無忌憚。

許漠洋緩緩抬起頭來，卻沒有向這三人多看一眼，他的眼睛只盯住了一個人，那是一個看起來很文弱，就似是一個書生模樣的人。他總是垂著頭看自己的手，一副像是很靦腆、很害羞的樣子。

書生的那雙手晶瑩如雪，就若大家閨秀的纖纖玉手般柔軟而修長。可是許漠洋卻清楚地知道，這雙漂亮得帶著邪氣的手是武林中最可怕的一雙手，這雙手上發的不僅僅是疾若閃電的暗器，還有殺人不見血傷人於無形的毒。

這個人，就是被江湖上稱為「將軍的毒」，位列明將軍府中三大名士之三的——毒來無恙。

「想不到在塞外也有這般風景絕佳的去處！」毒來無恙抬頭瀏目四周，驚歎一聲。漠然的目光掃過許漠洋，最後帶著十二分的認真落在老道身上，默然半晌，似是若有所思，終輕輕開口：「不知這位大師怎麼稱呼？」他的語音細聲細氣彬彬有禮，如果只聽他的聲音，絕不會令人想到此人就是名動江湖、令人聞之色變的「將軍之毒」。

那個老道仍是不發一言，甚至連眼睛也不曾睜開，就那樣宛若平常地打坐，好像周圍的一切全然與他無關。然而毒來無恙卻忽然感覺到，原來齊追城、季全山和千難頭陀一上山就準備博殺許漠洋的殺氣竟已在不知不覺間被老道穩如磐石的氣度所震懾住，瓦解殆盡！

此人是誰？竟然能在無形中將三大高手氣勢消盡，而且不露一絲痕跡！

毒來無恙心下暗驚，卻仍毫不動容，依然心平氣和地發話：「請問大師，這個許漠洋帶領冬歸城人傷了我們許多兄弟，我可以帶他走嗎？」

許漠洋怒哼一聲：「冬歸勇士只是為了保衛自己的家庭妻子，哪似明將軍這般暴虐成性，屠城殘殺無辜。何況你們傷我許多族人，這筆帳又怎麼算？」

「住嘴，明將軍替天行道，爾等蠻夷之徒不知天命，負隅頑抗，罪無可赦，該死的都是咎由自取……」

許漠洋斷喝道：「冬歸城一向與世無爭，只因為朝廷所忌，便平白惹來這場大禍。虧你還有臉說是替天行道，真是不知羞恥。」

「許兄死到臨頭還如此嘴硬麼？」毒來無恙哈哈大笑數聲，面容突又一冷：

「將軍一向愛材，許兄若肯磕足十個響頭，發誓投靠將軍效力，我或能為你說兩句好話。」

「呸！」許漠洋臉色鐵青，持劍在手：「許漠洋就算技不如人，卻也知道什麼叫視死如歸。有本事抓我就來動手吧，只不過最多也只能帶走我的寧死不屈的屍身。」

那個老道仍是不開口亦不睜眼，臉上卻似傳來一絲若有若無悲天憫人的神態，令人見之心中起敬。

毒來無恙不為所動，朝著老道輕輕一笑：「許漠洋乃明將軍親自點名要抓的人，大師若是要執意維護此人，在下毒來無恙身挾軍令，又為明將軍府中客卿首座，說不得也只好得罪大師了。」

那老道置若罔聞，連眼皮也未曾動一下。

見那老道聽到了自己的名頭仍是不動聲色，毒來無恙心中大怒，若不是見其一副莫測高深的樣子，早已是暗器與毒手齊發：「大師不理不睬，可是有把握敵得住將軍的四大高手嗎？」

毒來無恙說到此處忽然心中微微一驚，像這般自問自答已然在氣勢上弱了幾分，這是他出道以來，對敵時從未有過的現象。

要知毒來無恙一身奇毒，其鬼神莫測的暗器功夫亦已直追「暗器王」林青，再加上其防不勝防的一身毒功，對手往往連他什麼形貌也未看清楚就中了暗器與絕毒，何曾有人能如這老道般從容面對他這樣的敵手。可偏偏那老道看似一動不動，全身上下卻是無半分破綻，枉自毒來無恙手中扣了滿把的暗器，卻仍是不敢輕易出手。

毒來無恙心神電轉，想遍武林中此種形貌的出家人，卻仍是對這老道的來路猜不出半分頭緒，心煩意躁下正要出手一試，卻又驚覺如此心浮氣亂已是犯了武學大忌；再悟到此時自己未出手已然心中驚疑不定陣腳稍亂，對方若在此時驀然發難只怕自己難以躲開，一念至此不由倒退開一步。

齊追城、季全山和千難頭陀武功見識均不及毒來無恙，一上山頂來站定四周圍住許漠洋和那老道，伺機出手，不料心中卻莫名地平和無爭，一點也提不出動手的欲望。此時見毒來無恙莫名其妙退了一步，心中亦都是一驚，也不由跟著退開一步。

周圍的士兵忽然騷動起來，讓出一條通道，許漠洋的目光本來一直盯在毒來無恙的臉上，見其先是驚容乍現然後退開一步，忽又泛起喜色眼望著山道來處，似是有什麼人上得山來，也不禁抬眼往山道上看去。

伏藏山結構甚為奇特，若是依上山石階的去勢看，無論如何也猜想不到此處山腰間有如此開闊的一片平地，便如將綿延的山勢硬生生地兀然隔斷，山腰與山道的石階處互難相望。山腰望去似是斷崖殘壁，根本不見山道上的情形；亦只有從山道上踏完最後一級台階後才能猛然看到山腰間的清潭飛瀑，讓人有豁然開朗的感覺。

從許漠洋目前的角度望去，只見到來人有若從斷崖邊緩緩升起。先見到的是一頭散披著的烏黑頭髮，髮質奇特，在夕陽下熠熠生光，彷彿那不是頭髮而是一卷繡著金邊的綢緞；隨即再看到一副十分寬闊的額頭，大開大闔氣勢十足，膚色更是黃中透紅，紅中有白，白中又似有一種晶瑩的光彩；最後看到一對光華隱現神采大異常人的雙眸，心中驀然一震，已知道了來人是誰了。

與此同時，那老道的眼睛毫無預兆地猛然睜開，也未見他口唇有何動作，在場眾人卻都分明在耳邊聽到一句純正平實卻又震得耳膜嗡嗡作響的聲音——「明宗越！」

就像與老道那聲音相呼應般，明將軍正剛剛踏上可以看到那個道人的最後一級石階。他的目光也同時迎上了老道的目光，耳邊聽到了十餘年來除了當今天子外第一個直呼自己名字的聲音，他的「看見」和「聽到」都是在同一時刻發生著，沒有先，也沒有後，沒有絲毫的差遲，就好像是老道的聲音忽然喚出了一個明將軍般，一切的一切就是在這種毫無差遲的玄奧與微妙中發生了……

忽然聽到這個眾人從不敢叫出口的名字，士兵們紛紛大喝，一時竟然蓋過了瀑布激揚的水聲，但那老道的聲音仍在山谷中迴盪著，厚重沉實，凝而不散，仿似敲擊著每個人的心臟。

老道仍是保持著坐姿，巍然不動，目光瞬也不瞬地緊緊盯著明將軍。

許漠洋亦是狠狠盯著這個害得自己國破家亡的明將軍，但見他身形十分雄偉，一身純青戰袍上沒有一絲褶皺，肩寬膊厚，腰細腿長，行動間氣勢天成，神態間卻又是閒適自得，給人一種好似遠在天邊卻又分明近在眼前的威脅感。

明將軍的目光與老道對視片刻，看似漫不經心地掃向許漠洋。許漠洋直感到一種猶若實質般的針刺，忍不住要移開目光，但他含著一腔怒火，絕不肯在對視中認輸，仍是死死盯住對方，卻又覺得目光已被對方吸住，想移開也力有未逮。

老道拂塵輕輕掃過，隔斷了許漠洋與將軍對視的目光，淡淡道：「恭喜宗越賢侄，你已練成了化魂大法，以目殺人雖然是邪氣，卻也少了血光之禍。」

明將軍哈哈大笑，聲音仿似驕橫卻又讓人覺得很是柔和平淡：「化魂大法乃是本門的微學末技，巧拙師叔精研本門武學數十年，想來更是擅於此道了。」

除了明將軍與那老道，在場的眾人均是大吃了一驚。這才知道這個起初靜若老樹，一開口卻聲勢驚人的老道名號巧拙，竟然還是明將軍的師叔。明將軍在朝中的崛起猶若橫空出世，從無人知道他的來歷，此刻竟在塞外冬歸城郊的伏藏山上突然冒出一個師叔來，一時各人俱是心頭大震，滿腹疑惑。

許漠洋更是心驚不已，巧拙大師七年前來此冬歸城外伏藏山中隱居，不理諸事，卻是對自己青睞有加，更曾從側面指點過自己的武功，雖無師徒名份卻有師徒之實。

巧拙大師胸中包羅萬象，三教九流無所不涉，尤其對天文術理甚有心得，亦傳了許漠洋不少。但對自己的來歷卻從來諱莫如深，許漠洋直到今天才知道他竟然是朝中一人之下萬人之上的明將軍的師叔。

巧拙朝著明將軍微微一笑：「宗越你自小天份絕佳，見你此刻神態間的矛盾抵悟，化魂大法顧盼間隨意而出，流轉神功只怕亦練至氣滅之境，何必還非要去一睹《天命寶典》？」

巧拙這番話聽得眾人似懂非懂，明將軍卻是心中暗驚。他浸淫一生的武學名為流轉神功，其竅要便在「矛盾」二字上，而他前日方練成名曰「氣滅」的第七重流轉神功，此刻卻被巧拙一語道破，心中大是不忿。更何況，其言語間還提到了本門的另一項神功絕學：《天命寶典》。

巧拙續道：「人力終有窮盡之時，本門無數前輩苦思冥想專注一生也未必能練成一項神功，你還是專心流轉神功與你的仕途吧！不過就算你在朝中呼風喚雨，風光無限，流轉神功卻可能一輩子也不能上窺天道……」

聽著巧拙的冷嘲熱諷，明將軍不由暗怒。他七重流轉神功初成，正是意得志滿之際，本想親自上山來殺了許漠洋給眾將士立威，何曾想在此會碰上這個本門的對頭。江湖上講究尊師重禮，偏偏巧拙處處以長輩自居，令他這個大將軍也亦是不得不隱忍鋒芒。

明將軍臉上看不出半分喜怒：「本門二大絕學流轉神功與《天命寶典》問世數百年，卻從未有人練成九重的流轉神功，也從未有人能洞悉《天命寶典》的天機神算。我就想既然單修不果，何不將二者合而為一參詳，若能有所突破，也可讓本門神功得以流芳於世。」

巧拙毫不示弱：「掌門師兄早看出你非修心養性之士，這才將你逐出門牆，就是怕強橫的武技助你四處征殺外族……」

明將軍截斷巧拙的話：「我之所以離開師門另有隱情，師叔自是不明其中關鍵。」

巧拙凜然一笑：「師兄已駕鶴而去，便由你胡說吧。反正我昊空門中再也沒有你這樣的敗類，《天命寶典》亦絕不會落入你的手中。」

明將軍目光閃爍，仰天長笑起來：「也罷，你既然不認我是昊空門人，又何必處處以師叔自居？更何況大丈夫生於亂世，自當以助天道伐叛黨一統江山為己任，你精修《天命寶典》三十餘年，還看不出天下大勢自當分久必合麼？」

明將軍的聲音七分威嚴三分平和，雖是強詞奪理，卻也自有一股教人聞之頷首的氣度。

巧拙本非擅長舌辯之士，加之對此時的形勢早有了決斷，當下冷哼一聲，沉默不語。

許漠洋站起身來對著將軍戟指大喝：「就算大師把《天命寶典》交於你手，你懂得天命之數又有何用，最多不過給自己的為非作惡加上一個替天行道的幌子。」

明將軍的眼神冷然掠過許漠洋：「《天命寶典》最擅算人之氣運，許漠洋你不妨讓巧拙幫你算算你還有幾個時辰的命。」

巧拙聽到明將軍直呼己名，知道他已決意不認自己這個師叔，淡然一笑：「貧道早已算準許大俠今日是有驚無險。」

明將軍眼中精光暴長：「看來你是真不顧我們的約定了。」

巧拙正襟危坐：「九年前掌門師兄忽然暴斃，你獨自闖入靈堂，妄想盜得《天命寶典》，我武功雖不及你，卻也依然用九曜陣法困住了你……」

「我只是去拜祭師父，你卻非要說我欲盜《天命寶典》！」明將軍朗然喝住巧拙的話頭，略一沉吟，似是不屑於過多解釋般聳聳肩頭：「再說《天命寶典》中的武學無非是一些惑人的小伎倆。你雖能借九曜陣法困我一時，武功卻遠不及我。那時我們約定只要你終身不用武功，我便不再為難你……」

巧拙傲然一笑：「我用了九年時間來破解你的流轉神功，若不是有了把握，我怎麼會輕易毀諾。」

明將軍的瞳孔驟然收縮起來：「你有把握敵得過我？」心中卻想自己果是沒有料錯，看來《天命寶典》遠非一般的易學術理那麼簡單，怕是真有神奇的武學記載。

巧拙洞悉天機般輕輕一笑：「宗越賢侄你大可放心，十年前你就被尊為天下第一高手，此刻已練成七重火候的流轉神功，才真算是名符其實。僅以武功而論，天下難有敵手。」

聽到巧拙亦對自己的武功如此推崇，明將軍也不禁有些意外。流轉神功越煉越難，明將軍天份極高，用了十二年的時間煉到了五重流轉神功，到第六重卻花了六年，第七重更是用了九年時間才於日前有小成，而巧拙竟然對此一眼看破，明將軍亦不由佩服其眼力的高明，更是認定《天命寶典》中尚有自己不知的奇功異術。心中思索，隨口問道：「那你憑什麼說可以破我的流轉神功？」

巧拙輕歎：「不是我破，自有人破。」

明將軍眼中精光一閃：「誰？」

巧拙仰首望天：「你可知道四月初七是什麼日子嗎？」

聽到巧拙的答非所問，明將軍也不禁一呆。這個師叔從來都是看起來瘋瘋癲癲，卻又時常有明慧之舉，精研易理之極品《天命寶典》後更是每一句皆蘊有玄意。當下掐指細算：「還有二十二天就是四月初七，清明剛過，那會是什麼日子？」

巧拙似笑非笑，卻是一字一句，聲震曠野，便若是有一口大鐘在每個人的耳邊敲擊，令人聞之驚心：「宗越你生於六月十八寅時卯刻。井渫不食，水火相息，潛龍勿用，陽氣深藏；而四月初七剛中而應，柔得中濟，龍威於天，渡遠而行。這一天便是你這一生中最為不利的時刻。」眾人面面相覷，巧拙前面的話不明所以，但最後一句卻是誰都聽明白了。

「住口。」毒來無恙忍不住大喝一聲，有明將軍在旁，他再無顧忌，就想要出手。

明將軍卻抬手止住了毒來無恙，肅容盯住巧拙：「你的意思是再過二十二天我便會有難麼？」

「只可惜你防無可防！」巧拙成竹在胸般微微一笑，語氣間卻有種無比的堅定：「六年前四月初七的那一天，一切便已命中註定。」

巧拙的話如同濤天巨浪，震憾著在場每一個人。誰也不知六年前的四月初七發生了什麼事，但聽巧拙說得如此肯定，一點不似虛言恫嚇，一種玄妙之極的感覺悄然瀰漫於諸人的心底。

明將軍沉思、大笑：「既然避無可避，知之亦無益？你亦不必多言試圖亂我心智，命由天定，你還是多考慮一下今日你能否脫出這一劫。」

巧拙輕聲道：「今日要脫劫的人不是我。」

明將軍銳目如針般快速掃了一眼許漠洋，重又落回巧拙的臉上，沉吟道：「此人武功、心智均屬平平，你卻為了他不惜毀諾與我一戰，到底是何故？」

「其中玄機誰又說得清呢？」巧拙輕輕一歎，出言驚人：「若以百招為限，你可敢與我為此人賭一局麼？」

明將軍略做思忖，爽然大笑：「那要看賭的是勝負還是生死？」

巧拙再歎，眼視遠山，語氣蕭索：「你若到了貧道這把年紀，便知道勝負與生死之間原是沒有什麼區別的。」

明將軍長吸一口氣，揮手讓手下散開包圍，退開半步：「我敬你是長輩，給你時間留下遺言吧。」

巧拙微微一笑，低下頭深深地注視著手中的拂塵，那柄拂塵在他的注視下突然塵絲根根直立而起，像有了什麼靈性般搭住了許漠洋的手，將許漠洋拉到了巧拙身旁。

許漠洋此時身上已中毒來無恙的絕毒，身處重兵環圍之下，更有明將軍手下數位高手虎視眈眈，幾已入必死之局。

但他屬於天生豪勇不畏生死之人，適才聽著將軍和巧拙的對答，品味著這兩大高手隱含機鋒的言辭，不由自主地略有些迷失，早是全然忘了自己身處的危機。忽聽二人提及自己，巧拙更是為了自己寧可公然挑戰天下第一高手明將軍，心頭又是感激又是不解，此刻巧拙大師忽然將他拉到身前，只覺得一股澎湃的勁力從拂塵上滾湧而來，知道事有蹊蹺，不敢運功相抗，抬頭望來，卻見巧拙大師的目光正炯炯地盯向自己，眼瞳就像一泓深不見底的清水，或陰或陽，或柔或剛，或開或閉，或馳或張。

許漠洋根本料想不到這一眼會看出天翻地覆的變化。

巧拙大師的拂塵柄搭在許漠洋掌中虎口，塵絲分刺在五指上，幾股強勁而怪異的內力透少商、商陽、少沖、少澤、關沖、中沖六穴而入，循著手太陰肺經、手陽明大腸經、手太陽小腸經、手少陽三焦經、手厥陰包經與手少陰心經逆行而上，經合谷、太淵、列缺、神門、陽溪、曲池、少海、肩隅等諸穴，分集於迎香、聽宮、絲空竹，終彙聚於眉心，沿任脈下行至氣海丹田，再倒沖督脈，最後直灌入靈台百會中……

「轟」，許漠洋只覺得腦中一聲炸響，一剎那間神志全然不清。只覺得巧拙的雙眼中就像有一種神秘的力量，讓他身不由己地陷入一種荒誕的想像中，千百種怪異不明的景象在腦海中疾速劃過……

他是一個嬰孩，被狠心的父母棄於荒野之中，一頭餓狼在身邊逡巡，正待撲來噬之，一老者驀然躍出，將餓狼一掌擊斃……

昏黃油燈下，那個老者咳嗽不止，掙扎著坐起來輕撫他的頭，像是預知了義父不久於世，他止不住放聲大哭「爹」……

一個女子幽怨地看著他，他知道她明天將遠嫁他方，而他亦知道她愛的人是自己……

他心喪若死，他一步步地踏入一座雄奇的大山，然後走進一間道觀，在一個滿頭白髮的老道身虔誠地跪下……

青燈玉案前，他是一個頭上紮著道髻的年輕道士，正在苦讀著一本扉頁泛黃的書冊，書冊上書四個篆字——《天命寶典》……

一個鶴髮童顏的道人靜靜看著他，他知道那是已染絕症病危在床的掌門師兄忘念大師。「宗越這孩子身世迷離，悟性奇高，日後必成為江湖上翻雲覆雨的一代梟雄，是福是禍已非我等所能臆度。他雖已非我門下，但斷不能容其依仗著本門武功為禍天下……」

他與明將軍對峙著，在花園迷離的道路中穿巡著，他苦戰無功，心神俱疲，對明將軍一字一句地說：「只要你即刻退出昊空門，不損列祖列師的一草一木，我答應你從此不再動武……」

他已在伏藏山中。仰首望向天邊的明月，再低首伏案潑墨如風。筆墨縱橫中，畫下了一把樣式奇特的弓，就像天邊懸在東天的弦月；畫布上方正中的題案上是兩個大字——偷天……

許漠洋忽然清醒過來，他又回到了現實中，眾敵虎視中。

他看著面前的巧拙，巧拙似乎一下子老了數十歲，皺紋爬滿了眼角，眼中卻是一副一去不回以身抗魔大慈大悲的壯烈。

雖只是一眼，只是一剎那的光景，在許漠洋的心中，就好像已是一生一世。

明將軍見巧拙神情如舊，許漠洋卻是一臉激湧之色，雖然不明所以，卻已明顯覺察到有什麼地方不對頭。但他自恃身懷絕世武功，也不怕巧拙變出什麼花樣，料想眾兵伺圍下對方插翅難逃，只是暗提神功，以防對方突起發難。

巧拙含笑望著許漠洋，面容慈愛：「你明白了嗎？」

「弟子明白了。」許漠洋止不住淚流滿面，他突然就知道了，那是巧拙大師用至高無上的天命神功將一生的閱歷、經驗、明悟、智慧強行灌入自己的腦海中，在他方才情緒洶湧、思憶起伏、如夢如真的時候，巧拙便是他，他也就是巧拙！

許漠洋不知道巧拙為什麼這樣做，他只知道面前這個老人以他浸淫一生的精純修為，用一種匪夷所思的方法解開了他生命中此刻的劫難，未來的路就全靠他自己了。他一時心中激蕩，難以自已，倒頭下拜：「大師請受小子一禮。」

巧拙微笑著任由許漠洋恭恭敬敬地磕了一個頭，然後將自己從不離身的拂塵輕輕放在許漠洋手上，大有深意地看看拂塵，再看看許漠洋：「此拂塵雖是無名之物，卻是我特地而製，得天地之氣，窮機玄之抒，塵柄來於崑崙山千年桐木，塵絲採於天池火鱗蠶絲，你好自用之……」

許漠洋應聲接過拂柄，入手處溫潤若玉，似乎尚帶著巧拙的體溫，一種難言的親切感傳來，彷彿亦有種神秘的物質通過這柄拂塵傳承著什麼天機。正待低頭細細察看，明將軍及其手下眾人也忍不住好奇地遠遠觀望著那柄看似平淡無奇的拂塵。

就在此時敵我心神略分的空隙，巧拙深深吸了一口氣，猝不及防地大喝一聲，一把捉住許漠洋的手。吐氣、開聲、抬腕、發力，在眾人的驚叫與詫呼聲中，許漠洋就像一支脫弦之箭般被巧拙大師高高拋於空中。

這一拋已是用盡巧拙幾十年精修的內力，將許漠洋足足拋開了有二十餘丈，像一隻大鳥一樣從瀑布前劃過，朝著山腳飄去，許漠洋耳邊猶聽著巧拙最後傳音的叮囑：「往東北方走，去笑望山莊找兵甲傳人……」

變故忽現，就連明將軍也不及制止。值此山頂絕地，看似巧拙與許漠洋二人均是插翅難飛，誰又能想到貌似枯瘦的巧拙神功是如此驚人，竟可憑一拋之力將許漠洋送出重圍。

在眾士兵的驚呼聲中，毒來無恙等幾人下意識地搶前就要對巧拙出手，卻再次被明將軍舉手制止。

靜默許久後，明將軍鼓掌大笑：「先以百招之約穩住我，再驀然出手救人。機變百出，似拙勝巧，實不愧做了我九年的對手。只可惜他逃得一時，終也必落入我的掌握中。」他面容一整：「師叔既然決意與我一戰，不妨便來試試流轉神功與《天命寶典》哪一個才是本門至尊。」

明將軍果非尋常，雖然受挫卻毫無氣餒，反而更為尊敬對手，甚至重新稱巧拙為師叔。

從頭到尾，巧拙甚至沒有站起過身，一直保持著盤膝的坐姿，此刻似是一拋之後用盡了全力，頭軟軟地垂在胸前，再也沒有了動靜。

明將軍亦不急於出手，轉眼看向毒來無恙：「許漠洋就交於毒君，務必生擒之，我要知道剛才到底發生了什麼事。」

毒來無恙眼見將軍受挫於眾將士之前仍是面不改色，發號施令井然有序，一副大宗師的泱泱氣度，心中佩服，躬身一揖：「將軍放心，屬下必不辱命！」當下毒來無恙也不叫同夥，孤身一人朝著許漠洋的方向掠去。

明將軍轉臉面對巧拙，臉色由紅轉白再由白轉青，數度變化。

巧拙一舉奏功，眾兵將自知失職，心頭忐忑，俱都鴉然無聲。加之從未見過明將軍出手，此時可親眼見將軍神威，不由大是興奮，遠遠圍定四周觀望。

巧拙大師卻仍是全無動靜，眾人大奇，莫非巧拙面對天下第一高手也能從容若此，而不用集氣待戰嗎？

靜。良久。遠方傳來隆隆的雷聲。山雨欲來。

明將軍臉色突然再變，深吸一口氣後，漸漸回覆平常的神色，仰首望著天邊漸近的一片烏雲，輕輕一歎，下令道：「回城！沒有我的命令，三天內不許有人再踏上此山。」

諸人心頭疑惑，明將軍打算就這樣放過巧拙嗎？但看著明將軍凝重的神情，卻是誰也不敢多問一聲。

明將軍轉身剛剛踏上下山的石階，一聲狂雷震耳欲聾，暴雨終於傾盆而至。

季全山壯著膽子輕輕問道：「將軍，怎麼處置這個道人？……」

明將軍臉上閃過一絲苦笑：「師叔已悟道了。」

「咔嚓」，一道閃電由半空中擊下，正正打中巧拙的身體。在眾人的驚呼聲中，巧拙大師的身體就在剎那間灰飛煙滅。

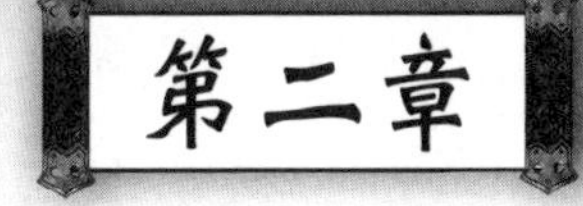

二字天書

一時小店裡滿布的劍氣掌風、季全山齊追城的長笑、
楊霜兒的驚呼、許漠洋的嘶吼全都低沉了下來，
只有那一聲彷彿來自千古遙遠的某個角落、
帶著深深淒傷的一聲歎息迴盪在小店的每個角落……

明將軍帶軍下了伏藏山，一路上不發一言，眾人眼見巧拙為天雷所擊，化得一點蹤跡也沒有，心中都是有些隱隱的惶惑，偷眼看到明將軍凝重的神色，更是大氣也不敢出。

剛剛到了山腳下，明將軍轉頭望向季全山與齊追城：「巧拙九年來處心積慮，其所圖決不可輕視，許漠洋此子經巧拙神功點化，只怕已非常理所能度之，我恐毒來無恙孤身去追會有失，請季堡主與齊大俠一併前去接應。」

季全山拱手領令，與齊追城一同去了。

千難眼望季、齊二人離去，正容道：「冬歸城已破，塞外誰敢不服膺將軍神兵，許漠洋武功並不足慮，最多熟悉塞外環境而已，我軍攻城三年，方才大獲全勝，正值用人之際，此時讓季、齊二人離開，是否……」

明將軍輕輕一歎：「九年了，沒有人比我更知道巧拙師叔堅毅的心志，若非有重大圖謀，他怎會這般蹊蹺的身神俱散，萬劫不復。」

千難回想剛才巧拙的神情態度與那詭異莫名的雷擊，心中也是暗凜。

明將軍又道：「我昊空門最講究心神交會，雖然我不明白巧拙是何用意，卻隱隱已覺出巧拙實已有了他一整套的計畫。《天命寶典》既為本門不世出的二大神功之一，實有通天徹地之能，決不能掉以輕心。加之冬歸餘孽不除，於塞外糾結餘黨，日後必成禍患，所以我還有一件重要的事情麻煩大師出馬。」

千難肅容躬身：「不知將軍對貧僧有何吩咐？」

明將軍從懷裡掏出一件物事，交給千難。

千難一眼看去，心中大震，脫口而出：「天女散花！」

那是一支樣式獨特的煙花，精巧細緻，內行人一眼即可認出那是京師流星堂精製的煙花，煙花本身並不出奇，只是上面刻著一個字——「八」。

字跡潦草卻是極有神韻，尤其是「八」字的最後一捺意興遄飛，豪態盡顯，就像是要從煙花外壁中脫空而出……

明將軍淡淡道：「機關王與牢獄王正在此地東北方五十里外的幽冥谷中查案，潑墨王與北雪在長白山糾纏五個月之久，現在也應該正往我處趕來，只要會齊了這三人，巧拙任何陰謀亦都不用放在心上了。我要你這便去幽冥谷負責接應。」

聽到這幾個威懾京師的名字，千難深深吸了一口氣，按捺下心中的震驚，一時再也說不出話來，只是雙手合什，將那支煙花鄭重放入懷中，領命而去。

許漠洋在荒野中狂奔時，心神尚被剛才巧拙給予他的種種如真如幻的景象緊緊攫住。

適才他從伏藏山頂飄然落下，入地輕巧，竟是毫髮無傷，而身上的舊傷似也好了大半，顯見巧拙大師的武功舉重若輕，已臻化境。可既便如此，他也自承敵不過明將軍，那麼明將軍的武功豈不更是驚世駭俗?!

許漠洋回頭望望伏藏山頂，明將軍的旌旗已然往山下退去。

他不知巧拙大師如今是凶是吉，這個老道雖然與自己非親非故，卻又好似比任何一個人都親近，剛才的一切發生得太過突然，直到此時方才有機會在心中細細品味……

暴雨淋漓，令他神智一清。當時產生在腦中的種種景象再次一幕幕地閃現眼前。在那短短的一剎，元神在恍然間飄忽遊走，數十年的記憶雜亂紛呈，渾不知身為何人。此時想來，那一刻自己分明就是巧拙的化身，這樣的經歷真是聞所未聞。

巧拙傳授過許漠洋不少術理神算。記得巧拙曾談及西藏活佛轉世重生的情形，與此時的境遇似有些大同小異，然而不同的是活佛轉世是原有的肉身已死，卻將一生的智慧、領悟與經驗傳於轉世靈童，才得以生命在某種意義上的延續與永生，而他目前體內的一切並無異樣，只是多了一種巧拙的記憶，與原有的本我交會而成，卻又並不衝突，他仍還是許漠洋，不過心念間卻又絕對多出了一種什麼東西。理性告訴自己一切或許只是幻覺，可是這樣的變化又實實在在地發生在自己身上，追想起來，百思難解。

許漠洋急速奔馳的身形驀然站定，愣了半晌，一滴虎淚終於奪眶而出，和著雨水順著臉頰流下。這一剎，他突就已知道巧拙已然離開塵世了。這明悟來得毫無道理卻又清清楚楚，就像有人在他心裡不容置疑地告訴了他，心間泛起了一種晶瑩通透的靈智——從此之後，他既是許漠洋，亦是巧拙大師。

他一點也不清楚巧拙大師為何要這樣做，就算當時明將軍眾兵虎視，拚死一搏也未必不能同時殺出重圍，巧拙為何要捨己而救他，而且是用這樣匪夷所思的方式？但他明白巧拙大師既然如此做必有深意，遙想那恍若洞悉天機的深深一眼，再望著手中緊緊握住的那柄拂塵，心中似隱有所覺，一動念間卻又是一團亂麻，找不出半點頭緒……

遠方隱隱又傳來人馬嘶叫聲，許漠洋知道，要想不辜負巧拙別有深意的犧牲與安排，自己首先就是要頑強地活下去。他輕歎了一口氣，從現在起，他要不顧一切地躲開將軍的追殺，而不再是去和敵人拚命。雖然他對巧拙大師的意圖一無所知，但心中卻彷彿隱隱有種念頭在提醒著自己，他已是巧拙對付一代梟雄明將軍的一枚重要的棋子，明將軍必然視己為其心腹大患，定會不惜一切代價抓住自己。

當下許漠洋朝著伏藏山的方向重重叩了三個響頭，辨清方向，展開身形，往東北方掠去。

塞外天氣多變，轉眼間暴雨已歇。伏藏山地勢廣闊，許漠洋重傷之餘，憑著堅強的毅力一口氣奔出三十餘里，眼見便出了山口，前面一片寬闊，竟全然是莽莽黃沙，原來已到了大沙漠的邊緣。

冬歸城地處塞外貧寒之地，往東北方去已是一片荒漠。許漠洋雖是自小生活在冬歸城，卻從未來過此地。

「東北方笑望山莊找兵甲傳人！」許漠洋想到巧拙大師臨別言語，忽然驚覺自己馳騁塞外這多年來，為何從未聽過笑望山莊之名？眼見已踏入了沙漠中，雖是隱有道路的痕跡，一眼望去卻盡是一片漫漫黃沙，彷彿連天空亦染上了這凡世的塵囂。

殘陽如血，噴吐著令人難以忍受的熱浪。在此沙漠深處，到處都是一片茫茫黃沙，如何去找那笑望山莊？一念至此，不禁略有沮喪。隨即反手重重打了自己一記，巧拙大師可說是為自己而死，就算是刀山火海亦要毫不猶豫地闖進去，何況不過是戈壁荒漠。當下振奮精神，強忍饑渴，頂著殘陽，往前行去。

走了數里，許漠洋再也支撐不住，停下身來大口喘息，身上的數處傷口都已迸裂，小腹那中了毒來無恙一毒鏢處癢麻難耐。他尚不知道，若不是巧拙大師傳功於他，將毒鏢的死氣化去大半，只怕他現在早已倒斃在地了。

一陣清風拂來，帶著一絲濕氣。他精神一振，但凡沙漠中有此清風，附近必有綠洲，極目望去，果然前方不遠處似有人煙。當下強自振作，認清方向，一步步朝前挪去。

走不多久，首先映入眼瞼的卻是一面小旗，原來那竟然是一家旅店。許漠洋大喜，心想不妨先休息一夜，順便打探一下笑望山莊的地址，明早恢復元氣後再趕路。料想追兵在此不辨東西的沙漠中也必不敢連夜追來。

行得近了，晚風撕扯起小旗，但見上書一個大字——「燒」！

許漠洋稍稍猶豫了一下，於此沙漠腹地之中，店名又是如此不俗，卻不知是何人所開。自己身挾重任，本該小心為上，當下將那柄拂塵反插在背上，手扶劍柄，踏入店中。

「請問這位大俠是要住店還是小憩？」那店主人聲音清朗，聽起來甚是年輕，看起來竟是一五十餘歲的老漢。他雖是一臉不合聲音的龍鍾老態，卻是滿面虬髯、顧盼沉雄。見許漢洋身帶長劍，便以大俠相稱。

許漢洋心想自己一身血污，那店主人卻只是目光略沉，面上卻是毫無異色，顯見亦是個江湖客。強自鎮定，裝做過路的樣子，奇道：「天已將晚，前後俱是黃沙一片，莫非還有人小憩嗎？當然是住店了。」

那店主人道：「大俠如是不忙著趕路，但便請放寬心，小老兒這就給你準備些酒食。」

許漢洋聽其談吐不俗，心想在此荒漠中開店的必是有些來歷的，當下試探著問道：「不知老人家怎麼稱呼，聽你口音並不像是本地人士……」

店主人淡淡道：「小姓杜，為了一個故人舊約，來此處已有六年了。」

許漢洋見其言詞閃爍，分明別有隱情，卻也不好再問：「不知杜老可熟悉這一帶的道路嗎？」

那杜老漢輕咳數聲，閉目想了想：「往前三十里便是幽冥谷，再往前行十餘里便是渡劫谷，不知大俠要往何處去？」

許漢洋心念幽冥谷與渡劫谷這兩個從未聽說的名字，脫口問道：「你可知如何去笑望山莊嗎？」

杜老漢微一錯愕，眼光瞟上許漠洋背後所負的那柄拂塵，隨即移開目光，口中卻是喃喃地答非所問：「看來還是要趕路的。」點起一盞油燈，轉身入了後房。

許漠洋坐於屋邊一角，看此小店雖是簡陋，卻也乾淨清爽，大異門外黃沙漫天的燥煩，剛才杜老漢盯向他背後拂塵的眼光明顯有異，雖是一閃即逝，卻沒有瞞過許漠洋的銳目。心知此店主當非尋常人士，不由暗暗戒備。

那店主先是打來一盆清水讓許漠洋洗去臉上的血污，不多時又端來二碟小菜，切了半斤牛肉，雖是粗糙，倒也可口。許漠洋本是無酒不歡，但在此身負舊傷前路未卜的情況下如何敢暢懷痛飲，見杜老漢並不拿出酒，也不勉強，一面吃飯一面默默沉思。

杜老漢蹲坐在櫃檯邊的一張小板凳上，手腕輕抖，竟是抽出一把小刀，拿起屋角邊的一根樹枝，心不在焉地雕了起來。

許漠洋注意到當刀鋒觸及樹枝時，那杜老漢的眼中似有一絲光亮劃過，那一刻他的身體彷彿驀然膨脹、高大了許多，然而就如流星一瞬，剎那即逝，再望時他仍只是一個百無聊賴中雕著樹枝的老人。

許漢洋暗暗心驚，但料想明將軍絕不可能如此預知自己的行蹤，此人應該不是明將軍的人。何況杜老漢所作一切並不避嫌自己，顯然並未另有圖謀。多一事不如少一事，當下收回目光，專心進食。小店中便只有小刀一下下割劃在樹枝上的輕響。

就在此時氣氛微妙之際，店門一響，一個人像陣風般衝了進來：「這鬼天氣真是熱死了。店家，快拿一壺，不，快拿一罈好酒來解乏。」

許漢洋抬眼看看來人，卻是一個弱冠少年。但見其滿臉風塵僕僕，身材高頎修長，骨肉勻亭，淺眉淡目，一襲白袍已被風吹得黃了，沾了不少泥點，似是從頗遠的地方趕路而來。看不出他身形瘦小，酒量卻大，張口便要一罈。

杜老漢好似並不在乎送上門來的生意，仍是一副懶洋洋的樣子：「不知小兄弟是住店還是小憩？」

那少年先看到一身血污的許漢洋，略吃了一驚，轉眼又見到杜老漢手中正在雕刻的物事，眉目間神情閃爍，煞是俏皮：「先不管那麼多，拿酒來再說。」

杜老漢卻像是什麼也沒有聽到，仍是那副萬事不縈於胸的模樣：「請問小兄弟是住店還是……」

少年大不耐煩，打斷杜老漢的話：「這有什麼區別嗎？又不是不給你銀子。」

杜老漢頭也不抬，用手一指門外的酒旗。

「哈哈，『燒』！」那少年像是發現了什麼特別的寶貝一樣撫掌大笑：「這店名字起得好，這個鬼沙漠簡直熱得不像話，我看再過幾年你這店名就要改名為『烤』了……」

許漠洋聽少年答得有趣，不禁莞爾。這少年分明是一女子裝扮，卻不知她來此杳無人煙的大沙漠中做什麼？

杜老漢道：「若是住店就有酒，若是趕路最好不要喝。」

「為什麼？」那少年問道，這下連許漠洋也忍不住有些好奇了。

杜老漢一張滿是皺紋的臉上沒有任何表情：「很簡單，小店因酒得名。此酒名為『燒』，後勁綿長，一醉難醒，若是幾杯喝將下去，就是想趕路的人也只好先休息一晚了。」

「啪啪啪」，掌聲從門外傳來，一個青衣人卻已鬼魅般先於掌音現身於店中，端坐在一張桌前，一邊撫掌一邊大笑：「好好好，在下不急著趕路，就先品一品杜老頭子幾蒸幾釀後精製出來的『燒』。」

那人出現得毫無預兆，卻偏偏又理所當然地坐於桌邊。既像是早早坐在那裡，又如是一陣掌聲將其送到了酒店中般。

少年嚇了一跳，拍拍胸口，女子情態盡露無遺，卻仍要裝出男人樣子：「呔，你這個人怎麼說來就來，嚇我一跳。對了，我們說好比賽腳程，我竟比你還早到一刻呢。」

原來青衣人與那佯裝少年的女子竟是一路。但見他微微一笑，眼睛卻一直望著杜老漢手中雕刻用的小刀：「這麼多年了，你這老頭子還扔不下這些小伎倆。」

那少年吃了一驚：「原來林叔叔你是認得這個店主人的！」

許漠洋眼見姓林那人不過二十六七歲的樣子，卻不知為何是那女子的長輩。但見他濃眉亮目，額寬鼻挺，薄唇削頰，線條分明，顎下無鬚，僅有一縷束髮垂於頸端。他端然坐在椅中，看不出身材高矮，一雙瑩白如玉的手隨隨便便地放於桌上，煞是引人注目。其人面容雖是儒雅，渾身上下卻似充盈著一種隨時欲爆發的力量，就像是一頭獵豹，每一寸肌肉都滿是彈性，再加上一頭黑得發亮的頭髮，配著完美的體型與古銅色的皮膚，氣勢煞是懾人。

許漠洋暗吸一口長氣，心中一驚：在這荒遠的大漠中竟然能遇見如此人物！

杜老漢長長歎了一口氣，似是訴說又似在懷念：「幾百年來，本門中人就有種將任何事物按照自己的意願雕刻的渴望！」語音鏗然，語意蕭索，令人聞之動容。

那青衣人似是毫不在意地撇了一眼許漠洋，雙眼就只望住杜老漢沒有一絲顫抖的手：「杜老頭子，除了你的這些家傳絕學，這些年你可還記得我？」

杜老漢面容變換不定，陰惻惻地道：「是呀，你小子竟然還沒有死。」

姓林那青衣人深深吸了一口氣，挺胸收腹，站起身來朝杜老漢走去。他身材高大，腿長步闊，雖是宛若平常的朝前行去，一種悍態席捲而至，令人不由生出避讓其鋒芒的感覺。

那少年吃了一驚，飄然退到許漠洋的身邊，一臉按捺不住的興奮：「林叔叔好像要動手了。」她的話充滿著對那個林姓青衣人的信心，一副看好戲的樣子，就連許漠洋也止不住為杜老漢擔心。

青衣人走到杜老漢的身邊，杜老漢目光炯炯地盯著他，毫不退讓。

青衣人立定，卻是一把抱住了杜老漢，他高出杜老漢一頭，這一抱竟然讓杜老漢雙腳都離了地。杜老漢急道：「你小子快放下我，讓你侄女看著成何體統？」

青衣人哈哈大笑，放下杜老漢：「憶起當年並肩抗敵的那些時日，真怕以後沒機會這樣抱住你了。」

杜老漢亦一臉唏噓：「那時你還是個小毛孩子，休想拔動我的千斤墜……」

兩人四目互望片刻，再同時擊掌而笑。

那少年忍不住掩唇輕笑，隨即又正容看著杜老漢：「咦，你怎麼知道我是女的？」轉頭問許漠洋：「你看我是男是女？」

許漠洋眼見那青衣人與杜老漢久別重逢真情流露，憶起自己在戰場上犧牲的諸多戰友，不禁大是惆悵，豪情上湧，正要一拍桌子大喝一聲「拿酒來！」偏偏此時卻給這個頑皮的少女一打岔，不由哭笑不得，一張手停在半空，落也不是拍也不是，尷尬非常。

青衣人大笑：「霜兒不許頑皮。」

杜老漢也是一臉笑意，襯著滿面皺紋，慈祥了許多：「這就是楊雲清的那個寶貝女兒？」

青衣人微笑點頭，眼光若有若無地飄過許漠洋，沉吟不語。

許漠洋雖是從小生活在塞外，但自幼行武，加上巧拙大師的幾年調教，對中原武林卻也相當熟悉。聽到楊雲清的名字，不由微微一震。青衣人看在眼裡，卻不說破。

江湖傳言：「將軍毒，公子盾，無雙針，落花雨」。其中那「無雙的針」指的就是江湖上赫赫有名的關中無雙城城主楊雲清，憑一手自創的補天繡地針法嘯傲武林。原來這個名叫楊霜兒女扮男裝的少年竟就是他的女兒。

許漠洋心念一動：這個青衣人看來武功深不可測，杜老漢想必亦是大有來歷的人物，卻不知道這些人來此荒漠絕地是為何故。心中隱隱有種說不出來的直感，覺得這一切似乎都與自己有關……

杜老漢先是拎出一個大酒罈，一開封酒香四溢，襯著滿室的昏黃油燈光，更是令人如癡如醉。楊霜兒首先大聲叫了起來：「好酒好酒，剛才老人家還不讓我喝呢！」

杜老漢給各人滿了酒，許漠洋不便推卻，亦只好受之。

杜老漢盯著青衣人：「你是怎麼找到我的？」

青衣人哂道：「我又不是神仙，這些年來你蹤跡全無，要不是我陪著這個侄女來此地走一趟，如何能碰得到你。」

楊霜兒一口酒下肚，臉上蘊起一團酡紅，搶先解釋道：「我爹說一定要派個人在四月之前趕到此地的笑望山莊，正好我待在家裡好悶，於是就拉著林叔叔一併來了。」

許漢洋乍聞笑望山莊之名，神色大變，連忙借著一口酒來掩飾，卻已被那青衣人看在眼裡。事實上從那個青衣人一進來，眼角的餘光就一直沒有離開許漢洋。

杜老漢也是神色稍變，口中喃喃念著笑望山莊四個字，再無多餘的言語。

「這位兄弟怎麼稱呼？」那青衣人終於開口向許漢洋詢問道。卻不待許漢洋答話，凝神一聽，淡淡笑道：「杜老兒今天的生意不錯啊，看來這些年定是賺了不少銀子！」

許漢洋聞言知意，凝神細聽果有極其細微的腳步聲由遠至近而來，默默估算尚有半里路。心頭微怔，以自己平日的武功斷然不能聽到如此遠的動靜，更何況是受傷之後，看來巧拙傳功實令自己的功力大漲。但這個青衣人卻於不動聲色中早早察知來人的形跡，這份武功更見高明。

楊霜兒卻未想那麼多，奇道：「原來林叔叔喝杜大伯的酒也要給銀子的。」

青衣人神秘一笑，拍拍杜老漢的肩頭，嘴唇微動，卻是不聞一聲，看情形正在施展傳音之術。楊霜兒不依：「林叔叔在說什麼？」

青衣人洒然一笑，對楊霜兒道：「你先跟著杜老，不許調皮。」

楊霜兒不明所以，正待相詢。卻聽得「咣噹」一聲，小店房門在剎那間被人撞得粉碎，二人長笑而入，一左一右呈犄角之勢，守住店門，當先一人寒聲道：「我等奉命捉拿朝廷重犯、冬歸叛黨之餘孽許漠洋，不想生事的都躲在一邊。」

許漠洋奮然起身，撥劍指向來人，眼中閃著怒火，一字一句地問：「巧拙大師可是已仙逝了？」

來的正是季全山與齊追城二人，季全山身為塞外飛鷹堡堡主，對地形較熟，是以反比毒來無恙先一步追上了許漠洋。當下陰笑一聲：「那老道冥頑不化，怎麼敵得住將軍的神功。」

「呸！你很霸道很了不起麼？」楊霜兒跳將起來：「我才不管你什麼將軍不將軍，先賠我杜大伯的店門再說！」

齊追城眼望楊霜兒纖腰隆胸，哪還看不出其是女子所扮，他為人好色，嘿嘿獰笑道：「這小妞倒是不錯，待會大爺才讓你知道什麼是真正的霸道。」言罷與季全山對視一眼，哈哈淫笑，分明是不把這裡的人放在眼裡。

楊霜兒一聲怒叱，身形一展，已然衝了上去與齊追城動上了手。齊追城久經戰陣，雖是變起不測，卻也能及時抽出炙雷劍，與楊霜兒戰在一起。

許漠洋在冬歸城破後的混戰中與這二人均交過手，知道二人實有非常武功，就算自己身上無傷，一對一恐怕也要拆數百招才分得了勝負。而此時楊霜兒空手入白刃，施展小巧騰挪之術，與齊追城以快打快，幾個照面下來居然絲毫不落下風，這才知道天外有天、人外有人，無雙城這樣一個嬌滴滴的女孩子也有如此武功，果是盛名無虛。如此推想起來，名動江湖的毒來無恙以致公認為天下第一高手的明將軍自然更令自己難望其項背，怕是再無報仇之望……

季全山也不急著出手，一邊觀戰一邊嘖嘖有聲的調笑：「這女娃子功夫不賴，齊兄可要專心點採花了，哈哈！」他二人均知曉許漠洋重傷在身武功大打折扣，是以雖對楊霜兒出奇的武功略微吃驚，卻仍是一副胸有成竹的樣子。

許漠洋心想以那青衣人的形體相貌，分明是個難得一見的高手，季全山為何還如此有恃無恐？偏頭看去，這才發現那個青衣人已然無蹤。此人消失得讓人毫無知覺，便如平白無故地在空氣中蒸發了一般，實是不可小覷，不知是何來歷。

那杜老漢卻只是愣愣地望著屋中一角，口中喃喃自語，便如呆住了一般，對身邊的打鬥渾若不覺，手中猶握著小刀，那截雕了一半的樹枝已掉落在地。

齊追城與楊霜兒幾十個回合下來，楊霜兒已漸漸支撐不住。齊追城的炙雷劍大開大闔，威勢十足，對敵經驗更遠非從小嬌生慣養的楊霜兒可比，若不是一意要生擒對方，只怕楊霜兒早已傷在其劍下。

楊霜兒身處下風卻也不甚驚慌，一聲輕叱，身法再變，手中突已多了兩根銀光閃閃半尺餘長的銀針，針勢綿密，隱隱發出破空之聲，針針不離齊追城的要穴。齊追城從未見過這般小巧輕細的兵器，被楊霜兒欺入近身，以短攻長，一時也不免鬧了個手忙腳亂，那正是無雙城的絕學——補天繡地針法。

季全山眼力高明，見狀臉色一變：「原來是無雙城的人。」心中卻想到若是放了活口讓名動江湖的無雙城主找上門來可不是鬧著玩的，當下朝戰團中踏前幾步，決意速戰速決，以免夜長夢多。

許漠洋眼見齊追城憑藉對敵時的經驗已漸漸扳回均勢，季全山虎視眈眈，伺機出手夾擊楊霜兒，此二人本是因己前來尋畔，自己雖是周身傷勢不輕，卻又如何能袖手旁觀，何況料想那青衣人必隱在左右，膽氣立壯，當下拔出長劍，待要接下季全山的「穿金掌」。

季全山成名已久，見識不凡，一眼即看出許漠洋舊傷難癒，楊霜兒業已是強弩之末，那個酒店主人雖是面相粗獷不俗，卻似呆頭呆腦不知在想些什麼，亦不足慮。當下一招「流金鑠石」，左拳護胸，右掌運起九成的功力，對著許漠洋一掌劈來，擬在一舉立威。

許漠洋明知此時不能力敵，正要變換身形避敵鋒芒，然而方一運勁立時牽動小腹舊傷影響了行動的速度，略一遲滯間已被季全山的穿金掌罩住，當下一咬牙，運起全身的功力，左手握拳力拚對方這一威勢狂猛的一掌，右手長劍攻向季全山的咽喉必救之處。

二人拳掌相接，許漠洋但覺對方勁力如潮水般湧來，雖非情願卻也不得不退開一步，右手劍招已然無力繼續，剛要再鼓餘勇變招出擊，對方的第二重掌力又再度襲來，再退幾步，心神失守，舊傷發作，幾乎連劍也掌持不住。季全山大笑聲中，右掌擊向許漠洋前胸，右手化掌為爪，抓向許漠洋背後的那柄拂塵……

與此同時，那邊楊霜兒畢竟功力尚淺，對敵經驗也不足，加上齊追城的炙雷劍每一劍都帶起一股熱浪，在此炎熱的大沙漠中更是令人無法忍受，不禁喘息連連。齊追城眼見對方針法散亂，招式更緊。楊霜兒一邊勉強擋下漫天劍招，一邊忍不住

大喊起來：「林叔叔你還不出手嗎？」

那青衣人卻是聲跡皆無，便似已憑空消失了一般。

齊追城眼見楊霜兒垂手可擒，哈哈奸笑一聲：「那有什麼叔叔來救你，不若待會你來求我出手吧……」手腕輕抖挽起幾個劍花，炙雷劍變幻出漫天劍影，楊霜兒左右支絀，卻發現周身劍影盡是虛招，真正的一劍已襲向自己的小腹。楊霜兒匆忙中挺針相迎，細針與長劍相交，強弱立判。一聲清響，銀針已被劍撞飛，那劍尖竟然噴吐出一束火光，在楊霜兒的驚呼聲中，堪堪便要沾上她的衣襟。這正是齊追城的成名絕技——「炙雷一擊」。

原來齊追城的炙雷劍劍身中空，內藏火藥硫磺等物，與人對敵時於酣戰中猝不及防的使出來，少有人不中招。此刻楊霜兒本就落在下風，齊追城一意生擒對方，已使出壓箱解數，眼見形勢緊急，刻不容緩。

而就在此危急之時，所有人忽就聽到了一聲歎息……

一時小店裡滿布的劍氣掌風、季全山齊追城的長笑、楊霜兒的驚呼、許漠洋的嘶吼全都低沉了下來，只有那一聲彷彿來自千古遙遠的某個角落、帶著深深淒傷的一聲歎息迴盪在小店的每個角落……

那個原本在小店一角發呆、似已萬念俱灰的杜老漢，就在穿金掌將要擊中許漠洋的胸膛、炙雷劍發出的毒火將要沾上楊霜兒的腰腹時——終，於，出，手，了！

季全山但覺一股沛然無匹的大力襲來，原本已襲到許漠洋胸前的右掌顧不得發力，急忙變向拒敵。杜老漢的掌力忽放忽收，威猛的剛力驀然間就已化為繞指的陰柔，季全山全力出擊的一掌竟然迎了一個空；而季全山的左爪彷彿已抓住許漠洋背後的那柄拂塵，卻是忽覺冷氣沁涼，碰到了一把冰冷的鋒刃，赫然便是杜老漢用於雕刻樹枝的那柄不起眼的小刀。

季全山大驚之下慌忙收招，對方掌力卻又在這一刻全然吐出，饒是季全山縱橫塞外，這相當於自己與那老人的二人合力一擊又如何能接？然而最令季全山驚恐的莫過於對方居然似能預知他的掌勁變化，就在自己收力回撤的一剎突施反擊，一時心中已湧起不能匹敵的念頭，戰志全消，大叫一聲借著對方的勁力向後疾退，轟然一聲撞破牆壁倒飛而出，勁力倒捲下，一口鮮血忍了又忍還是耐不住噴為一團血雨……

齊追城的炙雷劍堪要刺中楊霜兒，他原意在生擒對方，凝力不發，只求封住對方穴道。而就在此電光火石的一刻，杜老漢的手已然沾上炙雷劍。詭異的事就在此時發生了，炙雷劍碰上了杜老漢的手，就像一個小孩子的玩具般開始解體，先是劍尖再是劍脊最後整個劍身都開始分崩離析，炙雷劍中暗藏的硫磺彈砰砰碰碰落了一地，一眨眼間齊追城手中竟只剩下了一截短短的劍柄。

齊追城不可置信地望著手上的劍，張口結舌完全呆住了！

杜老漢又恢復了那懶洋洋的樣子，仍是呆呆站在原地，就像什麼事也沒有做過，盯著齊追城，一字一句地問道：「巧拙大師真的死在明將軍的手下了嗎？」

齊追城唯恐對方進擊，退後一步，眼見對方再無出手之意，方才稍稍安心。他為剛才杜老漢不可思議的武功所懾，不敢隱瞞，恭恭敬敬地垂手答道：「巧拙道長將許漠洋擲下伏藏山，然後為天雷所擊，屍骨全無，將軍從頭至尾根本就沒有出手。」

杜老漢又愣了半晌，眼中閃過一絲濃濃的哀傷，驀然一轉手已從許漠洋背上摘下巧拙大師的那柄拂塵。他出手極快，許漠洋竟然避之不及。

那拂塵到了杜老漢的手上，就像一件玩具到了極其熟悉其性能的主人手上，但見他手指如彈琴般在拂塵上揮彈輕掃，不幾下只聽到喀嚓一聲輕響，拂塵頂端彈開，一卷紙帛飛了出來。

「天命……」齊追城下意識吐出半句，啞然收聲。

杜老漢冷冷地看了齊追城一眼：「你也知道《天命寶典》？」一手拿起那紙帛，

揚手迎風一展……

「啊?!」許漠洋忍不住驚呼出聲，那紙帛他雖從未見過，但上面的一切竟然是如此熟悉……那是一把樣式奇特的弓，就像是高高懸掛在東天的弦月；弓旁邊有許多數字標注，不見文字，唯有畫布上方正中的題案上兩個龍飛鳳舞的大字——偷天！

一種氣勢從畫卷中撲面而出，那把帛上所繪的弓雖是靜物，卻似帶著不可抗拒的一股殺氣。杜老漢細觀良久，睹物思人，仰天長歎一聲：「今天才見了兩個故人，跟大師卻已是人鬼殊途，天命啊，天命啊！」

杜老漢像是在緬懷於往事中，許漠洋回思巧拙大師音容，楊霜兒驚魂稍定，齊追城卻還驚歎於剛才杜老漢神鬼莫測的武功，一時整個酒店鴉然無聲。

齊追城眼見無人注意自己，慢慢向店門口挪去，卻發現杜老漢一眼望來，滿面殺氣隱現，心頭一悸，呆在原地再也不敢動。

良久後，杜老漢的身體佝僂起來，兩行熱淚潸然而下，再長長歎了一聲，對齊追城緩緩道：「你走吧，今天的我不想殺人！」

齊追城倒也頗有膽氣：「請問前輩高姓大名，剛才破我炙雷劍不知是何武功？在下也好回去向將軍覆命。」

「明將軍就嚇得了我麼？」杜老漢冷然一笑，驀然挺直了腰，剎那間好似高大了許多，一臉傲色：「在下流馬河杜四，兵甲派第十六代傳人！」

三千白髮

那純白色的事物輕飄飄地落在三人面前，
竟然是一個身著寬大白衣的老人。
但見他白眉白鬚，怕不是已有七八十歲，
可面上卻紅潤有光，嘻嘻而笑，加之個頭矮小，
不足五尺，神情間渾像一個不通世故的小孩子，
最令人驚疑莫名的是那一頭長長的白髮，
散披至膝，幾乎罩住了全身……

齊追城退走後，杜四收起那張帛畫，眼望小店四周，沉思良久，臉現堅毅之色，痛飲下幾口「燒」，竟是一掌化為四，推向小店四角的柱上，煙塵瀰漫中，小店轟然崩塌。

幾人掠出小店外，天色已黑。就著星輝月映，杜四從廢墟殘瓦中拾撿起那雕刻了一半的樹枝，一臉悵然之色，似是略有些不捨。

見到許漠洋與楊霜兒臉上均有不解之色，杜四徐徐對許楊二人道：「許小兄已是明將軍必殺之人，此二人無功而返，卻已洩露了許小兄的形藏，明將軍大兵一會必到，我們這就往笑望山莊去。」見楊霜兒欲言又止，又慈愛地加上一句：「你林叔叔不欲與明將軍的人照面，剛才已傳音與我會在半路上與我們相會。」

許漠洋先見杜四推倒小店，再聽到笑望山莊的名字，百念俱生，剛要說些感激的話，卻被杜四以目止住，像是知道他心意般地說道：「巧拙與我相交幾十年，區區小事許小兄不必過份拘禮。」

許漠洋借機道：「巧拙大師臨去前吩咐我去笑望山莊找兵甲傳人，想不到竟然在此碰見了前輩。」

杜四不置可否地點點頭：「隨我來吧。」當先往沙漠中行去。許、楊二人對望一眼，只得跟上。

迷茫的月色下，杜四帶著許漠洋與楊霜兒展開身法，在一望無際的大沙漠上朝北疾走，漸漸已深入沙漠的腹地，抬眼望去，已可見得數里外越來越近的一座山脈起伏的輪廓。

許漠洋見杜四一路上不發一語，料想他必是心傷好友巧拙大師的身死，雖是心中有百般疑問，也不敢出口相詢。

沙漠中的夜晚沒有白日毒辣的陽光，氣溫也驟然降了下來，只是地面黃沙仍是炙熱，將積存於地底的雨水蒸騰起一股暑氣，令人煩悶難耐。三人行了幾里，楊霜兒雖為女流，但身出名門，從小武功基礎紮得堅實，倒也不覺什麼。而許漠洋被暑氣一蒸，只覺心悶欲嘔，渾身舊傷隱隱發作，咬牙強忍，終不免慢了下來。

杜四雖是不望二人一眼，卻似有所感應，放慢了身形，落在許漠洋旁邊，一隻手輕輕扶住他的肩頭，稍做提攜。許漠洋心中感激，偷眼望去，但見杜四瀏目前路，一臉堅忍。此時那還有半分初見時衰老佝僂的形態。適才見杜四一掌將安身立命幾年的小店擊毀，毫不拖泥帶水，做事決斷果敢，知道此人必是不凡，從前應也是叱吒江湖的人物，巧拙大師既然讓自己找他，卻不知下一步應該如何？

再走了一會，杜四見許漠洋氣息急促，知他傷重難支，停下腳步待其回氣。自己卻是蹲在一個小沙丘上，仰望夜空若有所思。楊霜兒雖是從小嬌寵慣了，卻也知情識趣，默默立於二人身旁，亦是不發一語。

許漠洋緩緩調勻呼吸，百般疑團卻不知從何問起。憶起與巧拙大師相處七年來的種種時光，不由黯然神傷。幾次想開聲說話，一時心中百感交集卻是一個字也吐不出來。

倒是杜四先開了口：「許小兄可曾聽說過干將莫邪的故事嗎？」

許漠洋稍稍呆了一下，他雖是自小生於塞外，卻是漢族血統，對中原文化頗多研讀，自然知道干將莫邪為楚王煉劍的故事，只是對這個時刻杜四提起此事卻有些不解。但知道對方是武林前輩，言語間必是大有深意，當下恭謹稱是。

杜四點點頭：「干將莫邪夫婦為楚王作劍，三年方成，劍分雌雄。干將知楚王必不放自己回山再鑄良劍，赴宮前已知必死，好在莫邪已有身孕，於是干將只獻一劍於楚王，留言莫邪囑其子報仇……」杜四厚實的聲音在空曠的沙漠中就像是從洪荒深處傳來，緩緩講述著千年前的一段舊事。

雖然許漠洋與楊霜兒都知道這段千古傳奇式的典故，但面對著一望無涯的曠漠荒原，此時此景下重新聽來，不由心血澎湃，別有一番感悟。

楊霜兒忍不住接著道：「楚王後來果然殺了干將，但莫邪之子名為赤，長大後想行刺楚王卻苦於沒有機會，後來有個人說可以幫他報仇，但卻需要他的頭，於是赤就毫不猶豫地拔劍自刎了。那個人果然獻頭於楚王，獲得了楚王的信任，然後讓楚王以湯鑊煮赤之頭，稱其不備割下了楚王的腦袋，自己也自刎了……」

杜四再道：「而且三人的首級都掉在鍋中，全煮得稀爛，再不可辨。楚臣只好分以葬之。血仇終於得報，但那份以死赴義的豪情壯烈卻傳誦世間，後人聞之無不扼腕歎息……」

許漠洋心有所思，忍不住長歎了一聲。他不虞讓別人看出自己空負報仇之志，悵然道：「干將莫邪千古神器，誰料想其間卻有如此血淚之篇！」

楊霜兒想的卻是另外的事：「是啊，干將一死，其子也以身赴難，那鑄劍之術只怕也失傳了。」

杜四大笑：「小侄女錯了，赤雖為父報仇自刎，卻尚留有一子，交與莫邪撫養成人。莫邪眼見丈夫兒子皆因製劍而遭橫禍，不想再傳鑄劍之術於後人，改傳鑄甲之術。卻不料赤還留下了一本鑄劍之書，其後人便兵甲共鑄，那就是我兵甲派的開山祖師雲歧子！」

許漠洋與楊霜兒恍然大悟，原來杜四是借此對二人講說兵甲派的由來，兵甲傳人日夜浸淫兵甲之中，對兵器的熟悉遠非他人所能比擬。怪不得齊追城的炙雷劍雖是奇門兵刃，一旦碰上了杜四這樣的兵器祖師，短短一瞬間便分解成了一堆碎片。

楊霜兒垂頭思索，低聲道：「我曾聽父親談及過兵甲派。他說這是江北流馬河邊一個相當神秘的門派，每代只有兩個傳人，一人煉兵一人鑄甲，每個門人一生最多只煉三件神器，但所鑄之物無不為名動一時的神兵寶甲。」

杜四仰天長歎：「其實也不盡然，真正的神兵寶甲一生若能鑄成一件便已是本派門徒最大的自豪了。何況若是無有戰事，甲胄全然無用，是以兵甲派亦終分為兩派，一派全意鑄兵一派盡力鑄甲，數代來紛爭不下，弄得本門式微。我當初也就為了一塊崑崙千年神鐵與師弟鬥千金爭一時意氣，這才遠赴塞外，尋找煉甲之神器。唉，良匠易得，神品難求，想我兵甲派已有近十代未能煉成一件真正的神兵了……」他的聲音越來越低，想是為了師門沒落而黯然神傷。

許漠洋與楊霜兒這才明白兵甲派中竟有這許多的枝節，聽杜四的口氣其必是屬於鑄甲一派。而要製成神兵寶甲自然首先需要的是上好的材料，就若玉匠要雕琢傳世名器亦先要有了一塊質地無瑕的美玉，而杜四所說的千年神鐵既屬鐵類，自是不適合鑄成甲胄，難怪他爭不過一意煉兵器的師弟。

許漠洋眼見杜四眉頭緊鎖，想勸勸這個老人，卻又不知從何說起，心中忽有明悟，脫口而出：「其實鑄兵甲亦同天下許多事理，因材施行方為最善。若是不顧物品的屬類而強意雕琢，只怕過猶不及，反為不美。」

杜四眼中精光一閃，訝然望向許漠洋：「你能說出這道理，可見亦算得了巧拙大師的不少真傳。」

楊霜兒少女心性，說話毫無顧忌：「管它是鑄兵還是鑄甲，杜伯伯最好能找到些好材料偏偏鑄成一件千古難遇的兵器，氣死那個什麼鬥千金……」忽想到那個鬥千金是杜四的師弟，算起來畢竟亦是自己的長輩，這般直呼其名大是不敬，不由吐吐舌頭。

杜四卻是毫不在意楊霜兒話中的越禮，便像是呆住了一般回思著什麼，長歎一聲，眼中老淚橫流：「巧拙啊巧拙，我必不負你的苦心！」

許漠洋與楊霜兒對望一眼，心中都不由自主想到那一把畫帛上充滿殺氣的弓！

杜四再度長歎一聲：「巧拙與我二十年前相識，結為生死知交。九年前他終與昊空門棄徒明將軍決裂，遠走天涯，我都幾乎不知其蹤跡。六年前他卻找到了我，說是已隱隱有了對付將軍的計畫，他一生少有相求於人，卻是要我守在此處，等待一個拿著他信物的人……」

許漠洋大訝：「莫非六年前巧拙大師就已知道我會來找你麼？」心頭突然湧起一種荒謬的念頭，好像命運的發生雖然並不受人控制，巧拙卻清楚地知道下一步會發生什麼，一時茫然若失，再也說不下去。

杜四望著許漠洋：「從你一進我的店門，我就認出了巧拙的那柄拂塵，只是事起匆忙，不得不慎重從事。想不到六年前與巧拙一別，言猶在耳，卻已是天人永訣……」言罷不勝唏噓。

楊霜兒大感興趣：「杜伯伯你是說巧拙大師竟可以預知幾年後的事嗎？」

杜四神情不置可否：「我雖對《天命寶典》一無所知，可其既為昊空門二大神功之一，當中的奧妙精微之處遠非他人所能想像，或許其中的奇功妙術便可達此境地。」

楊霜兒不解道：「天命難測，真要洞悉天機又是談何容易？」

「不然。」杜四執意道：「巧拙一生窮究玄機，其行事自難為我等凡夫俗子所能測度。」

許漠洋這才略微有些明白事情的來龍去脈，難怪沙漠邊緣會有這麼一家奇怪的酒店。杜四為友承諾在此荒漠孤嶺中獨守六年，閒暇時想必就只有以刀刻枝，聊以解悶，不由對身邊這位貌似凶惡實則善良守信的老人肅然起敬。

楊霜兒又問道：「巧拙大師可對杜伯伯說過，如果等到了他派來的人要怎麼做嗎？」

杜四默然搖頭：「當日與巧拙匆匆一見，他說還有些事尚要好好想清楚後再做決斷。」轉眼望向許漠洋：「許小兄可將自己知道的情形說出來，大家一併參詳。」

許漠洋便將巧拙七年前如何結識自己，並囑咐他冬歸城破後上山來見，如何與明將軍說那些針鋒相對又讓人似懂非懂的言語，如何望了一眼後再以拂塵傳功，自己如何有了那些奇怪的想法，最後巧拙又如何從明將軍大兵伏伺下將自己擲出重圍，並傳音讓他來笑望山莊找兵甲傳人。

起初他說起那一眼的感覺時尚覺得有些恍惚，後來便越說越快，似乎那些巧拙的記憶全都是真實發生在自己生命中的一切……

許漠洋越說越是心驚，隱隱覺得巧拙似乎早就安排好了一切，正如他早早知道冬歸城將被攻破，所以自己見到他時正在默運玄功，彷彿提前就做好了準備，要看那驚天動地的一眼，再為自己傳功通脈。可又想不通巧拙如果真能預知未來，甚至預知自己的生死，為何又不提早避禍……

杜四聽到許漠洋說到經巧拙那一眼時心神中的種種幻覺，長嘯一聲，別有深意地瞧著許漠洋：「許小兄福緣巧合下有此奇遇，定要好好利用，日後必有可為！」

待聽到許漠洋說起巧拙點出六年前的四月初七是將軍最不利的時辰，杜四眉頭略微一皺，喃喃道：「莫不是因為此六年前巧拙便來找我麼？」而許漠洋想到那柄拂塵中的那幅卷帛，那張滿布殺氣樣式奇特的弓，心神至靜至極，突然便有所悟：「我知道了，正是六年前的四月初七，巧拙大師畫下了那把弓！」

楊霜兒也是一臉茫然：「我父親說他四年前與一個神交已久的道人締下一約，要在今年四月前派一精通我無雙城武功的人趕到此處的笑望山莊，現在想來那個道人應該就是巧拙大師，難道他四年前就知道現在的這些變故麼？難道今年的四月初七又會發生什麼事嗎？」

三人不由都沉默了一陣，心中驚懼莫名，卻又各有所思。

楊霜兒問道：「杜伯伯你可知道笑望山莊是在何處嗎？」

杜四道：「朝北再往前去十餘里便是隔雲山脈，入山處名為幽冥谷，過了幽冥谷十餘里是渡劫谷，笑望山莊便在渡劫谷中的諸神峰上。」

許漠洋奇道：「為何我從未聽說過笑望山莊之名？」

杜四道：「渡劫谷內全是奇花異草，猛獸毒蟲，據說還有種能殺人的樹，凶險重重，是以方有過谷如渡劫之語。因此笑望山莊一向人跡罕至，其名亦絕少有人知道。」

楊霜兒不知想到了什麼，咬著嘴唇問：「那笑望山莊可有什麼人嗎？」

杜四臉現異色：「笑望山莊中似是某國流亡的貴族，上上下下有數百人，莊丁亦都是訓練有素，戰力極強。其莊主容笑風雖在江湖上聲名不顯，卻實是武功驚人，有不俗藝業，其自創的四笑神功少現江湖，卻的確是闢蹊徑而極有成就的奇功。」

許漠洋忍不住問道：「笑望山莊既然如此隱蔽，杜前輩如何知道這麼清楚呢？」

杜四聲音略轉低啞，低頭看看自己的右手掌，像是想到了從前的往事，然後將右掌緩緩遞與二人面前：「數年前因為一件事情我曾專門去過笑望山莊，還與容笑風對了一掌，你們看！」

許漠洋與楊霜兒朝那雙骨節糾結的大掌上看去，卻見掌心中赫然有一道奇特的紋路，橫穿掌中，左右紋路盡處彎曲上揚，就仿如是一張笑臉，詭異莫名。

「這是什麼？」楊霜兒忍不住驚叫。

杜四淡然一笑：「容笑風的武功應該是傳於昔年蒙古察遠大國師，以意馭力，以念為動，遠非中原武林的路數。我與之對了一掌後，掌心便莫名地出現了這一道笑紋。」

許漠洋小心翼翼地問道：「那前輩若是與容笑風有過節，我們此去笑望山莊……」

杜四傲然笑道：「容笑風雖為外族，卻也是極通情理之人，當年之爭執亦是由於事出有因。何況那一掌二人誰也未能討得便宜，算來我與他不但不能算對頭，反而有種相惜的感覺。武學之道浩如煙海，要能找一個與自己不分伯仲的人試招，也是一種極有益處的修行，相信我與他都從那一掌中得到了不少好處。」

許漠洋聽在耳中，心中大有感觸。杜四雖是隱居邊陲幾年，但無論武功、智慧與見地都是難得一見，言語不多卻每每發人深省。

楊霜兒終忍不住問道：「我們就這樣直接去笑望山莊嗎？杜伯伯你不是說那個什麼渡劫谷中還有殺人的樹？」言罷拍拍胸口，原來剛才她一直在耽心這個問題。

許漠洋笑道：「楊姑娘家學淵源，連齊追城那樣的惡人都不怕，竟然會怕一棵樹？說出來真是令人難以相信。」

「嘻嘻。」楊霜兒吐吐舌頭：「父親只教我如何用武功打壞人，卻真不知道怎麼對一棵樹下手，你有本事去找出大樹的穴道麼？」一句話說得許漠洋啼笑皆非。楊霜兒年輕心性，初見許漠洋尚稍矜持，混熟了也敢開他玩笑了。

杜四卻是眼望前方在濛濛夜色中隱約可見山脈起伏的輪廓，臉上露出一絲凝重：「隔雲山脈地勢獨特，兩峰筆直有若刀削斧劈，從側面是絕無可能攀登上去。是以如果要去渡劫谷的笑望山莊，必須從谷中穿過。先不論渡劫谷，單是進入隔雲山脈的第一關幽冥谷我們便避無可避。」

許漠洋察顏觀色，見到杜四神情有異，問道：「幽冥谷中有什麼？」

「此谷本來無名，現在名叫幽冥谷只不過因為多了一座墳墓……」

楊霜兒畢竟是女兒家，聽到此處不免驚呼一聲：「墳墓？什麼人的墳墓？杜伯伯你莫嚇我。」

「墳墓只有一座，上卻有許多人名。」杜四臉上出現了一種奇怪的表情，對楊霜兒一笑，解釋道：「侄女莫怕，我們等到黎明時鬼氣稍弱再前往幽冥谷。」

許漠洋本對杜四冒著被明將軍追兵趕上的危險在此休息不解，此刻方知原委。聽其語氣，那幽冥谷中絕不僅止是一座墳墓那麼簡單，當下以目相詢，待杜四的下文。

果聽杜四緩緩續道：「墓中無棺，奇怪處便在那個墓碑上。」

「如何奇怪？」

「此墓確是獨特，只葬生人不葬死人。」杜四語氣凝重：「人若死了便從墓碑上除名。」

「都是些什麼人？」

「那都是江湖上有頭有臉一方強豪的名字，墓碑上越靠前的名字，越是不得了的人物。」杜四臉現異容：「你們倒不妨猜猜墓碑上寫在第一位的人是誰？」

許漠洋與楊霜兒對望一眼，同時叫道：「明將軍?!」

杜四大笑：「不錯，雖然許多人不屑明宗越的所作所為，但無論誰也不得不承認，他的確是一個人物。」他頓了頓，又是輕輕一歎：「一個讓你不得不怕也不得不佩服的人物！」

休息了二個時辰，三人重又上路，再行十餘里，終於走出了這片沙漠，前方便是隔雲山脈。

隔雲山脈為兩山並行，中間有一道長長的峽谷，峽谷中終日煙雲漫繞，卻被兩山隔絕於谷內，所以得名為隔雲。而峽谷的入口處便是讓杜四這樣的老江湖也談之色變的幽冥谷。

才進入幽冥谷中，許漠洋驀然便有一種詭異的感受。

幽冥谷位於隔雲山脈的入口，一踏入谷內，便已有瀰漫的霧氣縈繞左右，竟然還長有許多不知名的樹木，與外界一片茫茫的黃沙相較，更是顯得別有洞天。

已至黎明，映著高懸的月色清輝，谷內景致於氤氳氣霧中忽隱忽現，錯落有致。

這裡有假山，有長廊，甚至還有一道拱形石橋，橋下雖是無水，卻以綠草為塹，溝壑為渠。奇岩異石，數之不盡，與周圍陡立的峰巒相映成趣，就算是冬歸內宮中怕也無有如此風雅的情調。

杜四喃喃道：「我三年前來此處只有一座墳墓，現在卻已多了這許多的景物！」

四周靜悄悄地沒有一個人影，也不知道這一切荒山野谷中的景致是何人所造。雖是在一派安詳寧和的曙色中，卻似有種森森鬼氣。饒是杜四曾來過此地，此刻舊景已非，心頭亦是一片恍惚。許漠洋與楊霜兒更是緊張，楊霜兒一隻手不由自主地牢牢抓住杜四的衣襟。

三人踏上石橋，石橋直通到一間白色的小亭子前，就著微明的天色，亭上的大字陡然映入眼瞼——「天地不仁」！

亭子內沒有桌椅几凳，赫然便是一座青黑色的墳墓。亭簷下居然還掛著一串銀色的風鈴，就著晨風搖晃，更是憑添一份神秘與詭異的氣氛。

墳墓為無數青色的大石所砌成，石質古樸，色澤雅淡，墓前立著一塊四尺見方的大石碑。

那墓碑上的字想必是高人所刻，銀鉤鐵劃，入碑極深，縱是三人離墓碑尚有十餘丈遠，許漠洋亦能清清楚楚地看到墓碑頂端的三個大字——英雄塚！

其下尚密密麻麻地似是刻著許多蠅頭小字。

哀傷突然就狂湧上許漠洋的心頭，忽覺得便算是名垂青史嘯傲天下的大英雄大人物，到頭來也不過是黃土一坏，化為泥塵。

許漠洋幾十年來縱橫塞外，以自己本來獷野粗豪的心性，何曾有過如此悲天憫人的感覺，此時先見了亭外那氣吞千古的「天地不仁」，再看到「英雄塚」這三字，竟覺得萬事皆空。所謂天地無常，人事在天，一飲一啄皆是定數，所有其他的一切都不重要了！

許漠洋心中明白必是巧拙那一眼改變了自己的許多看法，偏偏仍是忍不住悲從中來，滿面的淒傷，心頭狂震，加上舊傷未癒，幾乎便要張口吐出血來。

一旁的楊霜兒卻在此時思想起了遠在江南的父親，此趟笑望山莊之行，自己實

是偷偷逃出來的，路上遇見那個家門中最為灑脫不羈的林叔叔，仗著小孩心性，一路往塞北行來，遊山玩水。此時方念及了這一離家父親必是掛念萬千，自己一向嬌蠻慣了，不能孝敬雙親，徒惹父親生氣，也止不住地感懷起來。

許楊二人突然覺得心中一暖，先前的種種傷婉的念頭忽又淡了下去。原來是杜四左右手已分別搭上許漠洋與楊霜兒的肩膀，送入玄功助二人排除心魔。但見杜四心神守一，面色有著前所未有的凝重，望著東天漸已化開夜色的一線曙光，一字一句地道：「流馬河兵甲派傳人杜四前來拜訪幽冥谷！」空谷回音，更增詭秘。

而谷內依然是人影俱無，亦沒有半分聲響。

「呀！」從靜謐的霧靄中忽然隱隱傳來一記驚叫，三人尋聲前去，走出數步，便看到了一副極為詭異的畫面。

但見一個和尚雙手舞動一把八尺餘長的禪杖，從前方匆匆行來，禪杖舞動甚急，幾乎在他身前化為一道黑色的光網。而那個和尚的上方，竟然憑空懸掛著什麼東西。那東西全體純白，一飄一晃的，緊緊躡在和尚的頭頂上，而那和尚似乎一無所知，只是一路奔跑，口中呵呵大叫，像是見了什麼極為恐怖的事物。

「鬼！」楊霜兒緊咬的唇中迸出一個字來，卻把自己嚇了一跳，慌忙住聲。

「嗆」的一聲，許漠洋劍已出鞘，指向奔來的那個和尚，那和尚不是別人，正是明將軍手下的千難頭陀。

頃刻間千難已近至三人數丈外，卻渾若不覺，仍是口中狂呼，拚命舞動了那重達數十斤的禪杖。

眼見千難越舞越緩，他頭頂上那個純白色的事物忽地飄然落下，與千難的禪杖撞了一記。只聽得一聲悶響，千難再度大喝一聲，催動真元禪杖愈急，照這個勢頭下去，只怕他再舞不了多久便會力竭而亡。

那一聲悶響雖然輕微，許漠洋聽在耳中卻是怦然一震，便猶若聽到一聲山谷中的磬鐘，動靜悠長，心口間極不舒服，料想千難身處其中滋味更不好受。千難雖是他的死敵，但眼見這個武功高強的對頭如此驚惶，更是力盡在即，心頭也不免泛起一種同情。

那純白色的事物輕飄飄地落在三人面前，竟然是一個身著寬大白衣的老人。但見他白眉白鬚，怕不是已有七八十歲，可面上卻紅潤有光，嘻嘻而笑，加之個頭矮小，不足五尺，神情間渾像一個不通世故的小孩子，最令人驚疑莫名的是那一頭長長的白髮，散披至膝，幾乎罩住了全身，加上白衣寬大，就著曉風薄霧，在林間若隱若現，怪不得剛才三人只看到一個白色的影子。

那老人像是毫無機心般對三人露齒一笑：「這麼早就來客人了。」然後大模大樣背過身去面對千難，笑嘻嘻地道：「你這個和尚忒是頑固不化，我只不過要看看你的那個東西，就當什麼寶貝一樣，真是個要錢不要命的呆和尚。」

千難亂髮披肩，一臉驚恐。見到許漠洋等人，更是眼露絕望，卻仍是不敢停下禪杖，像生怕那白髮老人突然出手。

老人拍手笑道：「你當我真搶不下你的寶貝嗎？我只不過見你這個風車舞得好玩，才陪你玩了這一會。現在我有客人來了，你且看我的手段……」

千難眼中懼意更甚，卻仍是拚命舞杖，只是杖法已然散亂，只能護住胸腹頭臉，再不似開始時能護住全身了。

許漠洋心頭大奇，在冬歸城破的亂戰中他早見過了千難的狠勇，幾個兄弟都是命喪他手。而此時那長髮老人雖是比千難矮小得多，他卻像是怕極了這個一臉笑意仿似頑童的老人，想來剛才必是吃了大虧。

那長髮老人話音剛落，竟箭般由地上斜飛而起，整個人就像是一把剛剛淬過火的劍，乍看就似是一片驀然泛起的青白色，端直撞在千難守得無懈可擊的杖網上。其身法迅猛無比，每個動作卻又讓人看得清清楚楚，加上滿頭白髮飛舞，就像是一隻威猛的大鳥，看得三人目瞪口呆。

再度聽得一聲悶響，千難踉蹌退出了足足有二十步，這才一跤坐倒在地，面上慘白：「咣噹」一聲，禪杖從手中落在地上，再也無力續戰。

長髮老人手上已多了一根管子一樣的東西，細細把玩，許漠洋眼利，看那東西似是煙花火竹之類，只是製作精巧，遠非平時所見。

杜四一臉凝重，眼望長髮老人手中那管東西：「杜某攜友借道而過，望老兄行個方便。」

那長髮老人搖頭晃腦地道：「要從此路過，留下買路錢。方便是沒有的，你有什麼好東西給我看看。」突然又似想到了什麼，眼望千難，一揚手中的那管東西，哈哈大笑：「你這和尚早早給我這東西不就得了，弄得現在走路都困難。」

千難眼見仇人許漠洋在前，偏偏自己已無動手之力，任人宰割，心中大急，想要閉目運功，卻哪能靜下心來，一張嘴一口血終於噴了出來。

楊霜兒見千難的慘狀心有不忍，對那長髮老人道：「老伯伯你武功那麼高，就不要再為難這個和尚了吧！」

「武功？你看出我的武功了?!」長髮老人一愣，拍拍腦袋自言自語式的大叫：「這下糟了，我本已決心忘了我的武功，現在一不小心又在客人面前炫耀了本門絕學，看來掌門再不肯收我回門了。」他越叫越急，竟然放聲大哭起來。

杜四與許楊三人面面相覷，心中又是驚訝又是好笑，這老人武功如此之高，偏偏行事完全像個小孩子一般，難道剛才他那驚天一擊只是為了給別人炫耀麼？實是讓人捉摸不透。

長髮老人邊哭邊對著千難道：「念著這個嬌滴滴的小姑娘為你求情的份上你就快滾吧，不過你要立下誓言，千萬不要說是我傷了你！」

千難頭陀似是怕極了長髮老人，慌忙依言道：「老人家放心，我若是對一個人說起你身懷武技之事，便讓我不得好死。」長髮老人哈哈一笑，讓開路來。

許漠洋劍指千難，心中豪情上湧：「你我雖是不共戴天，但此時你已無力再戰，我也就放你一馬，終有一日我必將殺你為我冬歸戰士復仇。」

千難也不答話，倒拖著禪杖蹣跚著退出谷外。

楊霜兒心細，聽得千難的誓言不盡不實，卻不忍為難他。待千難去遠了，這才對長髮老人笑道：「老爺爺你上當了，那和尚說不對一個人說起你會武功，但若是對二個人三個人說起，便不算破誓。」

長髮老人一呆，大怒而起：「這個臭和尚竟敢騙我！待我去找他算帳，割了他舌頭看他用什麼說。」

楊霜兒忙道：「他定然躲了起來，沙漠那麼大你找不到他了。我也就是說說而已，他被你嚇壞了，定是不敢對人說的。再說你就算割了他的舌頭，他還可以用手寫給別人知道，你總不能整日守在他身邊吧。」

長髮老人一愣：「我真是不爭氣，忍了這許多年卻又破了規定，日後掌門若是得知，不但不准我重入門牆，還定要在『老不更事』後再加上『任性胡為』四字評語。」

三人聽他如此評價自己，心中好笑，強自忍住。

長髮老人越說越急，又是放聲大哭起來，這一次捶胸頓足，比剛才更是痛烈數倍。

楊霜兒見老人哭得傷心，心中也忍不住要哭了一般，想到小時候逗爺爺開心的方法，上前拉拉他白鬍子：「老爺爺不要哭了，我們不告訴別人你用了武功就是了。就算你掌門不信，我們也可以給你作證呀……」

「有了，我想出了一個好方法。」長髮老人抬頭看了三人一眼，又哈哈大笑起來：「只要我殺了你們幾人，誰又能知道我用過武功？」他一邊說一邊拍手，似乎為自己想出的這個「好辦法」拍手叫絕。

三人嚇了一跳，見他不似作偽，急忙蓄勢以待。此老雖是瘋瘋癲癲，武功卻是毫不含糊，真要出手，就算杜四與許楊二人聯手也未必接得下。

那老人卻又搖搖頭，自語道：「不行不行，看你們三人也不像是英雄塚上刻下的人物，殺之豈不是有辱我物由心的威名？」

楊霜兒畢竟江湖經驗尚淺。她從小家門淵源，所有的長輩縱是對她慈愛有加，卻亦都是一派肅穆風範，何曾見過一個老人如物由心這般又是認真又是半開玩笑的有趣，忍不住噗嗤一聲笑將起來。

物由心看楊霜兒臉上掛淚，笑貌如花，竟似呆了，喃喃念道：「我那小孫女當初也是被我逗得又哭又笑，亦是如你一般可愛！」言罷又是大哭起來：「我已有十餘年沒有見我的小蓉蓉了……」

楊霜兒見物由心真情流露，想到自己去世的爺爺，不免觸景傷情，眼淚更像斷了線的珍珠一樣落下，口中猶自哽咽道：「爺爺不要哭了，你就當我是你的小蓉蓉好了……」

一時一老一少哭成一團，看得杜四與許漠洋直皺眉頭。

良久後，物由心止住哭聲，慈愛地看著楊霜兒：「小蓉蓉不要哭，爺爺給你一個好玩的東西。」說罷將那個從千難手中搶下的東西塞到了楊霜兒的手上。

杜四眼神何其敏銳，加之早就暗暗注意，此刻從物由心與楊霜兒的指掌交換的縫隙中已然看到那管事物上雕寫的那個「八」字，心中大震，脫口叫道：「天女散花！」

物由心顯是天生好奇，眼中淚痕尚未乾，卻仰頭問道：「什麼是天女散花？」渾忘了適才還發狠說要殺盡此地之人。

杜四從楊霜兒手上接過那管煙花，細細磨觸其中雕刻的花紋與字跡，一字一句道：「你們可知道在京師最難惹的人是誰嗎？」

楊霜兒搶著道：「京師中最難惹的人當然應該是皇上！」

杜四緩緩搖頭：「不然，皇上深居宮庭，日理萬機，許多事情鬧得再大他也未必知道。」

「那還能是誰?」這下連許漠洋也忍不住好奇心了。

「你們可聽過，一個將軍，半個總管，三個掌門，四個公子，天花乍現，八方名動，這句話麼?」

楊霜兒道奇道:「一個將軍!莫不是那當朝大將軍，一人之下萬人之上的明將軍。」

物由心亦像完全忘了剛才的所為:「明將軍?!是不是就是我英雄塚上排名第一的明宗越?」

杜四緩緩點頭:「不錯，這一個將軍指的正是明將軍。」

楊霜兒得傳家學，自是對武林間的名人知道不少，當下亦問道:「這半個總管可是將軍府的水知寒水大總管麼?」

杜四長歎:「水知寒雖是將軍府的總管，威勢上似乎略遜一籌，但以其縝密之思慮和一身天下馳名的寒浸掌，誰人不懼?只是水知寒深忌自己功高震主，怕折了明將軍的氣勢，才一意以『半』個自居……」

許漠洋對中原武林的事也略有所聞:「三個掌門大概就是京師關睢、黍離、蒹葭三大派的掌門了。」

杜四點頭：「神留門為京師最古老的門派，已有上千年的歷史，唐初玄武門之變時神留門三個長老各自支持李淵的三個兒子，這才引起了神留門的分裂。但神留門經年之積威，縱是一分為三也是無人敢攖其鋒。」

物由心顯是久住偏遠之地，聽得津津有味：「那三個掌門都是些什麼人，可也是刻在英雄塚上的人物嗎？」

「關睢門主洪修羅身為刑部總管，掌管天下刑罰追捕之事，權勢極大。忝離門主管平更是貴為太子御師，可最令我等草莽之輩折服的卻還是那蒹葭門主駱清幽……」

楊霜兒雖是從父親那裡耳濡目染，卻顯然知道的並不詳細：「駱清幽這名字如此好聽，可是女子嗎？」

「不錯，駱清幽雖是身為女子，亦無官銜，卻是文冠天下，藝名遠播，是所有詩曲藝人最崇尚的人物，科舉之日更是常常行主監之職，凡是考取了功名有個一官半職的誰人不對其尊敬有加。」

物由心大不以為然：「一個女孩子能有什麼本領？」

楊霜兒適才與物由心同哭一場，心理上早已將這個頑童式的老人當作親人般親近，不依撒嬌道：「誰說女孩子就沒有本領了？」

物由心哈哈大笑：「我的小蓉蓉當然與其他女孩子不同了。」心裡竟像就是以為楊霜兒是自己久未見面的小孫女了。

許漠洋見這一老一少打趣，不由莞爾，連忙繼續詢問杜四：「四個公子我只知道二個人，一個應該是和將軍唱對台的魏公子，一個可是被稱為江湖第一美男子的簡公子嗎？」

杜四微微一笑：「魏公子出身草莽，卻幾乎以一己之力平息了北城王之亂，才被御封為太平公子（魏公子故事詳見將軍系列之《破浪錐》），就憑他敢與明將軍叫板，天下有幾個人能做到？而簡公子則是師出名門，自幼熟讀萬卷書，彬彬知禮，加上人若玉樹臨風，翩躚雅致，聽說不光是京師女子，就連江湖上鼎鼎大名的落花宮宮主趙星霜都對其青眼有加，誰人敢惹？」

物由心望著楊霜兒大笑：「待我那天把這個簡公子捉來當我小蓉蓉的夫婿……」楊霜兒大窘，不依不饒，幾人又是笑作一團，不知不覺中又親近了許多。

許漠洋卻是心念杜四的話，繼續問道：「不知還有兩個公子是什麼人？」

杜四清吟道：「亂雲低薄暮，微雨洗清秋。那第三個公子便是號稱武林第一院、梳玉湖清秋院的亂雲公子，沒有人知道他的武功深淺，但就憑當今太子與其平輩論交，連明將軍也要遜讓三分的威勢已是無人不懼了。」

物由心冷笑：「武林第一院！」

杜四知道物由心雖是年齡一大把，卻是小孩的好勝心境，笑著解釋道：「那亦只是江湖人士為顯示對其上一代院主『雨化清秋』郭雨陽的尊敬。郭雨陽當年與華山無語大師一同為民請命，不惜開罪當時朝中權勢最大的丞相劉遠，請皇上收回採納江浙三千民女的成命，皇上雷霆震怒下，幾乎將清秋院滿門抄斬……」

物由心大罵：「這個皇帝老兒真不是東西！」

許漠洋大有同感，拍掌稱快。

杜四繼續道：「不過最後一位公子卻的確是以武功成名了，那便是號稱『一覽眾山小』的凌霄公子何其狂！此人平日獨來獨往，為人極有狂氣，先有不少人看不慣他的驕狂，可自從他五十招內擊敗江西『雷厲風行』厲風行後再也無人敢惹，雖是聲名不著，卻當真有真材實學。」

物由心身體一震：「何其狂在我英雄塚上排名第四，僅次於明將軍、蟲大師與雪紛飛之下，應該是個人物。」

那蟲大師被譽為白道第一殺手，將貪官之名懸名五味崖，以三月為期殺之，從不虛發。（可參見將軍系列之《竊魂影》），而雪紛飛則是邪派六大絕頂高手之一，此六人分別是明將軍、水知寒、江西鬼都枉死城厲輕笙、川中擒天堡堡主龍判官、南風風念鐘和北雪雪紛飛六人，雖是稱為邪派六大高手，卻是各有出人意表的言行，亦難都統歸於邪魔歪道一類。明將軍從來都被當做天下第一高手，而雪紛飛之所以聲名顯著，只是因為那是他曾於千招比鬥後勝過川西龍判官半招，這亦是六大高手中唯一的一次對決。

要知高手到了一定的層次，想寸進都是極為困難，而與同級別的對手過招無疑是相互促進的最好手段，而雪紛飛擊敗龍判官，對自身的武學修為無疑是一份巨大的寶貴經驗。是以北雪雪紛飛雖地處長白山遠寒之處，但在江湖上的聲勢卻相當不弱。

而這個號稱「一覽眾山小」的凌霄公子何其狂竟然只排在此三人之下，雖然只是物由心一人之語，但聽其語氣那應該是他門中長老對江湖人物的排定座次，縱觀物由心的武功，就算是隨口之言，誰人又敢小視？

楊霜兒喃喃道：「何其狂?!這名字好狂。」

杜四一臉凜然：「不過江湖之大，能者輩出，正如物兄的英雄塚中肯定是沒有把自己門內的人物排進去吧！否則何其狂能排到第幾也是未知之數。」

物由心哈哈大笑，忽然覺得自己這些年在此荒山野嶺中孤來獨往，嘻笑人間，喜怒由心，卻也是寂寞。今天碰上這幾個人竟然這麼合自己的脾氣，大是不易。拍拍杜四的肩膀，再對許漠洋與楊霜兒擠擠眼睛，一派天真狀。映著滿頭飄舞的白髮，逗得三人亦是哈哈大笑。

許漠洋追問杜四：「那個『天花乍現，八方名動』又是什麼？可是形容這幾個人名動四方嗎？」

杜四正容道：「八方名動不是一個形容，而是人！」

楊霜兒還在嘴裡念叨著何其狂的名字，聞言下意識接道：「哦，這個人好厲害，又是誰呢？」

杜四道：「不是一個人，是八個人。」

許漠洋吃驚道：「八個？怎麼我一個也沒有聽說過？」

杜四淡然一笑：「這八個人都是親自給皇帝辦事的人，普通閒雜人等如何能知，不過只要說起其中一個人，卻曾是在江湖上攪起一番風雨的人物。」

物由心聽得大嘴半張，呆呆地問：「哦，你說的是誰？」

杜四盯著楊霜兒，臉上泛起一絲笑意，緩緩道：「暗器王。」

物由心一拍大腿：「你可是說八年前在洞庭湖寧芷宮以一人之力破了江湖十七名

暗器高手，被江湖人尊稱為暗器王的林青麼？」楊霜兒笑嘻嘻地對物由心豎起大姆指。

「除了他還能有誰？」杜四頷首微笑：「其時林青年僅弱冠，卻一戰成名，被江湖中人譽為暗器之王！」

許漠洋見杜四與楊霜兒笑得古怪，也無暇細想：「另外七個又是什麼名動江湖的人物？」

「為了給皇上辦事方便，八方名動平日從不顯山露水。『良辰美景，清風明月，林青水秀，黑山白石』——是為八方名動，而就連八方名動中唯一聲名在外的林青亦只排名第五，你說這幾個人好惹嗎？」

楊霜兒吐吐舌頭：「怎麼京師會出來這麼多高手？」

杜四道：「江湖人打打殺殺，至死方已。但凡有些抱負的人都來京師重地妄想贏得一份功名，在京師自然人才眾多。」

楊霜兒想想又問道：「可是這些人想來都是桀驁不馴的人物，皇上人在深宮，又如何使得動他們？」

「你說得有理。」杜四讚許地看了楊霜兒一眼，笑道：「所以才有了天花乍現之說？」

楊霜兒奇道：「這又是什麼？」

杜四道：「那是由京城流星堂御製的一支煙花，名為天女散花，只要放上了天，煙花瀰漫中，這八個人就到了。」

楊霜兒笑道：「哈，我要有這麼一支天女散花就好了。連皇上的人都請得動。」

杜四微微一笑，眼望楊霜兒的手上，一字一句地道：「你已經有了！」

原來，物由心從千難手上搶下的那管煙花正是號命八方名動的天女散花！也是合該千難倒楣，他奉明將軍之命來幽冥谷接應，卻先碰上物由心。物由心小孩心性非要看看他手上是什麼東西，千難如何肯給，可物由心武功太強，從頭到尾都沒有給他放煙花的機會便搶了下來。

諸人這才知道為何會引出杜四這一番驚天動地的話，不由都看著楊霜兒手上那管精緻的煙花。

杜四神情凝重：「天女散花一併只有二十四支，卻不知為何會出現在這裡。」

物由心忽憶起一事，問杜四道：「你且說說這名動八方中還有什麼人？我前幾天倒真是見了兩個奇怪的人。」大家都在想物由心只怕見了任何一個人都會覺得奇怪，卻也不敢說出口來。

杜四道：「這八個人除了驚人的武功外還各有成名絕技，比如追捕王梁辰精通追蹤之術，潑墨王美景卻是一手好畫技，登萍王顧清風顧名思義自是輕功絕頂，妙手王關明月則是神偷之術宇內無雙，暗器王林青自不必說，而琴瑟王水秀雖是八方名動中唯一女子，卻是仙曲妙韻藝播京師……」

物由心大是緊張：「可有什麼精通機關土木學的人嗎？」

杜四奇怪地看了物由心一眼：「你說的必是機關王白石，此人對天下機關無一不精，任何暗道隱路以及鎖扣之類到了他的手上，全然無用。此人與精通拷問術的牢獄王黑山一向形影不離，你若是只見到了一個人，想必不會是他！」

物由心大叫一聲：「慘了慘了，這下我墳墓中的那些寶貝豈不是全都沒有了？」

三人不知道發生了什麼，急忙跟著物由心往那奔去，才走了幾步，便聽得墳墓當下一個箭步朝那刻有英雄塚字樣的墳墓奔去。

中咯咯作響，似是有什麼東西將要破壁而出。

楊霜兒一聲驚呼，就是許漠洋也止不住頭皮發麻。

物由心驀然站住，剎那間這個個頭並不高大的老人神情威猛無比，一頭白髮迎著晨風飛揚而起，就好似在空中出現了一道白色的綢緞……

楊霜兒眼望著墳墓門在咯咯的石塊磨擦聲中緩緩開啟，再看著物由心那一頭飄舞的白髮，腦中忽想起自幼熟讀的詩書，不由自主念道：「白髮三千丈！」

白髮三千丈，離愁似箇長。這正是詩仙李白那被吟誦千古的名句。

那一剎，聽到楊霜兒吟到這一句，許漠洋心間猛一恍惚，突有所動，為了巧拙的遺命，他們往笑望山莊的這一路來——真不知還要經過多少磨難？路還有多長？愁還有多長？

第四章

四笑於掌

毒來無恙大驚低頭看去，但見掌心赫然出現四道彎彎曲曲的紋路，
就似四張古怪的笑臉刻在自己手掌中一般，心神一凜，
忍不住喝問：「你是誰？」
「哈哈哈哈……」來人高冠胡服，面若重棗，一臉虬鬚，
先是四聲長笑，直震得晨鳥驚飛，草木輕揚：
「將軍之毒遠道而來，笑望山莊容笑風特來相迎。」

墳墓機關喀喀響過數聲後，那塊當做墓碑的大石緩緩朝旁移開，露出黑黝黝的洞口。卻有二個人已然立在其間，神情俱是倨傲無比。彷彿他們不是剛剛從一座墳墓中走出來，而是踏上了金鑾寶殿！

左首那人面黑如墨，身形高大，看不出有多大年齡，只是眼露凶光，一臉狡狠，一看便不像是中原人士。也不見他說話，只是望著物由心冷笑。

右首那人三十餘歲的模樣，面色白晰，相貌儒雅，雖亦是一面傲色，卻先是對著物由心長鞠一躬：「老人家的這些機關設計如此巧妙，真是令我大開眼界。」

物由心面色如土：「再好的機關有什麼用，還不是讓你逐一擊破後安然走出了墓門……」言罷又小心翼翼地充滿期望地問道：「我那些寶貝沒有被破壞吧？」

那人微微一笑：「老人家盡可放心，若是不能不損一物而純以智力出此墓門，我還能算是機關王嗎？」言語雖是恭謹，神色卻是驕然。

幾個雖是已有些料到此人大概是機關王白石，聽他自承身分，卻還是忍不住渾身大震。尤其是剛剛聽杜四講了八方名動的來歷，此時立刻就見其人，更增威勢。那面色如墨的異族人想來必是與機關王形影不離的牢獄王黑山了。

杜四低歎一聲：「想不到連京師的八方名動也插手到這件事中，將軍的權勢倒真的比得了皇上了。」

機關王白石眼光望向杜四，仍是一副毫不動氣謙謙有禮的樣子：「這位兄台不知是什麼人，我與牢獄王不過是與這個老人家打了一個賭，絕對是與明將軍無關的。兄台這樣說分明是挑唆皇室內亂了！」機關王雖是彬彬有禮，但言語間不卑不亢，隱含鋒芒，果然不愧是八方名動中的人物。

物由心大叫道：「不公平不公平，你又不說你是機關王，如果我早知道，必然和你比試別的花樣。」

機關王洒然一笑：「老人家一開始不也不說自己來歷嗎？再說是你自己提議賭我不能在二日內從墓中走出來，現在又這般抵賴，豈不有損老人家的信譽？」

他卻不知道，只怕天下所有的老人家中最無信譽可言的就是眼前這個物由心了！

許漠洋行事老成，看到機關王與那一言不發不怒自威的牢獄王似乎與自己無關，那最好是能以言語緩衝彼此的敵意。剛剛才聽到杜四說起八方名動的威名，想來手下自然不弱，能不動手自是最好。眼望杜四，二人相互緩緩點頭，以目示意，知道均作此想。

杜四仰天打個哈哈：「卻不知道三位賭的是什麼？我們身為局外人，倒不妨做個公平的仲裁。」

物由心急道：「不行不行，我們賭的是腦袋呀！」撓撓自己腦袋上那一頭長長的白髮，喃喃道：「我怎麼知道我竟然會輸，我最多就是逗他倆開開玩笑罷了！」

機關王淡然一笑：「老人家或許無意要我們的腦袋，可我們卻真是以拚著性命的心情來參與賭局的。」

杜四心中一凜，啞然無聲。於情於理，倒都是物由心的不是了。他上次來幽冥谷只是路過，尚未與物由心碰面，此次雖是初識，卻喜歡這個老人毫無機心的漫無城府，就算對方不是明將軍的人，心裡也是大大地偏向物由心，此刻心念電轉，盤算著恐怕也只好隨著物由心耍無賴了。

物由心更是發急：「我這腦袋老而糊塗，只怕你們要了也沒多大用處吧。」他看上去一把年紀，此時卻一臉懇求地望著眾人，活像做錯事的小孩子希望大人的原諒，惹得眾人都禁不住在心裡發笑。

機關王倒是不緊不慢：「老人家說笑了，我們也不是要你的腦袋，只要讓黑兄問幾件事，雖說是賭腦袋，其實也只是讓老人家委曲一會而已。」

許漠洋笑道：「既然機關王如此有禮，物老先不用著急，不妨聽聽要問的是什麼問題？」

那一直不發一語的牢獄王黑山發話道：「信口回答如何能知道真假，只怕老人家要隨我回京師刑捕房一趟，借用一些工具來辨別其真偽。」他的語聲中夾雜了異國口音，頓挫生硬，且不聽內容就已讓人非常不舒服。

物由心大叫：「這怎麼成，那我豈不是犯人了？」

牢獄王嘿嘿一笑：「不是犯人，只是我的客人。」他說到客人二字時語氣加重，更是讓人聞之心驚。牢獄王精通拷問術，自然懂得如何用言語增加對方的壓力。

機關王微笑道：「也不盡然。只要老人家保證如實作答，我們亦不會太過為難你。」

物由心垂頭歎道：「好吧，只要你不問我師門的事，我都可以答應。」言至此卻又跳將起來：「不對不對，先分清楚你們是不是賭贏了我再說。」

大家見物由心先前一句話分明已是認輸，後一句卻又開始耍賴，都是心中絕倒。這個老人年紀頭髮鬍子都是一大把，樣貌老成卻又狀若天真，也的確是武林奇觀了！

機關王哈哈一笑：「點睛閣主景成象純厚平實、一派正氣；翩躚樓主花嗅香飛揚跳脫、屢走偏鋒；溫柔鄉主水柔梳妙姿天成、悠然自得；英雄塚主物天成豪情仗義、以歌詠志。俱是不世出的人物，而物老這般前後不一，破綻百出，豈不被武林後生笑掉了大牙？這般下去想來就是要回歸物天成的門牆亦是難上加難了。」

眾人聽他娓娓道來，全都呆了，就是杜四見聞廣博也是從未聽說這閣樓鄉塚的名字。

物由心大訝：「你什麼都知道，那還問我什麼？」

原來這點睛閣、翩躚樓、溫柔鄉、英雄塚乃是江湖上最為隱秘的四大家族，特立獨行，每一門都是有驚天動地的武學。但四大家族門規極嚴，弟子行走江湖禁令極多，忌用本門武學，是以幾百年來少現神蹤，雖偶也會與各大幫派暗有爭鬥，但卻是聲名不著，尋常江湖中人是絕不知道的。

而這物由心正是英雄塚中的弟子，正是因為他小孩心性在十幾年前無意間洩露了本門武功，所以才被逐出門牆，罰其在此塞外人跡罕至的隔雲山脈中思過。但物由心心念舊主，所以仿著英雄塚的樣子在此立墳建碑。

也正是如此，剛才物由心被杜四等人看出了武功才惶急之餘甚至想殺人滅口。只是他生性善良，一片赤子童真，自不會真的下此狠手。而此時聽得機關王將本門秘密一語道破，不由心中大亂。

機關王大笑：「四大家族雖然隱秘，卻如何瞞得住京師遍佈四海的情報網？這些區區小事自是不屑向物老一問了。」

物由心搔搔頭：「那你要問我什麼？」

機關王淡然一笑：「物老既然準備好讓我問，可已是承認輸了嗎？」

物由心眼見對方對本門事如此熟悉，料想問自己的必是其他什麼事，當下點頭道：「就算我輸了一次好了，有什麼事就快問吧！」

機關王輕輕道：「聽聞英雄塚機關消息學天下一絕，在我看來卻也不過如此。現在只想請物老再給我等說一說英雄塚的識英辨雄之術。」

原來英雄塚的幾種不傳之秘正是機關消息學、識英辨雄術、狂雨亂雲手和氣貫霹靂功。

機關消息學是英雄塚的陣法機關，識英辨雄術則是英雄塚中五行風水相人看命之術，而狂雨亂雲手和氣貫霹靂功則是英雄塚的家傳武學，前項為擒拿一類的小巧近身功夫，後者乃為一種霸道的內功。

物由心心中大奇，機關王不問他狂雨亂雲手和氣貫霹靂功，卻要問他識英辨雄術，實是難解。他雖是貌似天真，卻也不是白癡傻瓜，眼珠一轉，計上心頭。喃喃道：「我早早被趕出師門，這識英辨雄術卻是無緣學到。」

機關王一指身邊的牢獄王，微微笑道：「牢獄王最懂讓人說出心底的秘密，物老想不想試試個中滋味？」此人說話總是笑瞇瞇的，言語中卻是毫不容情，暗含威脅。

物由心大怒：「有本事就把我抓起來拷問，看看你們有沒有這本事了？」

牢獄王一邊冷笑就要出手，機關王伸手攔住了他，轉過身對杜四深深一揖：「物老剛才既已認輸，現在又這般蠻不講理，幸好有諸位大俠在場作證，如若放過物老也無不可，只是英雄塚這三個字日後已可改為無賴塚，還望各位大俠多往江湖上幫襯宣揚一下……」

杜四眼見機關王智計百出，誘得物由心自己認輸後，於情於理似乎都是辯無可辯，雖是想幫物由心，卻也沒有了主見。

機關王的武功尚不得知，但此人於幾句笑談間便牢牢占得上風，果然名不虛傳。

物由心長歎一聲：「罷罷罷，要麼是有辱師門之尊嚴，要麼是洩露師門之秘密，機關王你也莫難為我了，反正我活了一大把年紀，今日一死了之總算可以有個交代了吧！」言罷長髮飛起懸在一棵樹上，那長髮在空中猶若活物般挽了一個套，他自己則是飛身而起，脖子長伸直往那個套中鑽去。

此人天性好玩滑稽，此刻就是要自盡竟然也是用這種匪夷所思的方式——用自己的長髮吊死自己。看得眾人又是著急又是好笑。

那牢獄王黑山不置一詞，竟是預設了這種解決方式，機關王白石卻再度一笑：「願賭服輸，物老這般以一己之命捍衛英雄塚的豪氣固然可嘉，但英雄這二字前恐怕還應該加上二字，喚作『失信英雄』才對……」

物由心先是一愣，惶急之下六神無主，又放聲大哭起來。也虧他年紀這麼大，卻是說哭就哭，便是一般孩童亦有所不及。

機關王每言必笑，卻是句句命中物由心的要害，顯是看出物由心最重師門清譽。雖是有些得理不饒人，但仔細一想其固然強詞奪理，卻也不得不承認其言之有理。

杜四與許漠洋俱是為物由心擔心，偏偏又無法可施……

「且慢！機關王你是不是一個很講道理的人？」發話的竟然是剛才不出一言的楊霜兒。

機關王笑吟吟地望著楊霜兒：「在下雖是為皇室做事，卻也懂得江湖上有言必行、有諾必踐，不知這位姑娘有什麼指教？」

楊霜兒化裝為男子，卻沒有一個人不是一眼認出她的女子之身，一時小嘴都噘了起來。不過眼見物由心一顆腦袋已鑽入「髮套」中，一雙眼睛卻含著眼淚可憐巴巴地望著她，希望她有什麼回天之術，又不免噗哧一聲笑了出來。

「機關王你且看這是什麼？」待得楊霜兒笑意稍減，從懷裡掏出了那天女散花，這一次輪到機關王與牢獄王大吃一驚了。

機關王心下大凜，表面上卻不動聲色：「請問姑娘，這個煙花是從何而來？」

楊霜兒好整以暇，得意之情溢於言表，更是嬌憨可愛：「你不會告訴我你不認得這是什麼吧！」

機關王與牢獄王相視一眼：「這個，能不能讓我仔細看看？」

楊霜兒用小指在臉上一刮：「胡說，以你的眼力還會看不清？你說你認不認得這個東西？」

機關王遲疑一下，終於點點頭：「咳咳，應該認得！」

楊霜兒輕輕嬌笑：「這個東西是不是就叫做天女散花？」

饒是機關王智慧高絕，此時也無法可想，只好乖乖答應一聲「是」。

楊霜兒更是得意：「你們是不是八方名動的人？」

機關王只得繼續點頭：「是！」

楊霜兒得理不饒人：「是不是有了天女散花就可以命令你們做一件事？」

機關王長歎一聲：「不錯！」

楊霜兒大笑：「那我現在應該可以命令你們做一件事了吧？」

物由心大喜過望，頭一揚，那長長的白髮打了幾個圈子飛到機關王與牢獄王的面前，哈哈大笑：「來來來，乖孫女讓這兩個不黑不白的東西試試我自製的白髮絞索。」

機關王終於忍不住面色大變，眼望楊霜兒，真怕她就按物由心所說的而做。

杜四眼見形勢急轉而下，卻也佩服機關王的信守舊約，眼見牢獄王眼盯楊霜兒手上的天女散花，躍躍欲試。知道若真是弄僵了動起手來，己方雖然人多也未必有成算。當下發話道：「機關王有諾必踐，在下欽佩。楊姑娘也不用太過為難他們，就請他們放過物老便是了，這次賭約就當扯平了吧。」

楊霜兒嘻嘻一笑，望著機關王：「你看如何？」

機關王對幾人長揖一躬：「諸位若無異意，便這麼定了，白石先行謝過！」此人處上風而不驕，落下風而不亂，氣度的確令人心折。

物由心大悲大喜之餘，雖是有些不甘，卻也知道這二人並不好惹，點頭表示同意。

機關王再對楊霜兒施了一禮：「這支煙花關係重大，我既然已答應了你一件事，不知可否將煙花交還於我？」

物由心道：「你若反悔怎麼辦？」

牢獄王大喝道：「就算現在反悔，你可有什麼法子阻止我們？」

機關王輕輕一笑，舉手攔住牢獄王，眼視楊霜兒，不發一語。那牢獄王似是唯機關王馬首是瞻，悶吸一口氣，再不開口。

眾人一想也是道理，眼見機關王牢獄王面對四人毫無懼色，當是有驚人藝業。物由心或可敵得一人，而杜四楊霜兒加上一個受了傷的許漠洋三人合力是否能敵得住另一人，卻是未知之數。

楊霜兒少女心性愛熱鬧，一面把玩著天女散花，一面輕輕道：「這麼好看的一支煙花，送還給你反正也是無用，倒不若讓我放上了天可好？」

機關王瀟灑地一聳肩頭：「那也無妨！」

煙花升起，在將曉未曉的天空中炸開，散成霧狀，從中散出八道各色的火光，射向晨空，經久不敗，煞是好看。惹得楊霜兒與物由心齊齊拍手大叫，待得煙花散盡，機關王與牢獄王已然不知所蹤。

物由心一個箭步衝入墳墓中，不一會出來，手上抱了一大堆事物：「總算這個機關王還有本事，沒弄壞我的寶貝。」

幾人看去，物由心的寶貝無非是一些形狀有趣的小玩意，怪石異草等等不一而足，都不禁微笑。物由心卻獻寶一樣給大家介紹起來。

杜四眼前一亮，從物由心那堆寶貝中拿起一物，那是一截五尺餘長的東西，色澤淡青，卻又隱有亮光乍隱乍現。

物由心洋洋得意：「你們可知道這是什麼？」

許漠洋見此物削長，卻隱是略具人形，活像一隻長成型的人參，只是表面光滑，沒有枝鬚葉蔓，上面還有天然的數圈紋理，似木非木。他雖在冬歸城宮中見過許多天南海北稀奇古怪的東西，但卻從來未見過類似此物的物品。

物由心道：「五年前我在天山腳下碰到一隻金色大蟒，費了我好大力氣才玩死牠，這便是牠的舌頭……」

楊霜兒驚叫一聲，大著膽子用手摸去。但覺觸手處似光滑似澀結，手感上極有韌性，要不是物由心說了此物的來歷，真是無論如何想不到竟然是一條大蟒的舌頭。

許漠洋眼見此舌已足有五尺餘長，心下駭然，真不知道那條蟒要大到什麼地步。

杜四神情莫名地激動，問物由心道：「那蟒頭可是狀若四角，隱有三隻眼，蟒身有若人腿粗細，全身泛有暗金色的光。不知這條蟒長得有多大？」

物由心細細回想，拍腿大笑：「不錯不錯，我當時亦覺得奇怪，如何有這種怪蛇，那蛇眉頭處有一大瘤，活生生就像長有三隻眼一般，足足有二丈餘長，甚是嚇人……」

杜四大叫一聲，眼中湧起一片光彩，輕撫那條蟒舌，喃喃念道：「舌燦蓮花！這下我兵甲派總算復興有望了！」

許漠洋聽杜四的口氣，隱有所覺，當下問道：「什麼是舌燦蓮花？可是煉寶甲的神物嗎？」

杜四胸口起伏不止，似是激動不已：「此物嚴格地說非是蛇蟒類，乃屬於幾乎已絕跡的一種上古生物，名為蠓，只長於天山，因其常常守護天山上的雪蓮而得名蓮花蠓，雖是無毒，卻是性極凶殘，見有人畜接近便主動攻擊。」

物由心大概是想到當年那一幕，心有餘悸：「是呀，我那正是要去採雪蓮，忽然鑽出那個東西，要不是我英明神武藝高人膽大……」當下又吹噓起來。

杜四繼續道：「此蠓極有靈性，據傳為遠古水神共工所膳養，每日要食百斤葷腥，如遇人畜，先圍腰數匝，再囫圇吞之。據我門《神獸異器錄》中所記，蠓最厲害的武器便是其舌，味葳性寒，柔韌若帶，堅固勝鋼，百折不斷，在神器錄中排名第七，乃是鑄造兵器的神物，稱之為『舌燦蓮花』。」

眾人聽得呆了，這才明白杜四的激動源自於終找到一件可煉製神兵的寶物。

楊霜兒拍手笑道：「這名字好聽，真是讓人想不到竟然是一條大蟒的舌頭。」

杜四道：「蠓並非蟒類，而且有其與眾不同的個性。雖是生性殘暴，卻是對主人極忠，若是主人身死必復仇後自絕食而亡，是以絕少有長得那麼大的蠓現於世間，這一次真是天數啊！」

許漠洋與楊霜兒一路上聽了杜四門中之事，眼見他心願得償，俱是替他高興。

楊霜兒最是乖巧，當下搖著物由心的手道：「老爺爺你就把這個蠓舌送給杜伯伯吧！」

物由心卻是搖頭：「不行不行，這是我的寶貝，送你也可以，不過要答應我二件事。」

杜四深鞠一躬：「但憑物老吩咐！」他眼見如此夢寐以求千載難逢的寶物就在手

中，只要物由心願意送給自己，什麼條件也可以答應了。

物由心看著杜四哈哈大笑：「剛才要不是你們仗義執言，我早被那個機關王逼得走投無路了。我與你這老兒也是有緣，二個條件一個是讓這小姑娘認我做爺爺，另一個條件就是讓我跟大哥一起走一趟，在這山谷待得久了，悶出了一身病。」他自己一頭白髮，卻總是以為自己年輕，竟然對著看起來比自己小十餘歲的杜四口稱大哥，惹得諸人暗暗失笑。

話音未落，楊霜兒已是對著物由心盈盈下拜，口稱「爺爺！」

杜四知道物由心雖然瘋瘋癲癲，武功卻實是驚人，有此強援如何不喜。伸掌出來，與物由心一握，二人哈哈大笑，充滿相知之情。

當下各人通了名姓，物由心來歷奇特，不願多說，杜四也不多問。

許漠洋也是心喜物由心的天真爛漫，恭謹行禮，物由心眼望許漠洋，略微詫異：「許小弟近日必有奇遇，身體中似有一種說不出的潛力。」

眾人想到剛才機關王白石說起要聽聽英雄塚中的識英辨雄術，顧名思義都知道物由心的眼力是何等的高明，當下七嘴八舌地給物由心說起了許漠洋與巧拙間的那充滿了神秘色彩的一眼。

物由心興高采烈地道：「有空再好好給許小弟看看面相，現在我們不如先上路去那笑望山莊，我久聞渡劫谷中殺人樹之名，輕易不敢去惹，現在人多了我可不怕了。」又故作神秘地低聲道：「日後我若是用了本門武功，你們可要給我作證。」

眾人想不到他如此急於離開竟然是為了看看那殺人之樹，有物由心那一身超凡入化的武功，這一路上更增幾分把握，何況這一路上有此風趣的老人為伴，倒也真是不愁寂寞了，紛紛笑著答應。

「且慢，我這一走，本門的秘密可不能洩露。」物由心將那刻有「英雄塚」三字的大墓碑抱入墳墓中，開啟機關將墓門鎖上，想起適才之事，歎道：「這世上大概也只有那機關王才能在我這機關重重的墳墓中來去自如了。」

諸人見那墓碑重達數百斤，物由心卻舉重若輕般毫不費力地搬了進去，俱是咋舌不已，心想這老人雖是瘋癲，一身功夫可是毫不含糊。再想到機關王與那牢獄王的從容自定，加上後有將軍的追兵，這一路來還不知道有多少風險……

杜四得了異寶，心情大暢，一路與幾人談談笑笑，他所聞廣博，見識卓遠，幾人聽到許多奇人異事，受益菲淺。

眼見天色已亮，四人終於出了幽冥谷。

出了幽冥谷後地勢驟然開闊，原來是一個四周圍山的大盆地，雖是少了幽冥谷中的花草，但奇石四處散亂而立，比起幽冥谷內又是另一番景象。

物由心精擅機關，緩緩道：「這個地方的亂石排列得很有學問，暗合天上星宿，隱有陣法，我雖是久居此地，卻也沒有參詳透。」

許漠洋聽物由心這麼一說，抬目四望，果然見大石凌而不亂，迫得眾人繞來繞去，幾乎頭也繞昏了。他一生縱橫塞外，亦得逢不少奇遇，然而比起這一天的奇見妙聞來說，俱不足道了。

楊霜兒想到了幼時與玩伴在樹林石間捉迷藏的情形，倒是覺得有趣。杜四卻另有想法，此隔雲山脈本是塞北一個並不出名的小山脈，卻偏偏有著這許多的奇異之處，再想到精通天命術理的巧拙執意要自己留在此地，更是在遺命中讓許漠洋去笑望山莊，還扯上了無雙城的楊霜兒，定是隱含深意。物由心一向以本門機關學自負，今日為機關王所挫，心生不忿，來此妙然天成的石陣中，更是心智被奪，專心研究。

四人各懷心結，在石塊間中穿來繞去，二個時辰後方才出了這一片看似紊亂實則凶險的石陣。在石陣中雖是看似平常，其實各人都在暗自戒備，深恐敵人仗此有利地形突然發動襲擊，出了石陣後，一陣似花似草的幽香淡淡襲來，渡劫谷已然在望。各人不免都是暗地長舒了一口氣！

就在此時，一縷銳風細不可察地從後拂來，奔向物由心的背心……

許漠洋自從被巧拙看那一眼後，對天地間的各種感覺極為敏銳，此時莫名地心頭忽覺有異，不及細想，嗆然撥劍。

與此同時，物由心一聲大喝，滿頭白髮乍然飛起，與那股銳風相交，竟然暗含金鐵之聲，一隻小小的錢鏢被物由心拂落在地。

物由心哈哈大笑：「無良鼠輩，竟然敢偷襲我，出來讓我看看。」

一人緩緩從後現身，一臉謙恭：「前輩誤會了，我本意是打隻小山雀，不料學藝不精，有失準頭，實在慚愧！」

他嘴裡謙遜，面上含笑，言語得當，加上一副書生模樣，長衫迎風，讓人見之就略有好感。在他身後還有三個兇神惡煞般的人，更是襯得其彬彬有禮。

物由心只認得後面有一個正是剛才被自己搶下天女散花的千難和尚，見其目光狠狠盯著自己，一臉怨毒，嘻嘻一笑：「不妨不妨，剛才我也誤傷了這個和尚，大家扯平好了。」

杜四與楊霜兒卻認得那人身後還有兩人正是在酒店中鎩羽而歸的季全山與齊追城，眼見這幾人似乎以那書生模樣的人為首，不知是何來路。

那書生輕輕一笑，便若女子般的羞澀，毫不在意許漠洋如要噴出火的目光正鎖住自己：「老人家說得不錯，同為誤傷，大家扯平了！」

物由心不好意思地笑道：「我雖然無傷，但念在比你大了幾十歲，多讓點老人家也是應該的吧！」

書生陰陰一笑：「錯了錯了，你雖傷了千難大師，我卻更是冒犯。」

物由心奇道：「你有何冒犯？」

書生肅容道：「千難只是力竭而傷了些微的元氣，而老人家卻是大大的不妙了！」

物由心哈哈大笑：「我有何不妙？」

書生的身體似是隨著物由心的笑聲動了一下，但他明明就在原地靜立，也不知道如何給了人一種動的感覺，似乎有什麼東西把人的視線阻隔了一下才產生了這樣的錯覺。

杜四見聞廣博，雖然沒有看出異常，卻也隱隱感應到什麼危機。

許漠洋持劍立在楊霜兒身前，大喝一聲：「大家退開，小心他的毒，他——就是毒來無恙！」

書生仰天長笑，望定物由心：「老人家不要怪我失手，毒來當然無恙……只有死！」

書生話音才落，物由心已是一聲大吼，一跤坐倒在地，面色慘白，閉目動功，竟然已中絕毒！

原來剛才物由心雖以白髮拂開那一鏢，卻已沾上鏢上之毒，此毒無色無味，此時方才驀然發作，以物由心的精純內力，猝不及防下被毒力沿髮根直攻入腦中，一時卻也支持不住！

毒來無恙在此塞外路途不熟，追失了許漠洋，在隔雲山脈週邊搜尋，卻意外見到了楊霜兒放起的天女散花，聞訊趕來，半路上會合了季全山齊追城與千難三人，問清情況後一併追來。而許漠洋等人為那石陣所阻，耽誤了一段時間，終被毒來無恙四人追上。

毒來無恙等人在那石陣中已發現許漠洋等人，因是不明石陣底細，不敢妄動，只是遠遠躡著許漠洋四人，直到出了石陣這才發難。

毒來無恙眼力何等高明，早看出四人中最難惹的就是那三千白髮的物由心。他心智陰沉，見物由心中招後還先用言語穩住對方，直到毒發後方始現出狠辣面目，許漠洋雖然與他交過手，卻如何能想得到毒來無恙如此出神入化的下毒手法。

這下毒來無恙偷襲得手，眼見對手中最厲害的物由心只顧閉目動功，已無動手之力，再無顧忌。

楊霜兒悲嘶一聲，揚針刺向毒來無恙胸口的膻中大穴，卻被杜四一把拉住，臉色陰沉：「將軍之毒果然名不虛傳！」

以杜四的武功就算可敵得住毒來無恙，但對那來無影去無蹤的毒卻委實忌憚，何況許楊二人自是無法擋住季全山齊追城與千難三人的聯手，敵人像已是勝券在握！

毒來無恙仍是一副不緊不慢的樣子：「將軍之毒無非是江湖朋友賞面送的小號，如何敢入杜大俠法眼。不過今天倒是真想會會與我齊名的無雙之針！」

將軍的毒、公子的盾、無雙的針、落花的雨。這四句話說的正是江湖上公認最難惹的四個人，也許這四人武功並不算很高，但各有令江湖人聞之心驚的絕藝。

毒來無恙以毒成名，無形傷人；公子之盾君東臨勝在謀略，計定而動（君東臨的故事可參見將軍系列之《破浪錐》）；無雙城城主楊雲清的補天繡地針法勝在小巧機敏，認穴精準；落花宮宮主趙星霜的飛葉流花雨勝在暗器百變，防不勝防。

其中毒來無恙與趙星霜更是江湖上人稱四大暗器聖手之二，在暗器上的修為僅次於暗器王林青，尚在另一暗器名家黃山千葉門「點點繁星」葛雙雙之上。

毒來無恙以暗器絕毒名震江湖，成名焉是僥倖。有心算無心之下，便是物由心也在一招之內中了暗算。

千難剛才在幽冥谷中被那物由心玩個半死，此時見到物由心盤坐在地運功療毒，心頭怒火上湧，持杖上前，恨不能一杖擊碎物由心的腦袋。此人含眦必報，看到對方已全然落在下風，早已按捺不住，搶在毒來無恙之前出手。

齊追城的炙雷劍半招內毀在杜四手上，也是積怨甚深，季全山在酒店內吐血而退，更是滿腔恨意，此時紛紛上前，形勢已是千鈞一髮。

杜四見今天的情形，已知不能善了，暗地傳音吩咐許漠洋照看物由心與楊霜兒尋隙先退，自己卻一亮手中那柄看似生了鏽的小刀，攔住千難三人的來勢。

杜四一生恩怨分明，許漠洋是巧拙托負給他，楊霜兒亦是那青衣人故友所攜，物由心雖是初識，卻也甚是投緣。當下手中小刀一緊，暗暗下了決心，今天就算戰死當場，也決不讓對方輕易傷害許漠洋、楊霜兒與物由心三人。

杜四身為兵甲派十六代傳人，那柄小刀名為「破玄刃」，看似破舊，卻是非凡，經他運功催動下，隱泛紅光。

季全山與齊追城吃過他的苦頭，見他立若亭淵，腳步不重不倚，穩穩立於道中，面上堅忍，卻也不敢太過進逼。

那千難頭陀卻是含忿出手，只一個呼吸間禪杖已到了杜四的頭頂，杜四小刀輕揚，迎上禪杖，雖是短兵刃使力絕抵不上對方的重長兵器，卻是半步不退。

「叮」的一聲，千難那充滿力道的全力一擊竟然被杜四的小刀輕輕巧巧地接住。要知杜四身為兵甲派傳人，對各式兵器的熟悉程度天下少有。與千難刀杖相接的一剎那，手腕輕抖，破玄刃化出無數的變化，於漫天杖影中端端擊中杖尖九寸處，那正是千難的禪杖最難發力的地方。

千難一招無功，惹起了凶性，待要再撲上前去，卻被毒來無恙以手止住。毒來無恙好整以暇，踏上幾步：「幾位兄弟守住周圍，許漠洋身為將軍親點重犯，決不能讓他走了。我來領教一下兵甲傳人的絕學。」

杜四面色凝重，破玄刃提至胸前，默念口訣。毒來無恙成名的是毒功與暗器，其暗器千變萬化無有定招，杜四雖然對各類兵器熟悉，但卻未必能懂得每一種暗器的特點，這一戰氣勢上已然落了下風。

「哈哈哈哈，何用兵甲傳人出手，讓我來試試將軍之毒的毒功！」一個清越的聲音從眾人的頭頂上傳來。

眾人尋聲抬頭望去，但見雲遮霧湧下，一個小黑點從高高的隔雲峰頂上飄然直下，落得近了方才看出竟是一人，騰雲架霧般攜著一股奔騰的氣勢直襲向毒來無恙。

隔雲山脈兩壁猶若鬼斧神劈般筆直平滑，人所罕至，是以杜四才不得不帶許漠洋楊霜兒從幽冥谷往笑望山莊去，此人也不知道用什麼辦法上得峰頂，更讓人心驚的是這許多高手對其出現毫無所覺，雖是借了眾人觀察力上的盲點，想不到頂峰上會有人，卻也是讓諸人大出意料之外。

來人其勢極快，加上從峰頂上一衝而就的落勢，幾乎是人隨聲到，迎著獵獵風聲，宛若天神。

毒來無恙久經沙場，雖是事變突然避無可避，卻也及時運功抬掌，與那人硬對硬地拚了一記！

砰然一聲大震，毒來無恙踉踉蹌蹌直退出了七八步遠，這才勉強穩住身形。

雖然來人一掌擊退毒來無恙，但在場諸人要麼是一方宗師，要麼是家學淵源，均是武學高手，眼力高明。俱看得出來人並非是武功比毒來無恙高出甚多，只是借了從空而降的威勢，把從幾十丈高處衝落下來的力量全都讓毒來無恙接了去，這才有如此驚人的一擊。

來人從百丈高崖下落的衝勁盡數傳給毒來無恙，在空中翻了幾個跟斗，飄然落地。

可毒來無恙心中的震驚卻遠非表面上所顯現出一邊倒的劣勢，在那人從天而降時，他已準備運功將絕毒攻入對方體內。可就在二人雙掌相接的一剎那，對方掌力吞吐不定，在電光火石的片刻間換了七種手法，或駢掌揮掃或屈指彈壓，一種極為古怪的內力或放或收，先後襲來四重內勁。

第一層內勁以卸為主，化開毒來無恙的掌力；第二層內勁陰柔無比，將毒來無恙掌中之毒吸得涓滴不剩；第三層內勁剛強至極，將所吸之毒盡皆倒卷回來；第四層內勁卻似一股詭異的熱氣，循著手臂的經脈往心房疾走。枉自毒來無恙一身毒功，對方竟然早早預知了他的獨門運功手法般，安然對接一掌，竟是毫髮無傷。

毒來無恙退開幾步方始化去來人古怪的反噬之力，手腕略沉，幾枚鐵蓮子與毒蒺藜已悄然落入掌心，蓄勢待發，卻忽覺得掌心一熱，似被什麼尖利之物刺了一下。

毒來無恙大驚低頭看去，但見掌心赫然出現四道彎彎曲曲的紋路，就似四張古怪的笑臉刻在自己手掌中一般，心神一凜，忍不住喝問：「你是誰？」

「哈哈哈哈……」來人高冠胡服，面若重棗，一臉虬鬚，先是四聲長笑，直震得晨鳥驚飛，草木輕揚：「將軍之毒遠道而來，笑望山莊容笑風特來相迎。」

第五章

五行鑄兵

容笑風道：「所以巧拙大師才讓我們集在一起，
用杜老的兵甲絕學，加上笑望山莊引兵閣中的定世寶鼎，要煉成這一把弓！」
他長吸一口氣：「我雖對巧拙大師的一些用意尚不明白，
但想來成弓之時便應是四月初七那一日。」

毒來無恙目射異光：「久聞笑望山莊地處靈傑，天高風遠，雖處僻靜之地，實有桃源之風。將軍早知莊主聲名，睽違已久，也常常在我等面前提及容莊主的桀傲不群、淡薄俗名，只是事物繁忙，不得一唔。」話音一轉：「容莊主不在莊中擁妻妾望美景的享福，卻來此荒山野谷中與將軍為敵，恐非明智。」

要知毒來無恙身為明將軍座下客卿謀臣，心計口才均是一流。這段話前恭後倨，先是暗示將軍亦知道一向隱秘的笑望山莊，卻又暗示其擁兵塞外，不放將軍在眼中，最後幾句便是清清楚楚的威脅了。

容笑風又是四聲大笑，令人生出他對毒來無恙乃致明將軍亦全不放在心上的感覺：「明將軍屯兵數十萬於塞外，安有笑望山莊的擁妻望景之悠然。在下自幼生於胡地，何忍見刀兵四起，為禍百姓。況且覆巢傾卵之下，怎不知今日的冬歸城便是明日的笑望山莊之鑒。毒君莫要多言，如若不想就此發難，容某自當在笑望山莊守候將軍大軍。」

眾人聽得容笑風絲毫不懼明將軍的威勢，直斥毒來無恙，都是心底稱快。楊霜兒雖是久居江南，不知明將軍的窮兵黷武，卻見容笑風一派正義凜然之色，加之心厭毒來無恙等人的囂張，更是忍不住大聲叫好。

許漠洋身奉巧拙大師的遺命要去笑望山莊，此時莊主親臨，不免朝容笑風定睛看去，只見他三十幾許的年齡，眉長目清，臉若刀削，顴骨高聳，鼻端豐隆，應是塞外龜茲胡人。但聽其口音純正，不沾絲毫羌音，言辭鋒利更是不俗，分明是一飽學之士，心中想到巧拙讓自己來找他定是別有深意。

毒來無恙見容笑風毫不留情擺明了不懼明將軍，不由心頭大怒，面上卻不露半分惱色，仍是謙恭有禮：「容莊主快人快語，豪情蓋天不畏生死的態度讓我等肅然起敬，只是不知笑望山莊上下三百二十七人是否也如莊主所想呢？如果莊主知時務，在下當保證將軍不犯一兵一卒，免得刀兵相見，血染山莊，到那時恐怕莊主就悔之晚矣。」

容笑風心中暗凜，對方竟然如此深知自己笑望山莊的底細，而且人數上分毫不差，顯是有備而來，心中也不由對明將軍的情報工作暗暗佩服。卻依然大笑四聲：「枉自毒君隨明將軍縱橫數年，竟然對一個小小的笑望山莊也是如此利誘在前威逼在後。何況就算我笑望山莊毀於一旦，江湖上也自有一番說詞，毒君若有心儘管率兵來襲，看看我笑望山莊是否好欺之地，何必空費了口舌，徒增笑柄。」

毒來無恙冷冷一笑：「莊主既然聽不進我阻勸良言，必然也有不凡藝業，久聞莊主四笑神功的厲害，這便請教了。」

毒來無恙暗算雙方實力，自己應該敵得住容笑風，千難與杜四也有一搏之力，齊追城與季全山也可擒下楊霜兒與許漠洋，當下便要迫對方出手。

容笑風傲然一笑：「我這次下山來本意是接人，想不到更能與將軍之毒一戰，不亦快哉。且讓你見識一下笑望山莊的神功，不要以為我塞外就無人可擋將軍之鋒了。」

要知明將軍幾年來縱橫塞外，雖是治兵嚴謹，禁令將士燒殺搶掠。但戰場之上死傷甚眾，一旦破城後自也免不了士兵屠城洩憤，已是與塞外各族結下了血海深仇，笑望山莊雖然並無遭劫，卻也對將軍深懷敵意，是以容笑風一來便是不留一點餘地。

毒來無恙大笑：「剛才憑白受容莊主一掌偷襲，現在便還你一掌。」掌中再運起十成毒功，向著容笑風擊來。

許漠洋眼見毒來無恙這一掌勁氣內斂，出掌之勢雖然凶猛，卻不聞一絲掌風，料想其必是暗蘊毒功在內，待與對方掌力接實後再吐出毒素。若是自己面對這一掌，唯一之計只有先避對方的銳氣，再尋隙反擊，卻不知容笑風要怎麼接這一掌。

容笑風看到毒來無恙這一掌，亦是不敢大意，剛才借著從山峰中下落的勢道與之對掌，在戰略上實已占了很大的便宜，對方卻仍能全身而退。毒來無恙名動江湖，自是有其絕藝，剛才自己引起他的怒火，對方雖是不免冒進，但這一下含忿出手也必是不好應接，當下凝神運功，四笑神功增至極限，打算與毒來無恙硬拚一記。

原本在一旁打坐調息的物由心突然一躍而起，攔在毒來無恙之前：「我還未算你偷襲我的這筆帳呢！」

毒來無恙眼見物由心中了自己的毒，僅僅運功一會便渾若無事地站起來向自己挑戰，也是心中暗驚。他雖然從千難的口中知道這個老人物由心人雖瘋癲，武功可是絲毫不含糊，卻也未料到厲害至此。

毒來無恙隨明將軍久經風浪，心志堅決，雖然清楚在彼長此滯之下，雙方的實力對比已然顛倒，卻仍是絲毫不懼，雙掌變向迎向物由心，口中兀自笑道：「老爺子此言差矣，兩軍交戰無所不用其極，若是剛才容莊主一掌要了我的性命，在下也是無話可說。」

誰知物由心卻不接毒來無恙的掌力，驀然站定，目射異光：「且住。」

毒來無恙眼見適才物由心朝自己衝來時滿懷被偷襲的憤怒，其勢力不可擋，自己表面上雖是做得若無其事，其實卻是暗中集氣，這一掌已是用了十成十的勁道。卻不料對方說停就停，忽然便於高速中渾若無事的立定，完全違反了常規，而身形中卻不留任何破綻，迫得自己也驀然收功，以免招數用老為對方所趁，但又要防著敵人再度出手，留下了幾分勁力防禦，力道急放急收下，一時心中血氣不免暗暗翻騰。

他雖然估計到了物由心武功高強，卻也沒料到對方實已到了一流的境界，絕不在自己之下，這一戰只怕己方成算不多，再也沒有剛才必勝的信心。

卻不知物由心童真未泯，不善記仇，看似對毒來無恙滿懷憤怒的衝來，其實卻留有幾分餘力，是以才說停就停。他望著毒來無恙手心的那四道笑紋，奇道：「這是什麼？」

毒來無恙狠狠盯了容笑風一眼：「容莊主一掌所賜，在下決不敢忘。」

容笑風聳聳肩，洒然一笑，對這名震江湖的將軍之毒的威脅全然不放在心上。

物由心剛才全力運功驅毒療傷，是以不知道容笑風與毒來無恙動手的情況，當下驚訝地看了一眼容笑風：「這一掌巧奪天工，有一種宿命糾結恩怨相纏的味道，真

沒想到世間竟然有這樣的武功！」

眾人皆是大奇，容笑風適才一掌雖是氣勢驚人，且在毒來無恙的掌心上留下了奇怪的笑紋，卻似乎也沒有傷到毒來無恙，不知物由心為何如此推崇。

容笑風傲然一笑：「巧拙大師亦如是說！」

許漠洋聽容笑風說到巧拙，心頭狂震，這一剎那間他似乎已然隱隱約約地把握到了巧拙的用意……

他這一路上奇遇不斷，從兵甲派的杜四、無雙城的楊霜兒、英雄塚的物由心到現在笑望山莊的莊主容笑風，每一個人看似無關，其實都是與巧拙有著千絲萬縷的聯繫，巧拙大師精通《天命寶典》，莫非當真看出了未來的命運，寧任一死救出自己，為的到底是什麼？

物由心細細看看毒來無恙的臉龐，再眼望毒來無恙的掌紋，若有所思緩緩道：「觀毒君神氣與面相，地閣豐厚，雙耳珠垂，應是長壽命厚之相……」

毒來無恙哈哈大笑：「想不到老人家竟然精通命相之數，可惜我從來不信這些，你若想以此動我心志，肯定是打錯主意了。」

物由心淡然一笑，續道：「可這四道笑紋橫亙毒君掌間，讓生命線無法延續，卻是成了短命之手相，先天難勝後天之算，我只怕你五年之內必有死難。」

眾人那料到物由心會突然說起這樣的話，眼觀物由心平常的行事，分明是一個不通機心的小孩心性，此刻這般鄭重說來，必是因容笑風這一掌讓他大為震動。

毒來無恙心中一震，江湖中人最忌口彩不好，對方如此說來，就算他再是灑脫，無論如何也掩蓋不了心頭一閃而過的陰影，加上己方實力已顯，而對方個個莫測高深，更不知容笑風是否還暗藏了伏兵，不由心萌退志。

他還不知道物由心乃是英雄塚的人物，觀命察相更有一絕，就連機關王白石亦要請教物由心的識英辨雄術，不然只怕心內更是驚惶。

（毒來無恙果然於四年後在劍閣一戰中橫死於魏公子的刀下，此是後話）

容笑風哈哈大笑：「想不到我無意一掌竟然有這般可喜的效果，本來今天是決意為巧拙大師報仇，可聽得這位老人家一說，使得我對毒君的仇恨也淡了許多。」

毒來無恙剎時心志被奪。巧拙之死只是昨晚之事，笑望山莊這麼快便知道了，分明是對明將軍的形跡早有預察，來者不善，看來對方必是有備而來。眼角餘光掃中千難等人，見手下全無戰意，心中暗歎，今日之局怕只能是徒勞無功了。但他嘴上猶是強橫不屈：「容莊主先不用為我考慮，將軍大兵近日必親臨笑望山莊，屆時再向莊主請教。」

容笑風再是四聲大笑：「毒君孤軍深入似乎一點也不知道危險呢？我既身為此地主人，自當會對明將軍有所特別的招待。前面的渡劫谷中山道狹窄，大家招呼起來總方便點，不似現在谷風凜冽，讓我們對峙得這麼辛苦……」

毒來無恙冷哼一聲，拱手告退。容笑風也不追趕，大致給眾人介紹一番後，當前一躬，領先向山谷中走去。

山風迎面吹來，愈哮愈凶，彷彿預示著前面無休無止的荊途！容笑風當前引路，一行五人終於踏進了渡劫谷！

想到剛才毒來無恙的落荒而逃，大家心情都是出奇的好。雖是知道以明將軍的個性，必不肯放過笑望山莊，但眾人久經戰陣，哪會放在心上。笑望山莊毫不留手的相助，已是讓諸人同仇敵愾，共抗大敵。

渡劫谷與幽冥谷的開闊截然有異，山道狹窄，僅容二騎並行，兩邊俱是高崖絕壁，易守難攻。谷中果然滿是奇花異草，許多都是眾人聞所未聞的，楊霜兒開心得不住向容笑風發問，更是將採來的野花編成花環要套在物由心的頭上，惹得大家都是笑意盎然。

容笑風一路上為各人介紹山谷情況，言辭優雅，語意恬然，就如一飽學好客的儒雅君子，看其一派淋漓風度，渾不將適才毒來無恙的威脅放在心上。

杜四首先咳了一聲：「五年前與容莊主鏗然一別，心實念之，如今眼見莊主風采猶勝當年，那些舊事便不用提了。」

容笑風道：「那時因不知你的來歷，所以有所誤會，現在當然不同了，事實上我亦頗懷念你那一掌。」言罷又是哈哈四聲長笑。

楊霜兒想起杜四掌中那一道笑紋，又想到剛才毒來無恙的情形，急忙拉著杜四的手讓物由心看看手相。

物由心拗不過楊霜兒，仔細看了杜四的手：「這一道掌紋卻是奇了，似是接起了杜老兒已斷的生機⋯⋯」

杜四失笑道：「莫不是我反而延長了壽元麼？」

物由心苦思半晌：「杜老兒若是信我，這段時間決不可與人動手。因為此紋似乎喻示著近日將有劫數，奇怪的是掌相顯示的分明是生機盎然中漸露敗相，似乎是在你最輝煌得意之時隱有大難。」

杜四放聲大笑，給了物由心肩上重重一掌：「你這老兒分明是妖言惑眾，生死從

來有命，全由天定，你瞎操那麼多心做什麼？」

物由心全無機心地硬受杜四一掌，撓撓頭道：「我從來只當本門識英辨雄術乃雕蟲之技，所學不精，你也別全信。」

看物由心的神情扭捏，大家不由都笑了，只有許漠洋因物由心說起命理念及巧拙，神色黯然。

容笑風似是知道許漠洋所想，拍拍他的肩膀，「我一早得到快馬飛報，巧拙大師於伏藏山上仙化，便立即下山來接你。」

楊霜兒奇道：「容莊主怎麼知道許大哥是要來找你，聽許大哥說當時巧拙是傳音與他來笑望山莊，旁人都是不知道的呀。」

容笑風第一次沒有露出他招牌式的四聲大笑：「一個月前巧拙大師曾來我處，那時我就知道了一切。」

杜四沉吟道：「容莊主所說的知道一切是什麼意思？」

容笑風悵然一歎：「巧拙大師學究天人，一個月前便已知道將坐化於伏藏山上，是以我這段時間才一直不斷派人打聽冬歸城的情況，總算不負巧拙大師所托，及時接到了許少俠……」

眾人全是心中震盪，看來巧拙大師一個月前不但知道自己將死，竟然還知道將會讓許漠洋前來找容笑風。一時俱都屏息靜氣，等待容笑風揭破出一個驚人的秘密。

容笑風步行漸緩，似乎在醞釀著將要說出的話，諸人不敢打擾他。山谷中縱是霧氣氤氳，枝柳千垂，卻無人有心欣賞。

容笑風徐徐道：「昊空門傳自初唐的昊空真人，集易理與道學於一體，數百年來韜光隱晦，藏谷納虛，雖不似名門大派的風光，卻確有真材實學，其兩大神功《天命寶典》與流轉神功均是不世出的武林絕學。明將軍穩居天下第一高手便是得於流轉神功之威，而《天命寶典》識天知命，將幾千年周經易理、鬼谷神算、紫微斗數等貫連為典，深得易理算術中的慧、定、立、性四訣。雖說天命難違，皆有定數，但亦可因勢利導，迎敵始至……」

物由心歎道：「我師門亦說天命之數實乃雙刃之鋒，人若信之即可飽懷堅定信心，不受外魔侵擾，但也有可能讓人坐享天命，不知進取。說來說去，命仍在人而不在天。」

容笑風肅容點頭：「巧拙身死卻不留下《天命寶典》，想必也有這樣的深意，如此聖典唯有緣人可居之。」

楊霜兒好奇：「那流轉神功到底又是怎麼回事？」

許漠洋也應和道：「事實上明將軍出道以來少有與人動手，卻不知為何能一舉成為人人懼服的天下第一高手？」

杜四素知江湖中事，當下道：「明將軍於十五年前崛起京師，成名卻只有一戰。那就是與當今神留派關睢門主、刑部總管洪修羅的師父包素心一戰，當時兩人對峙半個時辰不發一招，包素心卻吐血而退。後人問起包素心為何不戰而退，包素心卻長歎一聲，承認當時蓄滿勁道卻無隙出手，乃致吐血方能化開勁力的反噬，而其時的明將軍年方二十八……」

容笑風亦是一聲長歎：「無論誰也不能不承認明將軍實在是武學上的奇才。我們雖與之為敵，卻也不能不承認他實有過人之能，不然以水知寒這樣天下有數的高手，為何也甘心只做將軍府的一個總管。」

眾人黯然。

容笑風再道：「流轉神功則取自於天地五行流轉不息之意，奪天地之精華，宇宙之妙韻，實是道學武功的大成之作。只是由古至今，從沒有人能練成，幾乎讓人懷疑那只是武學的偽作，直到出了一個天資超絕的明將軍，這才讓人知道了流轉神功的真正實力……」

眾人雖然都對明將軍的所做所為不屑，但也不得不承認，明將軍的武功的確是窮極天道，無人可擋！

容笑風續道：「然而明將軍卻是一個野心極大的人，他的武功雖是來自道家，卻是用來荼毒江湖，四處征伐，與道家清淡無為的心法迥然不合，這才被巧拙的掌門師兄忘念真人逐出師門。而明將軍天賦絕佳，反而因脫開了昊空門的束縛自成一家，加上其一心仕途，妄想一統四海，這才成為江湖上刀兵四起的最大隱患。巧拙身為他的師叔，自有責任為本門除去這個逆徒，但武功上確有相當的距離，巧拙苦研九年，終於利用《天命寶典》的慧見能識找出了明將軍的破綻……」

許漠洋忽然福至心靈，脫口而出：「偷天弓！」

容笑風點點頭：「不錯，《天命寶典》博引貫透，由玄奧的命理入手，講究物物相克，那一把偷天弓確是克制明將軍流轉神功的最佳武器。」

物由心喃喃道：「我雖不知道明將軍的武功，但就憑他身為我英雄塚上第一人，如果說就依仗著一件武器可以勝他，我是有點不信的。」

容笑風輕輕一笑：「巧拙大師身為明將軍的師叔，對流轉神功的瞭解遠在我們之上，此等做法必有他的道理。」

杜四想到那畫帛上的弓，緩緩道：「那把弓形似弦月，隱然暗合天數，卻不知道用何材料做成方能發揮其威力。」他對兵器的研究非他人可比，自是先想到製弓僅有其法尚嫌不足，還需借助器械的力量。

容笑風道：「所以巧拙大師才讓我們集在一起，用杜老的兵甲絕學，加上笑望山莊引兵閣中的定世寶鼎，要煉成這一把弓！」他長吸一口氣：「我雖對巧拙大師的一些用意尚不明白，但想來成弓之時便應是四月初七那一日。」

杜四笑道：「你終於不藏私了嗎？」

容笑風哈哈大笑：「明將軍徵兵塞外，為了對付他，就算笑望山莊毀於一旦也在所不惜，何況一個定世寶鼎。」

原來當年杜四去笑望山莊便是為了一睹定世寶鼎。此鼎乃是千古神物，不知用什麼材料所製，樣式古拙，卻是高溫難化，而煉製兵器當然需要不怕高溫的爐鼎，所以定世寶鼎才惹得杜四心癢難耐，夜探笑望山莊。

楊霜兒道：「那巧拙大師讓我無雙城的人來有什麼用？」

容笑風正容道：「天機難測，我也不太清楚，只是相信巧拙必有深意。要煉就此弓必須要暗合五行三才之數，我們還需要一併多加參詳，在四月初七之前做好一切準備。」

杜四歎道：「就怕以將軍的雷霆用兵，不會讓我們等到那個時候。」

容笑風洒然一笑：「凡事自有天定，皆是命數。就算不能功成，只要我們努力了，便再無所追悔。更何況巧拙亦說明將軍至少還有十餘年的氣運。」

眾人此刻都對巧拙大師玄妙的能力再無懷疑，聽到容笑風轉述他的話，竟然說明將軍還有十餘年的氣運，一時都是僵立當場。

許漠洋眉頭一揚，長笑道：「那也並不是說我們所做無用，如果我們什麼事也不做，也許將軍的氣運還有三十年、四十年……」

物由心亦是大笑：「明將軍就算再厲害，也厲害不過天意，所謂天網恢恢，疏而不漏，過了百年後也不過是一具和別人沒什麼不同的老屍，我們什麼仇也都報了。」

大家雖知他說得有理，可卻如何能就此釋然，唯有沉默。

容笑風岔開話題：「煉就此弓不但要有杜老這樣的兵甲傳人，更要暗合五行三才之數，真是棘手。若是只憑我一人無論如何是應付不來的。」

物由心精通機關學，思忖道：「這五行三才之數指的是什麼？」

「五行自是指金木水火土，三才則是指天地人。」容笑風胸有成竹：「巧拙大師雖沒有對我詳細解說，但我想既然他能算出六年前四月初七那一日乃明將軍一生中最不利的時辰，此偷天弓正是以當晚上弦月的形狀而繪，引發其時的星辰的神秘力量，此即為三才之天；我笑望山莊的定世寶鼎在引兵閣內，引兵閣地處山谷群繞中，隱有仙氣縈繞左右，巧拙親自查看後亦說此處得天地之靈氣，怕就是三才之地；而三才中最重要的人，依我想來那便是許兄了。」

許漠洋聽到容笑風如此說及自己，連忙搖手：「莊主過譽了，無論武功、智謀我均要比諸位差一大截……」

容笑風輕輕一笑：「佛道二家最講究的便是一個緣字，我見許兄雙眼隱蘊神異，初見時便恍若見了巧拙，便知道定是巧拙將他的明悟灌入你心，許兄不妨說說當時的情況。」

許漠洋便把當時的情形再說了一遍，容笑風查詢良久，鉅細無漏，然後望天不語。

楊霜兒道：「我聽許大哥說了兩遍還是有些不太明白，不知道容莊主怎麼考慮的？」

容笑風道：「宗教創立以來，漸分為三派，便是佛、道、魔。然則都是為了點化世人，所作所為異曲同工。機緣巧合順接天機，佛教謂『渡』，魔門謂『媒』，而道派謂之為『引』，許兄便是巧拙大師計畫中的一個『引』。」

眾人聽得糊塗起來，楊霜兒喃喃道：「顧名思義，所謂有『引』必有『發』，難道許大哥只是起一個橋樑的作用嗎？」

杜四大掌一拍：「正是如此，要不是許小兄，我們如何可以走到一起，至少我現在只怕還在那小酒店中刻我的樹枝。」大家都笑了起來，雖是尚存疑問，卻也不知道應該怎麼說下去。

物由心再問：「這金木水火土的五行又分別指的是什麼呢？」

容笑風一指許漠洋背後的那柄拂塵：「工欲善其事，必先利其器。巧拙大師特地對我說起過此拂塵，此塵柄來自於崑崙山千年桐木，是為五行之木；塵絲採自於天池火鱗蠶絲，是為五行之火，定世寶鼎千古神器，是為五行之金……」

杜四有悟於心：「不錯，這都是煉製弓的好材料……」想到好友巧拙苦心至此，又為自己製造了煉就神兵的機會，一時唏噓，再也接不下去了。

物由心猛一拍頭：「我那個大蠑的舌頭看起來非金非木，杜四老兄卻偏偏說是煉就神兵的異物，那個什麼蠑常年居於地層中，想來此物必是五行之土了！」

容笑風不知其事，當下眾人又七嘴八舌的說了，容笑風長笑一聲：「如此最好不過了，枉我還為此五行之土白耽了許久的心事。」

杜四強抑悲傷，緩緩點頭：「舌燦蓮花在我派《神獸異器錄》中屬於土性一類，只是巧拙怎麼知道此物可以恰恰落在物老的手上，又剛剛好被我要了過來？」

一直不發一言的許漠洋道：「也許巧拙大師並未算到此點，但冥冥之中正有天意，由不得明將軍得逞。」眾人細細想來，不由都產生一種難以解釋說明的宿命感。

楊霜兒向容笑風問道：「不知五行中的水又是指什麼？」

容笑風對楊霜兒眨了一下眼睛：「你可知道這渡劫谷中有一種殺人的樹嗎？」

楊霜兒驚呼一聲，素手撫胸：「容莊主可別嚇我。」

容笑風哈哈一笑：「渡劫谷中的殺人樹名喚鎖禹寒香，實是一種千年橡樹，其液汁乳白似奶，誘人食之，卻是含有劇毒，人畜不慎服之後一個時辰內必死。」

楊霜兒笑道：「那也沒有什麼可怕嘛，聽起來倒像是這個樹會主動來殺人一樣，原來只要不蠢得去吃樹汁便沒有事。」

物由心道：「那必是容莊主想出來嚇唬人的計策，不然這地方如此好的風景，要是人人都來笑望一番，只怕容莊主只好學杜老兒開酒店了。」大家聽二人說得有趣，俱都大笑起來。

容笑風卻驀然停下，用僅有幾人可以聽到的聲音道：「鎖禹寒香的液汁正是膠合弓弦的上等配料，此正是為五行之水！」言罷卻眼望周圍看似毫無異樣的樹叢花草間，提高聲音冷然道：「何人伏在路邊，連我笑望山莊的人也敢跟蹤？」

靜。無聲！

事實上武功高明如物由心杜四等早就發覺有種被人窺伺在旁的感覺，但細細察看四周卻無什麼異狀，此刻聽得容笑風喝問，均是心中起疑。

容笑風低聲道：「敵人應是先伏於遠處，借著樹木的掩護慢慢朝我們移來的，理應聽不到我們剛才的對話。」

杜四一聲長嘯：「既已洩露痕跡，為何還不出來，將軍手下就只有這樣鬼鬼祟祟的人嗎？」

一陣山風吹來，樹草花木簌簌作響。

一個拖得長長的聲音從草叢間傳來：「夕陽紅——」

花間傳來聲音：「花淺粉——」

岩石後一個聲音接道：「大漠黃——」

身後一人接著吟道：「草原綠——」

右邊樹叢中又傳來一句：「淡紫藍——」

最後是左首一人續道：「清漣白——」

六人像是配合了千百次一樣同聲吟道：「六——色——春——秋——」

敵人竟然有六個之多，而這六人能無聲無息地潛來，直到了近處才被他們發現，無疑都是高手。

明將軍帶兵來塞外，水知寒等都留守將軍府，身邊也就那幾個高手，來的又能是誰？

容笑風一向沉穩的臉色終於變了。

六色春秋

杜四點點頭：「潑墨王排名八方名動第二位，
卻總是自詡為武功三流，氣度二流，畫藝才是第一流。
其人嗜畫如命，就連傳下的六個弟子也是以畫色為名，秀拙相生，
分別便是夕陽紅、大漠黃、淡紫藍、草原綠、清漣白和花淺粉，
這六人便稱作六色春秋。」

其時正是早春三月之際，春意料峭，晨風尚寒，吹得渡劫谷中的草木亂搖，更送來陣陣花香草氣，讓人心身很是受用。可一片大好春光中，竟是殺機四伏，氣氛亦隨之驟然緊張起來。

而那六個人發完話後就再無動靜，便似已憑空消失了一般。

物由心耐不住叫道：「六色春秋是什麼鬼東西？」

身後一個聲音傲然傳來：「六色春秋不是鬼，更不是東西，是六個人。」

容笑風和杜四都是老江湖，聞聲都不禁大皺眉頭。

原來此時在身後發聲的人已不是剛才在身後的聲音，而是起初從草叢間傳來的語音。以如此情形推測，要麼是敵人能在自己毫無察覺下移形換位，要麼就是深諳傳音大法，用氣鼓音讓人猜不到他的真實位置，不論是哪一種情況，這些都是讓人非常頭疼的對手。

杜四按捺下心中的吃驚，油然立定淡然道：「物老你可懂畫嗎？」

物由心一呆，不知道杜四怎麼會在這時候問這樣的問題，下意識地答道：「怎麼不懂，入我門中必須要精通機關土木，光是我手繪的圖畫就有百幅之多呢。」

容笑風雖是長居塞外，卻對中原武林頗多瞭解，聽了杜四的話心中已然明瞭來者是何方神聖。他亦知道杜四好整以暇只是惑敵之計，雖然己方不知對方實力如何，可對方亦同樣不知道己方的虛實，如此莫測高深正合攻心之道。

當下容笑風接道：「物老你有所不知，杜老所說的可不是你那些讓人看得生出悶氣的素描機關圖。」

許漠洋亦是對容笑風與杜四的戰術心領神會，此時必須要裝做對當前的大敵若無其事的樣子，如此才能將敵人從掩蔽的地方激出來。否則敵暗我明，對戰起來勢必縛手縛腳，在此谷道險地自是落於下風對己方不利。當下許漠洋笑道：「想必杜老指的是那些枯濕濃淡層次分明的水彩畫和西洋畫。」

物由心不好意思的老老實實承認道：「我雖是對素描線條圖知道一些，對水彩畫卻真是一個門外漢，只是那些色彩便讓我眼花了。」

其時中國國畫多重水墨，講究秀逸平和，明潔幽雅，不重水彩。而西洋油畫更是傳入中原不久，除了京師中其餘地方難有所見，就連自幼學過畫技的楊霜兒對此也是不甚了之，而許漠洋身為冬歸城城守，天南海北的奇人奇事奇物俱有所聞，是以反而要清楚些。

杜四緩緩道：「西洋畫的色彩調合與我中原細筆勾勒的水墨國畫大不相同，畫法也是大相徑庭。兩種藝業絕不相通，但在京師中卻有一個人對國畫與西洋畫都有極深的造詣。」

物由心自小便對各種奇功異術有心，此時早忘了身側還有敵人的威脅，連忙追問。

容笑風又是四聲大笑：「那自是京師八方名動中的號稱一手畫技天下無雙的潑墨王美景了。」

許漠洋眼見容笑風大笑時衣角鼓漲，這才明白過來為何他每每大笑，想必是運功的一種方法。

杜四點點頭：「潑墨王排名八方名動第二位，為人謙和穩重，風度翩翩，有極好的口碑。又以七十二路奪魂驚魄筆法笑傲京師，卻總是自詡為武功三流，氣度二流，畫藝才是第一流。其人嗜畫如命，就連傳下的六個弟子也是以畫色為名，秀拙相生，分別便是夕陽紅、大漠黃、淡紫藍、草原綠、清漣白和花淺粉，這六人便稱作六色春秋。」

許漠洋這才知道此形跡詭秘的六個人是什麼來路。眼見將軍先後派出季全山、齊追城、毒來無恙和千難等人追殺自己，加上在幽冥谷碰見的機關王白石與牢獄王黑山，如今再有這個潑墨王美景，連八方名動也出動了三人之多，尚不知道以後還有什麼高手，可見明將軍對自己實已是志在必得。

他為人豪勇，此刻壓力越增，反而更是放開了手腳，長劍出鞘，遙指草叢間，大聲喝道：「八方名動這麼大的名頭，手下的弟子卻全是縮手藏足之輩嗎？」

許漠洋話音才落，面前便是一片異樣的綠色，就似有許多野草從兩邊向自己捲來，清芬草氣襲到眼前驀然散開，中間卻夾雜著一道強勁的白光。對方終於沉不住氣，忍不住出手了。

物由心反應極快，大袖一展已幫許漠洋接下了對方的攻勢，一時只見到一白一綠在空中電光火石般交會而過，然後以快打快，讓人目不暇接，眼花繚亂。

容笑風再大笑四聲，四笑神功運至頂點，眼露精光，一時將雙方對敵的情形看得真真切切。

出手的想必是六色春秋中的草原綠，但見他身材短小，一衣綠裝，在空中輾轉激蕩，武功也是極為飛揚跳脫，加上身上綠衣與周圍的草色相同，如不細察幾乎疑為林精樹魅之類。推想其他幾人必也是各有與周圍環境相似的掩護色，加上善於藏匿，形體矮小，是以走近到眾人的身邊方始覺察。

「砰」的一聲大震，草原綠終是抵不住物由心幾十年的功力，迫得硬拚一記，悶哼一聲，歪歪斜斜地落入山谷邊的草叢中，想是吃了暗虧。

物由心哈哈大笑：「你這身裝扮倒是好玩，便像唱戲的一般，可惜武功離我還差老大一截。」

楊霜兒見之也是手癢意動，雙針在手，躍躍欲試。許漠洋功力未復，退在一邊掠陣。容笑風與杜四卻是不敢大意，潑墨王的一個弟子也和物由心硬拚了十幾招，其師更應是深不可測。

草原綠剛剛踉蹌退入草叢間，卻發現已被容笑風目光鎖定。他眼力還算高明，知道如果自己再稍有動作，對方蓄勢已久的一擊即便施展出來，當下凝住身形，再不敢動。

六色春秋的其餘幾人也是毫無動靜，此時大家均是尋隙出手，動一髮而牽全身，形勢處於膠著狀態。

物由心一臉得意，嘴裡猶自不依不饒地嘀咕：「怎麼一點也不講同門道義，就連幫手的都沒有。」

奇變突生，左首間六尺處一方赤色大石後突然便冒起一人，直讓楊霜兒嚇了一跳：敵人原來離自己這麼近！

那人一身大紅彩衣，身材亦是矮小。本來藏在那赤色岩石後還不覺得什麼，一露出身形那身紅衣卻是非常顯目，也不知是他用什麼方法躲在石後。

杜四一個箭步掠到楊霜兒身邊，攔住來人，卻見對方並未提聚功力，當下也是凝勁不發，靜觀其變。

來人彬彬有禮，先施一躬：「六色春秋大弟子夕陽紅見過各位前輩。」他的言語輕柔，態度和緩，雖是身材矮小，舉手投足間卻是衣袂飄揚，神情從容，果是深得自詡二流風度的潑墨王真傳。

物由心眼見對方一人受傷後也是如此有禮，不免有些不好意思：「免禮，免禮，你那師弟也沒什麼事。嘿嘿，念在你們也和我一樣個子不高，我剛才也只用了七成功力。」也不知道他是當真手下留情還是大吹法螺。

容笑風放聲大笑：「潑墨王放情畫技，以畫比人，亦應是清雋雅逸融通變化之士，而觀其座下弟子如此形跡詭秘，似乎有所削減令師的風範……」

杜四卻不說話，只是留神周圍的情形，潑墨王排名八方名動之二，僅次於有捕道之王美譽的追捕王梁辰之後，自有驚人藝業，只看其弟子不卑不亢有恃無恐的樣子，若是他本人也在附近，加上對方人數也占上風，真是動起手來，己方武功高明如物由心容笑風自可逸走，但身負重傷的許漠洋與武功略遜一籌的楊霜兒則未必能從容脫身。

夕陽紅仍是不緊不慢毫不動氣的樣子：「家師言道，做人當如作畫，筆情恣肆處最重要是淋漓灑脫，不拘小處瑕疵，幾位前輩何苦如此追究？幾位師弟妹這便出來與眾位前輩打個招呼吧。」

一黃衣人從樹上掠下：「在下大漠黃，排名六色春秋之二。」當下一指右首邊：「這位是三師弟淡紫藍，他不喜說話，便由我介紹給各位大俠。」

右首現出一藍衣人，面容冰冷，不苟言笑，只是淡淡地哼了一聲，顯得敵意甚濃。

草原綠方才緩過一口氣來，暗地調勻呼吸：「草原綠見過各位前輩，這位老爺子好高明的武功。」此人一臉虬髯，豪氣內生，更是直言不敵物由心，讓眾人大生好感。

左角閃出一白衣人，不用說也必是六色春秋中的清漣白：「在下清漣白，家師昨夜才趕到附近，看到谷內放起天女散花，這才命我等前來查看，事起突然，我們亦不得不小心從事，決不是有意窺查諸位前輩行蹤。」此人說話井井有條，當是六色春秋中最有智計謀略的人物。

一個粉衣女子從一片花叢中閃出，其衣寬大，仿若一隻大大的蝴蝶，藏身在花間的確是容易讓人疏忽：「小女子花淺粉，乃是六色春秋的末弟子。前輩請聽我一言。家師也不虞我們與眾位衝突，臨行前專門囑咐大師兄謹慎從事，莫要弄出什麼誤會。」

眾人給六色春秋一唱一和弄得不知說什麼好，眼見對方彬彬有禮，倒像理虧的是自己。

物由心訕然道：「嘿嘿，潑墨王名頭太大，我們這樣嚴陣以待才是最看得起他。」

杜四笑道：「既然是誤會，便請各位回覆令師，我們之所以放出天女散花，乃是因為那時剛剛見了機關王與牢獄王，至於其中細節一問便知，各位這便請吧！」

容笑風也知道對方實力決不在己方之下，潑墨王雖是謙恭有禮名傳江湖，但此時出現在這裡只怕也是來者不善，加上明將軍的人馬隨時可能殺來，先回山莊憑險而立才是目前當務之急，當下也是擺出送客的樣子。

夕陽紅的紅衣在晨風下飄揚：「本來我們這樣與師尊覆命也無不可，只是三師弟傷在前輩手下，我身為六色春秋的大弟子，卻不好向師尊交代。」

容笑風沉聲道：「你要如何？」

夕陽紅淡然一笑：「師尊馬上就到，在下不才，只想留諸位一柱香的時間，不知前輩意下如何？」夕陽紅身為六色春秋的大弟子，雖是輕言細語毫不張揚，卻也是在不知不覺中流露出自信與霸氣。

楊霜兒道：「我們還有要事在身，再說你那個綠衣師弟也沒受什麼傷，何苦如此咄咄逼人？」

夕陽紅深施一禮：「姑娘有所不知，六色春秋出道以來從未折過師尊的威風，若是就這般讓諸位走了，我這大弟子實是面上無光。」

物由心大怒：「你們師父既然不在，你就有把握留住我們？來來來，你先接我一掌，若是我不能讓你退開十步以上，便算我輸了。」

夕陽紅也不動怒：「六色春秋同門數年，自有默契，前輩雖是武功高明，單打獨鬥我們無人能敵，但六人合力，想來一柱香的時間我們還撐得住。」

幾人全變了臉色。夕陽紅說話雖仍是和顏悅色，但語氣中流露出的意思卻是截然相反。這六個人想必是有一種聯合的陣法，所以才這般有恃無恐，一副吃定對方的樣子。

容笑風乃豪俠決斷之人，雖然明知在此與將軍為敵之際，惹上八方名動絕非明智，但既然已是騎虎難下之局，目前的情況勢必不能善了，不若速戰速決，否則再讓這個口才極好風度又佳的夕陽紅死纏硬磨下去，只怕明將軍的人都要追到了。

當下容笑風默運玄功，一步步朝前踏去，嘴上猶是哈哈大笑：「潑墨王的弟子果然是與眾不同，不過我賭你肯定撐不了一柱香的時間。」

物由心見有熱鬧反而更是開心，躍到容笑風身邊，並肩向六色春秋走去。白髮迎風飄搖，更增威勢。

杜四對敵經驗何其豐富，不做冒進，以防敵人有機可趁，剎那間身形穩立如山，站在許漠洋與楊霜兒身前。眼睛卻瞬也不瞬地盯著六人，撫掌大笑道：「若真是要賭這一注，我只好把棺材本都壓在容莊主和物老身上了。」

夕陽紅眼見容笑風與物由心一步步走近，卻是絲毫不懼，稍退半步，讓開對方挾面而來的氣勢，手腕輕抖，亮出一把三尺長短的大畫筆，口中兀自笑道：「師尊教我等莫沾賭術，是以容莊主這一賭在下只好婉拒了。」

「噹」的一聲，物由心先磕開大漠黃的畫刷式的兵器，又與淡藍紫的一面畫板式的武器互攻了半招，眼前一花，花淺粉衣袂飄來，一把小畫筆指向自己的眉心，抬手欲隔時卻又換上了清漣白的一枚印章……

物由心知道對方結陣而來，當下身體繞著容笑風急轉數圈，見招化招，將對方襲來的各種奇異兵器統統擋開；而容笑風則是將功力運至巔峰，目標直指六色春秋的大弟子夕陽紅。

容笑風與物由心均是見識高明的人，雖然今天尚是第一次見面，卻已配合得妙若天成。他們都看得出六色春秋的陣法中最重要的便是夕陽紅，是以由物由心出手破開其餘幾人的襲擊，而容笑風則是全力一拚夕陽紅，只要傷了此人，其陣自破，而杜四在旁虎視，只要對方的陣勢一有破綻便會伺機出手。這也是這三人久經戰陣，所以才在幾個眼神間已有了如此的默契。

許漠洋在旁觀戰，只見那六色春秋的武器全是奇門兵刃，畫筆、畫刷、畫板、印章等，那大漠黃所用的暗器竟然其黑如墨，就像是一塊塊硬化的墨汁，奇功絕藝層出不窮，加上對方五顏六色的衣服在不停閃動，幾乎連眼睛也看花了，也不知道身在局中的物由心是何滋味。

夕陽紅執筆在手，眼見容笑風一步步朝自己走來，幾個師弟的出手全被物由心以重手法破去，心下大凜。

他沒有料到容笑風說打就打，事發倉促，根本就不給六色春秋結陣的時間，心中明明知道只要自己接下容笑風一招，對方稍有停滯己方陣法便會全然發動，將對方困在陣中；偏偏卻眼見容笑風腳步漸近，頻率漸漸增大而趨至平衡，顯是已集了十成十的功力，這一擊必是石破天驚的一擊，心底突然便再沒有了半點自信。

而夕陽紅知道此時自己若是退開，陣法一亂，幾個師弟便全然無還手之力，對方既然不容自己再結陣型，只怕就要下殺手，心中猶豫難決，終於一狠心咬牙運功挺筆向容笑風迎去。而這邊物由心在一個照面的功夫便連接了其餘五人的幾記強攻，一口內息終於再也接不上來。若是夕陽紅能接下容笑風這一掌，只怕立即便會陷身陣中，縱然不死也會負下不輕的傷……

杜四眼力最為高明，卻也沒料到容笑風與物由心的武功全走險招，對方的奇門兵刃亦是超常規的打法，以險搏險，眼見這種情形勝負全在一招之間，稍有不慎就會非死即傷，己方畢竟與八方名動以前並無過節，眼下發展到這一步真是始料不及，不由臉色大變。

許漠洋才從冬歸城明將軍的屠城戰中殺出來，在那種群戰裡全是這種以命換命的凶險之局，有悟於心更是看得心驚肉跳；就連楊霜兒也忍不住玉拳緊握，粉足輕跺，恨不得自己加入戰團。

成敗就在此一舉！不是敵死就是我亡！

千鈞一髮間，奇變再生。

「停手！」一道柔和好聽的聲音傳入眾人的耳朵裡，入耳平穩卻讓在場的人都是心底一震，手上的招數不由都是一窒！

一道黑影電射而至，強行衝入戰團，一把提起夕陽紅掠開，容笑風這蓄滿力道的一掌竟然全然掃在空處，那種滿以為擊實卻驀然發錯了力的感覺讓他內息一窒，幾乎要當場嘔出血來。當下再強提四笑神功，掌勢不收中途轉向，左右分擺，擋下了六色春秋對物由心的幾記攻擊，拉著物由心退出戰團。

那道黑影渾若無物般提著夕陽紅掠上一棵大樹上，隨著樹枝的起伏在空中有節奏的晃動著：「容莊主好雄厚的掌力，這一記要是接實了豈不是要了我愛徒的命！」

來人自然就是——八方名動中排名第二，號稱一流畫技、二流風度、三流武功的潑墨王！他的武功當然不是三流，而是絕對的第一流！

此刻就連物由心也收起了一向笑嘻嘻的樣子，一臉凝重：「潑墨王好雄渾的內力，這一記佛門獅子吼差點把我吼得走火入魔！」

潑墨王美景從樹上一躍而下，拱手為禮：「老人家見笑了，為救徒兒的小命，逼不得已連看家法寶也使出來了。」

杜四沉聲道：「潑墨王不在京師縱情畫技，來此荒漠中有何貴幹？」適才的情景他身為旁觀者，最是看得清楚，潑墨王先是用佛門獅子吼讓各人的身形一緩，再於間不容緩中依靠絕妙的身法從戰團中強行插入，一把抓走夕陽紅，容笑風的掌緣幾乎已掃在他身上，卻給他輕晃幾下卸開九分勁力，最後借著容笑風的一分掌力從戰團中脫身……

且不說潑墨王能在那種情況下卸開容笑風的全力一擊，而是夕陽紅拚死的一擊竟然也給他在剎那間化為無形，且沒有反震傷夕陽紅，從容化解，這份功力著實令人吃驚，便是身懷英雄塚絕技的物由心數十年的功力也未必能做到。以杜四幾十年的經歷而論，潑墨王絕對是他見過武功最高明的人之一！

如果這才是三流的武功，那什麼才是第一流？？？八方名動果真是名不虛傳！

潑墨王撫鬚長笑：「我本在長白山與北雪雪紛飛交接一些事情，最近才來塞外，卻於昨晚發現了天女散花的形跡，是以讓幾位小徒先行一步看個究竟，卻不料與幾位有了誤會，這先告罪了！」

潑墨王年紀不過四十上下，眉目清秀，三縷長髯，隱有道骨仙風，憑他的風度再加上無出其右的畫技，想來年輕時定是迷倒無數女孩子。聽他語意謙和，彬彬有禮，加之相貌清雋，意態從容，一副得道高人的樣貌，令人一見便心生敬服，不由沖淡了幾人心中的敵意。

楊霜兒見潑墨王一上來先自承不是，大生好感：「大叔來得真是恰到好處，要是晚一步有人受傷可就真不好辦了。」

潑墨王微笑著眼望楊霜兒，柔聲道：「這是誰家的女娃子這麼有禮貌，就憑這甜絲絲的一聲『大叔』，我回去定多管教一下我這幾個徒弟。」

楊霜兒咯咯嬌笑：「我主要不知道怎麼稱呼你。唔，你叫美景，我總不能叫你美大叔吧！」

潑墨王哈哈大笑，狀極歡愉：「美景只是別人見我畫技還不錯送的一雅號，天下可有姓美的人嗎？我本姓薛，你便叫我薛大叔好了，不過你若是叫我一聲薛大哥更不知要多開心呢！」

楊霜兒笑道：「這有何難，薛大哥在上請受小妹一拜！」當下果然有模有樣地施了一個同輩之禮。

眾人全笑了，一時氣氛緩和了許多。潑墨王的風度果然是絕佳，幾句話下來便令諸人心平氣和，如沐春風，再沒有適才如臨大敵的緊張了。

寒喧幾句後，潑墨王道：「我還得先去見見明將軍，看各位的情況似乎是與將軍有了什麼過節，待我見機給諸位美言幾句，過幾日有閑再來笑望山莊叨擾。」

一時容笑風也是敵意全無：「我們與明將軍的樑子只怕不易解決，但不論怎樣，潑墨王要來笑望山莊，在下必是倒履相迎！」

潑墨王大笑：「容莊主一言為定，我們不久後定會再見的，這便先告辭了！」

當下潑墨王帶著六色春秋，竟就這樣施施然地去了。

諸人繼續朝笑望山莊趕去，物由心長歎一聲：「我起初對這什麼八方名動還沒放在心上，以為不過是京師好事之徒吹捧出來的，今日先見識了機關王的機關絕學再見到潑墨王的絕世武功，才知道真是名下無虛。」

楊霜兒亦道：「最難得是他的泱泱大氣才更讓人心折。」

杜四沉吟良久，向容笑風問道：「此人若是助將軍來攻笑望山莊，莊主以為如何？」

容笑風心下盤算：「笑望山莊據天險而立，加上我這幾年廣結寨柵，加深濠溝，當得上是易守難攻，但對於真正的武林高手來說這些卻都是形同虛設，我之所以要助你們對抗將軍一是有巧拙大師的關係，二來也是將軍所為激起了塞外各族的血性。但若真是潑墨王與明將軍連袂而來，再加上機關王與牢獄王相助，我實是沒有多少把握。」

楊霜兒笑道：「明將軍未必會親自來攻，何況薛大哥說好要幫我們去說服明將軍，最不濟也不至於反目成仇吧。」

物由心失笑道：「怎麼就真叫薛大哥了，看來下次見了潑墨王應該讓他也叫我一聲爺爺才對。」幾個人大笑，楊霜兒更是不依。

杜四眼見許漠洋不發一語，問道：「許小兄有什麼想法嗎？」

許漠洋想了想道：「不知為何，我總有一種感覺，這個潑墨王未必是如表面那樣對我們友善，也許我是多心了。」

「不，許兄並沒有多心，你身懷巧拙大師的靈覺，決計錯不了！」一個充滿自信卻又給人悠然自得感覺的聲音淡淡響起。

與此同時，物由心驀地大喝一聲，先是肩頭左右輕輕一晃，拔身而起，在空中翻了一個筋斗，頭下腳上的反手一掌向身後擊去。

竟然——已有人不知不覺中出現在他們身後。

且不說負傷的許漠洋與楊霜兒，單是杜四與容笑風都已算得上江湖上一流的高手，竟然要待敵人已襲近一丈左右方始發覺，不問可知來者武功極高，至少也已達到剛才潑墨王的境界。

武功最高明的物由心最先發覺異狀，驚惶之餘不假思索，集起幾十年的功力，率先出手。事起倉促，走在物由心身邊的容笑風只感覺到物由心這事先毫無徵兆的一招撕扯起的獵獵勁風從旁拂過，帶起物由心滿頭揮舞的白髮，氣勢驚人。由此可見物由心這潛意識救命的一招是何等的剛猛。

此時才聽到杜四與楊霜兒同時發出的一聲驚呼：「不要！」

然而更令物由心吃驚的是，他這威猛至極的一招竟然完全擊在了空處，只覺得對方的左足在自己掌心輕輕一點，借力騰空，輕輕巧巧地從他的頭頂上一飛而過……

眾人眼前一花，一人已從身後躍至面前，背向眾人，也不轉過頭來，輕輕歎道：「老爺子這一招力由心生，招由意動，如狂風暴雨雷電霹靂，可是英雄塚的狂雨亂雲手和氣貫霹靂功麼？」

物由心一招擊空，心頭大震。落在地上，本是準備蓄勢再擊，聽到來人的話更是一呆：「不錯，你是什麼人？」

卻聽得楊霜兒大叫道：「林叔叔你去什麼地方了，架都打完了才出現！」

來人緩緩轉過身來，正是許漠洋在杜四酒店中見了一面的那個青衣人。

原來是物由心見對方先是左肩輕甩，似要從左邊轉身，再是擰腰右轉，輕鬆地從右轉過身來，姿勢完美自然，渾若天成，沒有給自己留下半分進攻的破綻，蓄滿於胸的勢道無處可渲瀉，若是冒然收功則必然反挫自己，不得已下只好將蓄滿的功力從腳下匯出，把地面震了一個三寸餘深的坑。

「砰」的一聲大震。

青衣人微微一笑，神態中有種難言的灑脫不羈：「在下一心要趕上前來，忘了打個招呼，真是失禮至極，得罪老爺子處尚請原諒。」

杜四看著那個青衣人歎道：「這許多年了，你這小子還是這麼風風火火神出鬼沒的。」

物由心哈哈大笑，眼見來人與杜四楊霜兒都甚熟悉，雖仍是有所戒備，卻也是大大放下心來，讚道：「好靈動的武功！」

要知剛才物由心幾十年的功力驀然迸發，而青衣人從自己掌下從容逸開，並且搶先一步落在自己的身後，已顯示出與他足有一拚甚至在他之上的武功；這些尚在其次，關鍵是青衣人明知是個誤會，在那一剎那間選擇的不是格擋而是閃避，不然雙方變起不側，匆匆發招，搞不好就是兩敗俱傷。

是以青衣人避開物由心石破天驚的一招，靠的不是功力招式上的略勝一籌，而是絕妙靈動的身法、強大無比的信心和對敵時急速應變的智慧。

如此高手，如果是敵非友，那將是非常可怕的一件事。

容笑風眼神一亮，來人無論身形、相貌、氣度都絕對是一流高手的樣子，又聽得楊霜兒叫他林叔叔，招呼道：「這位老兄可是無雙城的人物嗎？果是人中龍鳳，一表人材。」

青衣人正襟一禮：「在下林青，見過容莊主。」

「暗器王?!」許漠洋大驚，難道這個看起來氣度天成神采內蘊的人就是八方名動中的暗器王林青嗎？心頭大是疑惑。

容笑風與物由心亦是吃了一驚，楊霜兒略顯得意地笑著道：「是呀，林叔叔是我的表叔，雖是在八方名動中排名第五，可也算是我無雙城的人。」

杜四顯是早知道林青的身分，想的是另外一回事：「小林你說許小兄感覺得對，莫非那潑墨王剛才的一切其實是故意裝出來的嗎？」

林青肅容道：「我其實一直跟在你們後面暗中窺查，開始六色春秋中夕陽紅所說留你們一柱香的時間其實全是謊言，那潑墨王早就伏在一旁，伺機而動，只是容莊主出手太快，才不得不現身出來，不然他的大弟子只怕現在已伏屍渡劫谷了。」

眾人心中均是疑惑，物由心道：「那他現身出來，憑他的武功加上六色春秋與我們絕對有一拚之力，為何不出手？」

林青聳肩一笑，臉上剎現出一股與其堅毅的面容絕不相稱的調皮之色來，卻偏狀極自然，令人見之心近：「潑墨王怡情畫工，最講究自然而為、畫底留白，諸事都會給自己留有迴旋的餘地，豈會一言不和便兵刃相加。更何況他恐怕業已知我在附近，未必有勝算！」

楊霜兒大奇：「林叔叔你是說那潑墨王所作的一切都是故意給我們看的嗎？」

林青目光閃爍：「薛潑墨雖與我同是八方名動，然而行事卻各不相同，他為人圓滑，極少讓人拿住把柄，正如作畫務求渾圓天成，不留痕跡。我只是恰好知道一些關於他的隱情，所以才做如此推想。」

物由心想到潑墨王那來無影去無蹤的迅捷身法，尤是心悸：「此人竟然能隱藏於周圍這麼久不被我發現，武功很是高明啊。」

林青淡淡道：「武學之道變化萬千，相生相剋，老爺子也不用妄自菲薄。潑墨王的武功暗合畫意，務求佈局新奇，意境翻新，但每有偶得妙手卻又刻意低調為之，深恐被人看出斧鑿痕跡，落了刻意而為的下乘境界，是以潛蹤隱形最是拿手。」

「哈哈。」物由心嗜武，好奇心又重，加之也不顧忌江湖避諱，忍不住直言問道：「原來潑墨王怡情於畫，武功便可以這般解釋。卻不知林兄自己的武功又是何等說法？」

林青也不謙讓，笑道：「我既身為暗器之王，講究出手無痕，一擊即退。所以老爺子不能及時發現我的形跡亦是有原因的。」他雖是侃侃而談，言語間流露著自負，卻是語氣誠懇，態度自然。

楊霜兒笑道：「我爸爸早說過林叔叔的雁過不留痕的身法縱算不得天下第一，也是少有人趕得上了。」

林青不置可否地洒然一笑，看向許漠洋，緩緩伸出掌來：「上次與許少俠匆匆一見，心中總有種相識數年的感覺，看來我們真是有緣。」

許漠洋一日之內見到了四位八方名動的人物，比起機關王的揮灑自如、牢獄王的陰沉冷狠、潑墨王的風流雅儒，卻是以這位身為八方名動中唯一以武功成名滿身霸氣的暗器王最有好感。也許是因為在杜四那小酒店見到了杜四與林青的真摯情誼，心中大感投緣，他不是擅於表達內心情緒的人，只是對著林青微微一笑，舉掌相迎。

林青與許漠洋雙掌相擊，欣然大笑：「不瞞諸位說，我天性信命，對人對事的好惡均是隨心而定。一見許少俠便隱隱覺得必有淵源，我心中雖是不明所以，卻也是極欣然的。」

容笑風淡淡道：「暗器王身為八方名動的人，便是要助將軍與我等為敵也在情理。是敵是友但憑暗器王一言而決。」

林青哈哈大笑：「容莊主太見外了，暗器王無非是江湖上的叫法，是朋友叫我林青便是。」他一拍杜四的肩膀：「且不說我與杜大哥十幾年的交情，就憑是看不慣明將軍的飛揚跋扈，也會助莊主一臂之力。」

楊霜兒不依地扯扯林青的衣角道：「還有我的面子嘛！」惹得大家不禁莞爾。

杜四沉聲道：「然而明將軍手上的實力驚人，這一次幾是有死無生之局，我們無非是為巧拙大師盡一份人力，小林你大可不必蹚這渾水。」

林青正容道：「杜大哥知道我從小出身寒門，最看不慣恃強凌弱之事。明將軍徵兵塞外，弱肉強食，朝中雖有人心存怨意，卻俱是敢怒不敢言。在京師我不能太露痕跡，來到此漠北塞外若再不能學容莊主般放手一博，更有何歡？」

容笑風撫掌大笑：「即是如此，林兄何必還要在容某名字後加上什麼莊主……」

林青縱聲長嘯：「能與容兄並肩抗敵實乃人生一大快事也！」

許漠洋與物由心看大家說得投機，也都是呵呵而笑。

轉過一個山角，笑望山莊已然遙遙在望。

笑望山莊地處隔雲山脈主峰諸神峰上，只有一條可供三四人並行的小道貫穿至峰頂，兩邊到處都是巍然的奇石異崖，樹林茂密，曲徑通幽。

林青察看地勢，讚道：「此處依憑天險，高低曲折，虛實相生，就算將軍率大軍前來，莊主也應有把握阻他十天半月。」

容笑風歎道：「我笑望山莊原本有七百餘人，自從我見了巧拙大師後知道與明將軍的衝突不可避免，已將老弱婦孺盡皆遣散下山，留下的三百多人全是我親手訓練出來的弟子，均立下死志以抗將軍。」

許漠洋道：「我們只要堅持到四月初七，待得杜老煉成偷天弓便可從後山退去了。」

「隔雲山脈綿延數百里，笑望山莊正處渡劫谷的要道，只要莊不被破，明將軍一時半會應是沒有能力從後山繞來合圍。」林青轉臉望向許漠洋：「許兄所說的偷天弓是什麼？為何要等到四月初七？」

眾人給林青一一解釋後，林青雙目凜冽生光：「巧拙大師學究天人，這一把弓必是驚天地泣鬼神的絕世神弓。」

杜四長笑道：「暗器王對天下暗器無一不精，不知道用弓怎麼樣？」

林青一笑：「我雖狂傲，卻亦有自知之明，武功與明將軍尚差一截。不過若是有此神弓，加上這是深知明將軍底細的巧拙大師臨終所傳，其中必還有專門對付將軍的神妙之處，恐怕已可與之一拚。」

許漠洋心懷激蕩，他知自己武功太差，縱是得了巧拙大師的慧眼一視與傳功，但在武學上卻似乎並沒有什麼長進，如今有一個武功縱是不及明將軍卻也相差不應太遠的暗器王直言有可能擊敗明將軍，不由大喜：「這一把偷天弓應是巧拙大師留於世間的神品，林大俠若能憑此弓勝過明將軍，巧拙大師泉下有知也必欣慰。」

林青輕歎一聲：「良鳥擇木，良駒識主。如此飽含天機的神弓利器只怕非有緣人不能得到，我們且看著辦吧。」

物由心道：「明將軍身為我英雄塚排名第一之人，只怕非是好對付。」

林青傲然道：「我這一生對功名權勢錢財美色均視若無物，如果說這世間真有讓我動心的，那便是武道上的追求。以前是自知不敵將軍，只好低調從事，現在既有如此機會，怎麼都要試一試。」

容笑風小心地問道：「林兄比起那潑墨王如何？」

杜四微微一笑：「八方名動中暗器王雖只排第五，但卻是八方名動中唯一以武成名的，此答案不問可知。」林青笑而不答。

穿過了渡劫谷，山勢變陡，漸行漸高，雲遮霧繞下，隔雲山脈的主峰諸神峰已然在望。

隔雲山脈構造奇特，由幽冥谷進入，再經渡劫谷後便是唯一一條直通主峰的山道，直待得越過諸神峰後山勢方才緩緩下沉，通往其後的草原荒漠。

笑望山莊當道而建，正好座落在諸神峰頂。

只聽得楊霜兒一聲驚呼：「容大叔的笑望山莊真是好有威勢，便是我無雙城也及不上這樣的氣魄。」

眾人抬眼看去，但見前面數十米外山峰中憑空生出一條長柱狀大石，塞北山石多是嶙峋，極少見有這般可做樑柱般的長條形大石。

那大石上極為平滑，偏偏又毫無刀斧雕鑿的痕跡，若是全憑天然的風力便能造就這樣的奇兵突起般的異景，實是令人愕然。

大石上一面血紅的大旗迎風飄揚。那大旗旗桿長達二丈，旗面足有七尺見方，在勁氣橫逸的山谷中獵獵作響，上書二個大字——笑望！

大旗後正是笑望山莊的寨欄，俱以精鐵所製，要知塞外資源貧乏，一時竟有這許多的精鐵已是讓人咋舌不已，更何況塞門兩邊林立著數十個箭塔，以供瞭望拒敵之用，勁鶩、強弓、拋石機和巨形滾木等蓄勢以待。加上諸神峰山壁陡斜，仰面望去就似要傾頹而下，山石上更有斧劈刀削般巧奪天工的猙獰怪獸的形象，令人不由生出永遠無法攻入這座堅固得幾乎不可思議的營寨的感覺。

笑望山莊果然不愧是塞外擁兵自守的一座堅壘。

容笑風手撚虬髯，哈哈大笑：「楊姑娘既是叫潑墨王大哥，又喚我容大叔，看來我真是長得太老了，待擊退將軍後便將這一臉翦鬚統統剃個精光！」

在眾人放聲豪笑中，他們終於踏入了塞外與明將軍對抗的最後一道防線——笑望山莊。

七級浮屠

崔元愕然眼望過來，
只看到林青俊偉的面容泛起一絲殺氣，鎖定了自己。
林青冷然一笑，也不見他如何運氣，
聲音卻像有若實質般直貫每個人的耳中：
「告訴明將軍，這便是暗器王給他下的第一道戰書！」

這一路來幾經大戰，眾人來到笑望山莊後都有長舒一口氣的感覺。

一個高大壯實的異族大漢接引眾人入寨，容笑風介紹道：「這是我笑望山莊的副莊主酷吉，平日沉默少語，但一手狂風棍法在莊中不做二人想。」

酷吉也不答話，只是謙遜一笑，拱手為禮，當前引路。

林青見他龍行虎步，寬肩厚膊，下盤極為沉穩，讚了一聲「好」！

但見笑望山莊中盡是精壯的異族男子，少見婦孺，各各枕戈待旦，蓄勢欲發，見到容笑風均是微一點頭，然後便忙碌於修築工事維修兵器等，顯得山莊中治軍甚嚴。

容笑風滿意地點點頭，肅容道：「我塞外各族無不痛恨明將軍殘暴用兵，莊中各人的家眷親友都早已轉移到安全地點，以防不測，留下來的都是決意死戰之人，同仇敵愾下三軍用命，早已將生死置之度外。」

杜四長歎：「若我是將軍，最好的方法就是不來攻打笑望山莊。」

林青微微一笑：「明將軍也是將帥之材，所轄士兵雖是良莠不齊，但也是賞罰分明，三軍用命，這才有了威震塞外的聲勢，杜大哥且莫輕敵了。」眼望許漠洋：「許兄曾身為冬歸城守，對此自然感觸甚多。」

許漠洋想到那些戰死於冬歸城的戰友，黯然點點頭：「明將軍在塞外連戰連勝，士兵亦都服膺於他強悍而不依成法的用兵，冬歸之敗非我方不能力拒敵兵，實也是因為對方太強大了。」

林青正色道：「人的思想和判斷總是會被周圍的流言傳聞所擾。不知內情的人們只知明將軍窮兵黷武，轉戰千里，四處征掠，必以為是以殘暴的手段驅兵塞外，無所不用其極；卻忘了明將軍其實亦是百年難遇的軍事天才，帳下之士都是久經戰陣號令極嚴的精兵猛將，且都對明將軍敬若天人，所以才有了這一路北征的戰無不克。」

「莫要長敵人志氣滅自己威風嘛。」楊霜兒不服道：「聽林叔叔這麼一說，似乎我們未必能守住笑望山莊。」

林青道：「二軍對戰，講究甚多。兵力、戰略、糧草、士氣均是關鍵，而且戰場上千變萬化，往往有著許多不可預知的變數，隨機應變是一個優秀將帥最應具備的素質，這一戰我們不需敗敵於前，只需堅守數日，成敗尚在未知。我只是提醒容莊主絕不能輕敵，若是以為明將軍之兵必是軍心渙散，久攻不下便會氣餒，那便是錯了！」

容笑風歎道：「這一戰想必是極為艱苦的一戰。」

許漠洋眼視遠山，神色堅決：「冬歸城以一城之力抗將軍之兵二載有餘，我身為冬歸城守，雖是敗軍之將，但對將軍的用兵及攻守戰略頗有心得，這便請命莊主讓我可率兵拒敵。」

容笑風大笑：「許小兄力抗明將軍十倍之兵於冬歸城外二年有餘，早已是聲震塞外，現在你就是我笑望山莊的軍師了。」

許漠洋深深一躬：「莊主也不必如此，將軍與我對峙良久，對我的戰法也很熟悉，不若就讓莊主定計，我則從中稍盡綿力。」

杜四亦道：「許小兄言之有理，兵無成法，以對方不熟悉的人定計守莊，我們定會讓將軍在笑望山莊吃個大虧。」

容笑風問道：「暗器王身為八方名動之人，與明將軍可有什麼交情嗎？」

林青淡然一笑：「數面之緣而已。林青雖是心高氣傲之人，又是久聞明將軍的惡名，卻也不得不佩服明將軍的武功膽識與雄才大略。況且在武道的追求上，他實是我的一個渴望已久的目標，有敵若此，縱是血濺沙場馬革裹屍，亦是不枉此生了。」

眾人聽他不卑不亢，坦承自己非將軍之敵，卻也是毫不畏縮，均是忍不住鼓掌以壯其聲威。

容笑風提聲長嘯：「莊中各兒郎聽了，明將軍人馬不日即到，我們必要守牢山莊，讓將軍知道我塞外有的是錚錚鐵骨的血性男兒！」

莊中各人聽莊主如此說，俱都舉起兵刃擎天呼叫，令人聞之熱血沸騰，恨不得立即與將軍對戰於前。

林青一掌拍到欄杆上，意態豪邁：「林青能與諸位共抗強敵，實乃生平一大快事。」

許漠洋見物由心神不守舍地目光逡巡於笑望山莊中，拍拍他的肩膀：「物老怎麼說？」

物由心一驚清醒過來：「容莊主果然是人中龍鳳，山莊的建築上幾已是無懈可擊。」

眾人這才知道物由心注意的竟然是笑望山莊的機關建築，知他雖是白髮飄然，卻實是毫無機心，爛漫天真，大兵壓境下尚有心思研究他的機關土木學，都是哈哈大笑。

物由心繼續道：「莊中佈局隱含機杼，立基勻稱、牆垣堅固、園林疏朗、樓閣間隔空隙無不是隱合天機，氣象肅穆卻又暗含法度，觀之各廳、堂、樓、台渾成一個密不可分的整體，不知可是莊主自己設計的嗎？」

眾人那想到物由心從這莊園中看出這許多的道理，連忙細心察看。

容笑風謙然一笑：「我哪有這麼大本事，這都是巧拙大師的設計。」

林青一路上聽了許漠洋的解釋，對這幾天發生的事件早已了然於心，凝神想想，沉吟道：「此莊規模極大，若全是憑空建立所費必巨……」

容笑風讚許地點點頭：「此莊半是天然半是人工所造。我本是高昌大族，有幸結識了巧拙大師，後來高昌城破，流落塞外，經巧拙大師的指點方才建成了笑望山莊。莊中人也大都為高昌國人，對將軍都是有著刻骨的仇恨。」

高昌為中土西北面一個古國，數年前明將軍引兵破了高昌城，高昌國主被迫遷都，名門貴族亦大多遠走他鄉。容笑風既是高昌大族，必是與明將軍有一段血淚深仇，難怪他對毒來無恙等人決不稍假辭色，一意與將軍對抗到底。

杜四奇道：「我與巧拙大師相識幾近三十年了，六年前見了一面，他卻為何沒有告訴我容莊主與他也是素識。害得我還夜探笑望山莊，一意要見識山莊引兵閣的定世寶鼎，與莊主真是不打不相識了。」

容笑風哈哈大笑：「巧拙大師此舉自有深意。今日大家且先休息，過幾日我們便去莊後的引兵閣，現在想起當初的情形，巧拙大師似是一見引兵閣，就定下了以偷天弓破明將軍流轉神功的計畫……」

眾人一聽那肯依他，均都忍不住好奇心，楊霜兒更是出口懇求現在便要去引兵閣。

容笑風正色道：「非是我要藏私賣關子，而是引兵閣與時日節氣有莫大的關係，平日閣地中滿是瘴氣，人畜難近。只有月掛中天時瘴氣方始散去，是以巧拙大師才有要以明淨的上弦月色為模鑄偷天弓之說。」

幾個人都是心神震動，只覺得一切好像都蘊含著一種神秘感，難以言說。許漠洋得到巧拙大師的慧眼真視，更是有悟於心，知道偷天弓暗含天機，要鑄就此神物便絕不可稍有勉強。

容笑風又道：「我看這幾日只恐都有雨，瘴氣難散。大家不妨先去休息，一會再嘗嘗我笑望山莊的山野風味。」

當下各人回房養精蓄銳，以待隨時可到的將軍大兵，容笑風又吩咐莊丁去採集渡劫谷中鎖禹寒香的液汁，以備煉製偷天弓。再派出許多暗哨，偵察明將軍大兵的動向。

塞外天氣反常難辯，一連數日皆是傾盆大雨。眾人只得在莊中視察備戰，交流武功等，物由心細察山莊的建築，更是讚不絕口。

許漢洋傷勢漸復，幾次都想提出去引兵閣看看，卻又隱隱覺得會破壞巧拙的神算天機，那種微妙的感覺難以言述。好在林青對他似乎特別關照，常常與他研究武功心得，倒也不覺得悶氣。

明將軍的大軍亦是再無蹤跡，眾人都知道用兵在於奇，說不定什麼時候明將軍的大軍就會突然兵臨笑望山莊，皆是不敢鬆懈，就連一身貪玩的楊霜兒亦是加緊練功，似乎整個笑望山莊便只有物由心這個老頑童每日東望西看找人下棋聊天，自得其樂中。

四月初一。晴。一支火箭從渡劫谷口朝天射出，明將軍的大兵終於到了！

容笑風帶諸人上到高台處往下瞭望，但見整個渡劫谷中密密麻麻全是官兵，由於地勢狹窄的緣故，官兵戰線拉得極長，宛若一條長蛇，算來足有二千餘人。

看得出明將軍的大兵並不急於進攻，緩緩而行，生怕中伏，顯示了平日的訓練有素。當先黃色帥旗上是一個大大的「趙」字，

容笑風冷然道：「明將軍也太小看我了，只派副將趙行遠帶二千人來攻，我定讓他知道我笑望山莊決不是好惹的。」

林青笑道：「笑望山莊一向並不張揚，加上塞外還有好幾股牽扯將軍的勢力，他能派出二千人馬和一向擅於攻堅的趙行遠來，已是很看得起莊主了。」

楊霜兒從未見過這麼大的陣仗，又是興奮又是緊張，不停給莊丁們打氣。

許漠洋經過冬歸之戰，反而是氣定神閑：「莊主在莊後可派有探子，若是給將軍的人馬從後山繞來，腹背夾攻可是不妙。」

容笑風笑道：「其實我早開了一條地道從地底直通山外，偷天弓一旦煉成我們便撤兵，讓將軍的大兵撲個空。」

物由心咋舌道：「從這裡開出條地道至隔雲山脈週邊可不是鬧著玩的……」

容笑風道：「此地道由巧拙大師親自設計，利用地泉暗流穿過隔雲山脈，是以省了許多人力，但即使如此也歷時三年多方成。我怕影響軍心一直對此秘而不宣，加上鑿通地道時亦在極秘密的情況下，所派人手都是我的隨身心腹，便是莊中的大部份人也不知道。」

楊霜兒拍手笑道：「既然有退路，我們正好可放手與明將軍大幹一場了。」

許漠洋卻是深悉明將軍大軍的厲害，笑望山莊雖是憑藉天險，或能阻明將軍一時，但絕不能久持，只是眼見楊霜兒興高采烈的樣子，不忍出言掃其興。

杜四思索道：「隔雲山脈綿延數百里，山嶺難越，若是將軍的大兵從後襲來肯定不是短期內可以做到的，倒是武林高手有可能越過隔雲山脈的峰嶺，從後山突然向我等發難，使我腹背受敵，不可不防。」

號角突響，五百人在一黃衫將領的率領下向笑望山攻來，一時空中矢石亂飛。莊丁們藏於箭樓中躲避，他們幾人都是藝高膽大，對滿天飛來卻是毫無準頭的弓箭視若無物。

林青道：「這只是小規模的試探詐攻，不讓我們趁其立寨未穩而出兵突襲，看來是要與我們來一場持久戰了。」

容笑風大笑：「我山莊早儲備了幾年的糧草，明將軍若是能耗下去，我自當樂得奉陪。」

許漠洋搖搖頭：「我深知明將軍的用兵，志在一戰立威，絕不可能與我們打持久戰。只怕要不停的進攻，借著優勢的兵力輪番上陣，讓我們不得休息。莊主可下令將莊兵分為二批，日夜換崗，以笑望山莊的天險，便是數百人也足可以守得許久了。」

由於地處山地，明將軍馳騁塞外的閃電騎兵無法攻來，待得那五百人氣喘吁吁地接近笑望山莊莊口時，已是強弩之末，山莊的弓箭齊發，登時留下了幾十具屍體。

那黃衫將領極為驍勇，手執一把大刀，也不穿甲冑，以大刀撥開弓箭，帶著幾個親兵衝到最前，已然殺到莊門，眼見就要短兵相接……

許漠洋眼望那個黃衫將：「此人名叫崔元，是明將軍帳下一員虎將，為人心狠手辣，傷我冬歸城不少戰士，莊主請讓我去迎戰。」

容笑風尚未答話，林青輕輕一擺手，淡然道：「請莊主借我弓箭一用。」

早有莊兵遞上一把強弓，林青執弓在手，搭箭在弦，前手如拒，後手如撕，也不見他如何發力，那弓早撐得飽漲。

林青大喝一聲：「崔元，接我一箭！」但聽得他吐氣開聲，直震山谷，雙方士兵一時都愣了一下。

崔元愕然眼望過來，只看到林青俊偉的面容泛起一絲殺氣，鎖定了自己。

林青冷然一笑，也不見他如何運氣，聲音卻像有若實質般直貫每個人的耳中：「告訴明將軍，這便是暗器王給他下的第一道戰書！」

暗器王！

聽到這個名字，幾千人像是全靜下來了，八方名動不顯江湖，但暗器王林青之名卻是無人不知，何曾想就出現在這塞外的笑望山莊中，竟然還當眾向天下第一高手明將軍宣戰！

崔元仰面看去，林青的眼光如電般從他面門上掃過，整個人好似如浸冰水般覺出一陣寒涼。

「嗖」的一聲，崔元只聽到弓弦一響，那從高往下射來的一箭竟已到了頭頂，來勢疾快，就連皮膚好像都可以感覺到這一箭的銳烈，急忙提刀相格。

刀箭堪堪相交，崔元像是不聽使喚般全身一震，大刀竟然被小小一支弩箭遠遠蕩開。崔元連一聲驚呼都不及發出來，那箭已是貫頂直入，從頭頂的百會大穴上直插下來，透過全身，從下陰鑽出，血雨爆起……

崔元屍身兀自不倒，竟是被這一箭活生生地釘在了地上。

這一支箭驚人的不是無懈可擊的準頭與迅疾，而是那箭中蘊含的真勁與一往無前的氣勢，已然震撼了全場！

「鐺啷」一聲，崔元那把刀此時方才落在地上。

笑望山莊此時方才發出直沖雲霄的驚歎與歡呼聲。

明將軍大兵的第一波進攻就此瓦解，冰消雲散！

三天了，許漠洋幾乎沒有合眼，不出他的所料，將軍的部隊不停的進攻，存心不讓笑望山莊有喘息之機。

敵兵數次攻至莊門，都被守在門口的容笑風與物由心所殺；許漠洋熟知兵法，又是重傷初癒，便負責全軍的調撥與後勤補給；林青則是高踞於山莊的最高處，以他那無所不至的弓箭招呼敵人。

戰況慘烈無比，莊門口留下了無數士兵與莊丁的屍體，就連一向養尊處優的楊霜兒也不得不時時投身戰陣，與敵軍做殊死搏殺。

而杜四卻是獨自留在莊中一間小房內，一心參詳巧拙的那副繪有偷天弓的帛畫，製造範本、膠合弓弦等。那畫上只有大致的弓形，雖標有一些尺寸，但卻很不完備，杜四常常為此冥思苦想至深夜。

他們不但要與明將軍的大兵做實力與意志的拚鬥，也在比拚時間。

敵方的輜重陸續送來，幸好攻城車之類大型工具無法通過渡劫谷運到，不然只怕笑望山莊早已支持不住。雖是如此，但敵兵已越集越多，想來明將軍知道笑望山莊久攻不下，不斷派來生力軍支援。

幾天血戰下來，各人都負有不同程度的傷，山莊的副莊主酷吉更是右股受了重傷，無力再戰。

第四天，敵軍攻勢忽然緩了下來，幾人登高看去，但見幾百名士兵在莊門對面十數丈外的一塊略為開闊的空地上忙碌不停，搬運石塊木材，似在修建高台塔樓。方圓近半里的樹木統被鋸斷，一片荒涼。

容笑風臉色一變：「敵人要在對面建立高高的石台，看來二日內可望完成，屆時山莊便全處在對方強弓硬弩的射程之下了。」

楊霜兒道：「我們率一隊莊丁突然殺出去，將那高台給它拆了，讓他們白忙一場，豈不是好。」

物由心亦是躍躍欲試：「敵人未必能料到我們敢出莊攻擊，此計應該可行。」

許漠洋尋思良久，仍是拿不定主意：「若是任憑高台建成，無異坐以待斃。但山莊地處險峻，易守難攻，這幾日莊前樹木亦被斷去，但如是冒然涉險出擊，全無遮掩下，只怕損失慘重。何況明將軍手下均無弱將，敵人定是早備有伏兵。敵眾我寡之下，此恐非良策。」

容笑風黯然點點頭：「笑望山莊軍力有限，僅能依靠著天險守禦，若是出莊與幾千大軍正面激戰，自是以卵擊石，絕無倖理。」

林青眼中精光一閃：「此台底基極牢，堅強穩固，更是靠著山勢，半借人力半憑

天然而成。只看此石台的建築方式，便可知道是機關王的傑作。」

諸人心頭沉重。若是林青所料不差，機關王業已來到軍中，對方定有大批高手掠陣，他們若是殺出莊去只怕便再難回來了。

容笑風悵然長歎：「我本以為憑山莊的天險，要被攻下至少是幾個月的事，誰知道將軍的手下士兵悍勇至此，又有機關王等高手助陣，只怕我們支持不了幾天。」

幾人雖然全是武學上的高手，但除了許漠洋外誰也沒有真正面對過這樣血腥的戰場。

要知對戰沙場上講究的是人力、調度、物資、器械等多方面的配合，什麼武學內功均發揮不了更大的作用。縱算是天下絕頂高手，若是一旦身陷重圍，面對著數以千計的敵人，誰也顧不上什麼武學招式、虛招誘敵，只能用最快最狠的方式讓對方比自己先一步倒下。數人面對此刻都是一籌莫展，若是堅持下去。唯有靜等敵軍破莊而入，只怕屆時又是一場冬歸城式的大屠殺！

許漠洋毅然道：「趁這二日敵軍築台調軍不便，我們便去引兵閣將偷天弓製成後撤退，總好過全莊盡亡。」

楊霜兒訝道：「不是應該在四月初七製成偷天弓嗎？今日方是初四，提前幾天會不會……」

眾人都有這樣的想法，巧拙此舉暗藏天機，若是提前製弓雖然不知道會有什麼後果，但總是覺得應該按部就班地製好偷天弓才是萬無一失。

林青面上神情閃動：「明將軍既然聽到巧拙大師所說四月初七這個日子，若我是他，是絕不會讓我們留到那個時候的。」

容笑風沉吟良久：「先去看看杜四吧，看他怎麼說。」

還未來到杜四的小屋，杜四先迎了出來，興高采烈地道：「我幾乎已想通了一切環節！」

杜四像是突然蒼老了許多歲，大家知道他必是為了此弓竭盡了心力，一時都不忍說出已然守不住莊的真相。

物由心拍拍杜四的肩膀：「快說說想通什麼了？」

楊霜兒心細，聽得杜四說的是「幾乎」想通了，知道還有一些不解的地方，卻也不敢再問。

杜四傲然道：「此弓蘊合五行三才，實是非同小可。以巧拙拂塵柄之千年桐木為弓胎，拂塵絲之火鱗蠶絲為弓弦，大蠓之舌燦蓮花為弓柄，鎖禹寒香之液汁膠合弓弦，再加上引兵閣的定世寶鼎，此弓必有驚天地泣鬼神之能。想不到我鑄甲一世到頭來竟然可以鑄成絕世神兵……」言罷黯然長歎：「巧拙呀巧拙，你可知道我是多麼感謝你這個好友嗎？」

容笑風哈哈一笑：「今夜應是無雨無雲的好天氣，我們便去引兵閣看看那個定世寶鼎。」

杜四亦是開懷大笑：「最妙的是那弓弦原是絕難穿過千年桐木與舌燦蓮花造就的弓柄，因為舌燦蓮花堅固無比，幾乎無法穿通，只能依著蠑舌的血脈將弦繞進，而這天大的難題竟然也給巧拙想通了，我真是佩服他。」

物由心奇道：「是呀，我最熟悉那個蠑舌，堅硬無比，若是要從血脈中將細細的弓弦繞進去，不知道應該用什麼法子才好？」

杜四微笑道：「你說巧拙為何要讓一個無雙城的人來？」

「啊！」楊霜兒大喜：「原來終於可以用到我無雙城的補天繡地針法了，我還一直覺得自己沒有什麼用呢。」

眾人這才恍然大悟，以無雙城小巧細密的補天繡地針法，別說是將用鎖禹寒香膠合成小指粗細的弓弦繞進舌燦蓮花，只怕就是將一根頭髮繞進去也未必做不到！

林青終於問了出來：「杜兄說『幾乎』想通了，莫非還有什麼不可解處嗎？」

杜四嘿嘿一笑：「那就是還想不通為何非要在四月初七，以我的觀察和經驗之談，此弓的形狀應是狀若初十左右的上弦月，初七的月形扁而形散，若是弓如初七之月，弓背呈起伏狀，弓弦發力稍難，且也不易發揮此弓的最大效力。」略頓了一下，又緩緩道：「不過我想巧拙此舉必有深意，仍是按他所繪的圖製作範本。」

容笑風哈哈大笑：「那就正好了，反正我們就打算今晚便去製弓，明後天就撤兵了。」

杜四這才知道笑望山莊已快失守，略吃了一驚：「我這幾日只顧了參詳此弓的製法，卻忘了告訴莊主，定世寶鼎至少也需要一日一夜的火燒方才能開始煉就神弓，不然火勢不足將難以將舌燦蓮花溶軟，無法將崑崙千年桐木嵌入其中……」

林青依然保持著一貫的鎮靜，抬頭看看天色：「這也無妨，尚有二個時辰便將入夜，我們今晚便去燃起定世寶鼎的火頭，多加柴薪，燒它一日一夜。就算機關王的石台造成了，我們最不濟也應該能支持到後天，容莊主可先行遣散一些傷患。」

容笑風頷首道：「便是如此吧！我早已備好上等的精煤，連續燒它幾個日夜都不成問題。」

將軍的人馬已完全停止進攻，一部份人修整，一部份人全力建造石台。戰場上充滿了風雨即來的肅殺。

當下容笑風囑咐莊兵嚴守莊門，再派人將傷患轉移到後山，耽擱一番後天色已將暗，幾個人強按住滿心的興奮，往後山的引兵閣行去。

出了後莊門，地勢突然開始變化，重重草浪盡遮掩了奇峰異石，林木插天，直欲破空而去，幽壑中潺溪靜淌、山壁間雲飛霧繞，美得讓人心神欲醉。

幾人都是久經戰場，雖是明知現在局勢對己不利，但一來將軍人馬損失慘重，二來有直通山脈外的地道可以悄然退兵，所以依然是談笑用兵，指點美景，一路上侃侃而談，絲毫不見驚惶。

引兵閣地處一個大山谷中，四處環林，雲氣繚繞。容笑風笑道：「此處山澗溪流眾多，溪水卻是環山而行，非是活水，是以草木腐爛於溪邊，便常有瘴氣縈繞，從外面看仿似仙氣氤氳，誰能料到這些全是吸一口便致人於死的劇毒。而待得如此時般月朗星稀的夜晚，瘴氣卻又散得一絲不見，甚是神奇。」

杜四歎道：「我上次來欲一睹定世寶鼎便是到此為瘴氣所迫，再也不敢往前進了。」

林青洒然一笑：「世事往往是如此神奇，若不是有瘴氣保護，只怕莊主立莊時便只看到空空一個山谷，哪還會有定世寶鼎的影子。」

容笑風大笑：「正是如此，一飲一啄俱有命定。」

谷口是一個小亭子，遠遠便望見上書「引兵閣」三個大字，離得近了才發現還有一副對聯。

容笑風道：「此處字跡都是巧拙親手所書，大家可好好看看這副對聯，隱有深意。」

眾人都不由抬頭看去，龍飛鳳舞的大字中恍見巧拙執筆疾書的情形，都是不由對巧拙肅然起敬，扼腕長歎。

上聯：絕頂攢兵引宮潮，四壁皆清妄偷天

下聯：重簾不捲燕市冷，萬馬齊暗應換日

杜四默然良久：「此聯隱含偷天之名，應是巧拙計畫已定後才寫的。」

楊霜兒道：「看這對聯一一對應處，最關鍵好像就是那個偷天換日了。」

物由心也是喃喃道：「自古名器多是成雙成對，莫非還有一把換日弓嗎？」

許漠洋心有所悟：「有弓必應有箭，偷天弓絕世神兵，是否還要配上與之相應的換日箭？」

楊霜兒見林青若有所思一語不發，問道：「林叔叔怎麼看？」

林青恍然而驚醒般「啊」了一聲：「奇怪，我有一種非常難言的感覺，像是一種很特別的感應……」

容笑風淡然一笑：「林兄身為暗器之王，對弓矢類應該是特別有所悟吧！」

眾人中除了杜四都不免想到林青在笑望山莊門口那石破天驚的一箭，若是偷天弓真是絕世神兵，再憑著林青的箭術與功力，只怕真是可以與將軍一戰！

林青眼前一亮，欣然道：「也許是因為我看到了定世寶鼎，感受到了那份古意！」

眾人順著他的目光看去，定世寶鼎已在眼前。

定世寶鼎八尺餘高，似由青銅類的材料所製，在明月的映射下，泛起淡青色的光芒，入目眩彩。此鼎怕有千餘斤重，也不知道是從什麼地方搬來的還是在此地所鑄就，要知道隔雲山脈地勢險峻，若是把定世寶鼎從遠處搬來，所費人力物力定是極為巨大；但如果說此鼎就是在這荒山野外中煉製而成，卻又讓人委實難信。

定世寶鼎最奇處在於雖是形貌古拙，年代久遠，上面卻沒有一絲鏽跡，到了近處隱隱聞到有檀香味，周圍不見任何蟻蟲。

鼎底下刻著兩個古篆——定世。若是要問此鼎的來歷，只怕已是千古之謎了。

幾人望著這個比人還高的大鼎，心神震盪，幾乎都說不出話來。空氣似乎也在此時凝固，像是為這千古神物重現人間而屏息靜氣。

杜四口中喃喃念叨著什麼，伸手細細撫摸寶鼎，入手處本以為是粗糙卻又實是光滑無比，心知此等千古神物來歷悠遠，背景繁複，已不能以常理所臆度。

許漠洋與楊霜兒默默去找來枯枝山柴，放於鼎下，只待杜四來點火。

容笑風早已叫人準備了塞外稀產的一種黑色的煤，此煤熱力十足，卻又燃燒極慢，足可燃一日一夜之久。

杜四長吁了一口氣，拿出火石。但他此刻念及好友巧拙，心情激蕩，一時雙手都在微微顫抖，擦了幾次都沒有擦著火。

眾人也不敢催促他，在此明淨天地裡、千古神物前，似乎所有的言語都是多餘的……

忽然——一聲長長的歎息從身後傳來，其音純和平厚，其意深邃難測……

就像一個無由憔悴的癡情人守於心愛女子的窗下；就像一個夜旅的行人望著天邊的明月憶起了故鄉；就像一個寂寞的歌者獨自哼起了誰也不懂的曲調；就像一個

功成的帝王傲然站在了宮殿的最頂端……

那聲歎息像是一記重錘狠狠狠地敲在了每個人的心上！

楊霜兒一聲驚叫，回過頭來，卻見到一個人影背著月光站在暮色中，給人感覺似是蕭索無邊卻又似是倨傲不屑。「你是誰？」

容笑風心中暗凜，卻裝作渾若無事地大笑：「何方高人來此，笑望山莊容笑風有失遠迎。」

物由心的脊背驟然挺直，蓄勢待發，此人能在這許多高手前神不知鬼不覺的出現，若不是那一聲歎息，只怕誰也不知道有人窺伺於身後，雖是剛才諸人都為定世寶鼎與天地間萬物造化的那種微妙關係所惑，但此人的武功無疑亦是非常可怕。

許漠洋對來人則有一種非常熟悉的感覺，月色暗影下那人一頭披散在肩沒有紮束的長髮迎風輕輕飄搖著，更增詭秘。

林青沒有回頭，他感覺到對方的目光一直鎖在自己的背心要穴上，只要自己稍有異動，氣機牽動下，必會引來對方的全力一擊，而那一擊他竟然沒有一絲接得下來的把握。周圍雖然有著四個戰友，他卻覺得自己就像是一個人在荒野中赤身裸體地面對著一群惡狼，沒有任何人可以保護自己。

放眼天下，能做到這般用眼光就幾乎足可以殺人的，還能有誰？

林青笑了。他的語氣似封似閉，似緩似急，就像他對敵時無影無蹤的暗器，魚遊無跡，雁過無痕：「明將軍可是收到了我的戰書麼？」

與此同時，杜四終於點燃了定世寶鼎的火！

來人面對幾人的殺氣渾若無覺，負手大笑：「林兄的那一封戰書內容豐富，章法嚴謹，已是足以讓我孤身一人夜探笑望山莊了。」

來的果然便是號稱天下第一高手的明將軍！

林青瞳孔驟然收縮：「明將軍言明孤身一人，可是有把握在我等的圍攻下脫身嗎？」

一直到此時，林青依然感覺得到明將軍的氣勢仍是緊緊鎖在自己背心的至陽大穴上，隨時有可能出手，竟然沒有一絲機會轉身拒敵。

明將軍面容上看不出絲毫的波動：「世上自命不凡之輩甚多，卻只有在生死關頭上才看得出什麼是真正的俠義。林兄如能說動諸位一併出手，我當然也只有接著。」

許漠洋心頭湧起新仇舊恨：「對你這樣的大奸大惡，何用講什麼俠義？」

明將軍眼光漠然掃過許漠洋，若有所思：「巧拙師叔天眼神通造就了你，也算是與我昊空門有些淵源，所以我今天不想殺你。」

容笑風大笑四聲，暗暗運足四笑神功：「將軍想殺的人是誰？」

明將軍淡然一笑，卻奇峰突起般問向物由心：「物天成可還好嗎？」

「哇」的一聲，物由心竟然噴出了一口鮮血。

眾人大驚，紛紛抽出兵刃，圍定明將軍。

明將軍神色不變，看著物由心柔聲道：「從我一現身，老人家便集勢待發，內氣由膻中大穴起始，下行神闕、關元、環跳、陽陵、俠蹊，由任脈走至足少陽經，再逆足太陽經至風門、天柱大穴而功成一周天，這種別走蹊徑的武功除了英雄塚的氣貫霹靂功無人做得到。我不過是問候一下故人，老人家何必著急動氣呢？」

林青此刻方才尋隙轉過身來，淡然自若地道：「將軍竟然能讓英雄塚的傳人拚盡全力也找不到出手的機會，可見流轉神功又有大成。」

原來眾人中以林青與物由心的武功最高。明將軍突然現身，這二人最早察覺，所不同的是林青立即發現了將軍的注意力全放在自己身上，隨時可能出手，只好先凝氣防禦；而物由心則是全力運功欲要出手，卻不料將軍的身形穩若亭淵，雖是看來毫無戒備，卻是沒有絲毫的破綻，物由心只覺得自己如是冒然出手，必會被將軍趁隙反擊，只好將提集到十成的功力慢慢化去，以免反挫自身。

卻不料明將軍眼力如此高明，趁物由心散功的緊要關頭驀然對其發聲，更是提及了英雄塚的門主物天成的名字，旁人尚不覺得有何特異，物由心卻知道將軍在其功運一周天剛剛將氣歸於丹田的一剎間以聲擾之，偏偏想重歸英雄塚正是自己的心結，心念一分，內氣立時散亂於經脈中，已是受了不輕的內傷……

明將軍負手而立，看起來全然不因眾人的蓄勢以待而稍有驚慌：「林兄可知道我為何不在京中安享權勢，卻要在塞外東征西討，受那鞍馬之勞嗎？」明將軍在京師中隻手遮天，早已是一人之下萬人之上的人物，若是想借軍功而坐大於理不合。這句話正是眾人想問的，卻不料明將軍自己先問了出來。

容笑風思索道：「中土與塞外各族恩怨並立，自古便常有匈奴南侵，親王北征之舉，幾千年來從無安定，明將軍可是妄想一戰功成，平定北疆，建不世之功業嗎？」

杜四大笑道：「長城內外民風大異，歷來中原帝王都是採用安撫之策，攻心為上。明將軍這般窮兵塞外，只會徒惹反感，這幾年來此平彼反，可有一日之安穩嗎？那種自認為強用武力便可以壓制反抗的做法才真是可笑之至！」

明將軍微微一笑：「林兄也是這樣認為嗎？」

林青沉吟良久，直言道：「我觀將軍的行事，從四處拜師習武到最後叛出師門，從崛起京師權重一時到放下清閒揮兵塞外，再到今日孤身一人冒險闖莊，視我等如無物，所作所為均是出常人之意想。我實不懂你的心思，若非是為了某個目標，我便只好視你為一個不能依常理度之的狂人。」

明將軍哈哈大笑，眼中殺機忽現：「林兄可是認為我便是一個失心瘋的狂人嗎？」

林青神色自若，淡淡道：「我很想知道將軍的解釋。」

明將軍雙眼死死盯著林青，林青一步不讓的對視，空氣突然便凝重起來。

容笑風知道明將軍身為天下第一高手，威名遠震，此時己方雖是有六人，但武功最高的林青也曾自承武功不及明將軍，武功次高的物由心又吐血負傷，真是動起手來未必能困住明將軍，而己方只怕還會有所損傷。

眾人都是抱著同樣的心思，不敢冒然出手，唯有靜觀其變。

明將軍微微一笑，目光自然地從林青鎖緊的對視中轉向許漠洋：「許小兄可知我為何會突然找到這裡？」

許漠洋橫劍在胸：「將軍欲得我而後快，我也有同樣的心思。」

明將軍大笑，正色道：「巧拙師叔傳功於你，算起來你應是我的師弟輩，我如何還要為難於你？」

許漠洋一怔，聽將軍的語氣真誠，不似做偽，這一刻再也把握不到將軍對自己的用心了。

林青問道：「那將軍何以還要領兵攻笑望山莊？」

明將軍似是一點也不介意林青語氣中的諷刺之意：「我一向看好林兄對武道孜孜不倦的追求，同是嗜武之人，應知道我們無時無刻都需要一種壓力，不然何以能有寸進。我被江湖人恭稱為第一高手，唯一能逼我奮進的只有在戰場上那種隨時都可能飲恨沙場的感覺，是以我才親自帶兵驅逐異族，一半是為了王室中興，另一半也是為了在武道上能再有突破……」

林青眉尖一挑，針鋒相對：「但將軍在塞外的各種行事，只會給人以為一己之私而塗炭生靈的意味，不然以巧拙大師的明慧卓見，如何會不理解將軍的行為，而全力與你為敵？」

明將軍輕歎一聲：「我徵兵塞外亦非得已，並非是為了立下軍功以便服眾。自古中原江山多變，合久必分，便是因為沒有了一個強權的統治。以春秋戰國為例，若不是有秦始一統江山、四海歸心，百年戰亂之下民不聊生，苦的亦只是天下百姓！」

林青毫不客氣：「大秦國力開前古未有之盛況，卻也只在暴君統治下經二世而終，所謂失民心者失天下，而將軍似乎正在沿襲這條老路？」

明將軍眼望天穹：「大亂之後必有大治，雖是秦朝歷二代而亡，但車同軌書同文等舉措也給後世留下了大治的最好條件，不然何有漢朝中原之振興。待我一平塞外後或許便會退隱仕途，專志武道，治理國家已是他人的事了……」

林青默然不語，明將軍繼續道：「自古創造歷史的人無一不是具有通觀數十年甚至數百年的遠視，曲高者自必和寡，故而往往多為身邊之人所不屑。我只知我所做所為全憑心意，功過自有後人評說，縱是世人不理解我，就算是巧拙師叔與我師父忘念大師亦視我為敵，又何足道哉?!」

眾人聞言不由怔住，細細思索明將軍的話，俱都良久無言。

一向以來，江湖上俠義之士對明將軍的看法都是認定其好大喜功，何曾有想過他是為了武道上的追求與後世的大治才如此挑起中土與塞外的這數年的大戰。

將軍的言辭就如他的武功一樣銳利，直刺人心！

此時月亮漸升上東天，明將軍的面容一半映在月色中，另一半還藏於樹蔭婆娑中，加上這一段奇峰突起讓人分不清真假的話，更增詭秘。

林青緩緩道：「將軍為何要對我等說這些話？」

容笑風亦懷疑道：「將軍你可是想拖住我等，好讓你手下一舉攻下山莊嗎？」

明將軍傲然一笑：「我若是有此心，亦完全做得到。」

物由心終於緩過氣來，長歎一聲：「我相信明將軍有此實力，請將軍示明來意。」

大家一向知道物由心絕不服輸的性格，聽他如此說知道剛才將軍以音破敵已然震懾了他，楊霜兒猶自道：「我就不信我們合力也敵不過將軍！」

林青舉手止住楊霜兒：「將軍來此到底有何用意，最好明示於我，不然在此既知大兵蓄勢莊外，隨時可能攻入山莊的情況下，縱然你舌燦蓮花，我等明知不敵亦只好拚死一戰。」

明將軍的乍然出現大占上風，林青破釜沉舟的這句話方才稍稍扳回些均勢，令明將軍亦有所顧忌。

明將軍亦是一歎：「巧拙不管怎麼說也是我的師兄，我也不想親手毀了他的一幫舊友，但軍令既下豈能輕易收回，於是才任由手下攻莊。久攻不下後我於昨日趕到山莊，立時下令暫且停戰，今夜突然心有所感，便獨自來山莊看看……」

林青訝道：「將軍的心有所感是什麼意思？」

明將軍淡然一笑，一指定世寶鼎：「齊追城見了那幅繪有弓的帛圖，此處再見到這上古神物，我如何還能不知道你們在做什麼？我深知巧拙師叔的本事，此弓定是與我大有關係，所以讓我感應到了一絲兇氣！或是被天機所惑，是以才對你等說了這番不足為外人道的話。」

聽將軍如此說，眾人心中不由又浮現起那種玄而又玄的感覺。

杜四眼中精光一閃：「將軍既知此弓的來歷，又是如何打算？」

明將軍正容道：「巧拙師叔既有此意，我當然會完成他的遺願。」

林青突然笑了：「將軍可也是視其為逼迫你武道上再做突破的壓力嗎？」

明將軍撫掌哈哈大笑，狀極欣慰：「有了林兄這句話，可知我不枉此行。」

林青亦是雙掌互擊：「此弓名為偷天，總有一日我便是執此弓挑戰於你！」

「偷——天——弓！好好好！」將軍負手望天，連道三個好字：「縱觀天下之人，能值得我出手一戰的人又能有幾個？林兄無疑是我渴求一戰的好對手，待你準備好了，明宗越隨時候教。」

容笑風疑惑道：「將軍莫不是打算退兵了？」

明將軍緩緩搖頭：「笑望山莊傷我近千士兵，我若是下令就此無功而返，諸將心中必定不平，巧拙師叔不是言明四月初七於我不利嗎？此弓想必是於該日煉成，我便於四月初八親自領軍攻入山莊，希望屆時山莊再無半個人影。容莊主不用我教你怎麼做吧？」

容笑風一挑大指：「將軍快言快語，無論我對你有著如何的仇恨，此刻亦不得不讚你一聲。此事就可如此定了，四月初八我會將所有的人統統撤走。」

明將軍輕輕道：「我位居高位，處處都要照應手下，行事有時亦是迫不得已，大軍所過之處巢毀卵危，莊主肯退一步自是上上之選。」

許漠洋死死盯著明將軍，似要從他的話中看出真假：「將軍為何要這樣做？破入冬歸城時你可半分也沒有容情。」

明將軍哈哈大笑：「此一時彼一時。再說我破入冬歸城亦主要針對城中負隅抵抗的冬歸殘部，儘量做到對百姓不去驚擾。」

杜四沉聲道：「將軍可是故意安我之心，好在我毫無防備的情況下突出奇兵一舉攻入笑望山莊嗎？」

將軍眼中懾人的精光一現：「今日放過笑望山莊，一是看在巧拙師叔的面上，二來也是不想再增殺孽。我已破例解釋這許多，就此告別各位！信與不信，幾日後自有分曉。」

也不見將軍如何動作，身形突然後退，其勢極快，就好像有人在他身後用一道看不見的繩索拉著他一般，眨眼間已然在數十丈外。

明將軍揚聲道：「我只能嚴令我的手下不予動兵，對八方名動卻是無力控制，諸位好自為之吧……」

眾人面面相覷，此事變化大出意表，一時都有些亂了主意。

明將軍且行且吟，聲音尚遠遠傳來：「生榮死辱，驚筍抽芽，不過如是；心塵未脫，境由念生，不過如是；置喙世情，沉浮魔道，不過如是；殺人一萬，自損三千，不過如是；救人一命，七級浮屠，亦不過如是……」

第八章

八方名動

物由心厲喝道：「你是什麼人？」

林青深吸一口氣，臉色恢復常態，冷冷道：

「絮萍綿掌，移花接木；幻影迷身，淩空換氣。

如此妙絕天下的輕功，捨登萍王還能有誰?!」

來者赫然竟是八方名動中的登萍王顧清風！

待見得明將軍身形在山谷外消失不見，幾人才鬆了一口氣。

杜四握住物由心的手，運功助其療傷，關切地問道：「不妨事吧！」

明將軍雖是從頭到尾都是輕言柔語，半點不見敵意，但卻無時無刻不讓人感覺到一種無形的壓力。以至就算物由心噴血受傷，除了林青和物由心本人，其他人都不明白到底發生了什麼事。

物由心閉目良久，方才功運圓滿，黯然長歎一聲：「我自問也見識過不少高手，卻從來沒有見到一個人如明將軍這般深不可測。」

楊霜兒心有餘悸：「我聽父親說過，江西鬼都枉死城的歷輕笙有一種邪功，名為揪神哭，專門以音惑敵憑聲傷人，難道將軍也會這種邪門的武功嗎？」

容笑風奇道：「歷輕笙身為六大邪派宗師之一，揪神哭是他的不傳之秘，將軍應該不會這種邪功吧！」

林青沉聲道：「據我所想，這並非什麼以音惑敵之術。只是明將軍渾身毫無破綻，讓物老不敢向其出手，散功時又被將軍所趁，發聲亂氣以致內息紊亂，有我等相助半個時辰應該可以復原。」

物由心點點頭，卻仍是一臉的茫然，好像有什麼事情極為不解。

許漠洋看著物由心問道：「請物老說說當時的感覺，以你幾十年的功力，總不至於半招都發不出吧？」

物由心望向林青：「你面對將軍時可有什麼怪異的感覺麼？」

林青頹然歎道：「將軍的精、氣、神全鎖定在我身上，我只得竭力運功消除那份有若實質般的殺氣，哪還能有半分其他的感覺？」

杜四點頭道：「我是側面對向將軍，猶感覺到那份龐大的壓力，林兄弟身在局中，感受自是份外強烈。」

楊霜兒驚訝地道：「我怎麼一點也沒有什麼感覺？」

許漠洋得了巧拙渡來的真元之氣，見識大長：「所謂殺氣實是一種玄而又玄的感覺，武功越高者越能有所感應。像將軍如此的武功，只怕一個心懷殺意的人接近到一定範圍內就能為其所覺，而一個不通武功的平常人，就算面對鬼失驚那樣的超級殺手，也未必能察覺什麼異常。」

鬼失驚乃為將軍座下三大名士之二，僅排在將軍府大總管水知寒之下，猶在毒來無恙之上。手下訓練有二十四名殺手，以天宮二十四星宿為名，人稱「星星漫天」，專門替將軍進行暗殺行動，幾乎無有失手。

鬼失驚因此被稱為黑道上的殺手之王，與蟲大師並稱為武林中極品之殺手。

物由心心神不安地喃喃道：「當時將軍的出現極為突然，我蓄滿了十成的功力以待一舉制敵，卻發現……我一直沒有認準將軍的方位。」

「啊！」眾人皆是驚懼交集，不知物由心何出此言。

物由心似還在回想當時心志被奪的剎那：「本門的識英辨雄術不但能看人的面相，更能從敵人的武功中找出最弱的一點予以猛烈的打擊。所以我面對將軍時首先便是尋找他身形的破綻，然而我只感覺到他周圍的氣場中毫無變化，便只像是一個非實物般的影子……」

容笑風與杜四皺眉思索物由心的話意，許漠洋與楊霜兒更是似懂非懂。

林青長歎一聲：「將軍說得不錯，我們憑著巧拙大師的指引去製偷天弓無疑也是給了他強大的壓力，在這樣的情況下，他的流轉神功更上一層，達到了凝神化虛的境界。」

物由心長吁一口氣：「那一刻我雖然雙眼所見的明將軍就在面前，但在感覺中他卻像是根本不存在一般。亦就是說如果閉上眼睛，我就無法測知明將軍的方位！」

他不解般喃喃自問：「這流轉神功到底是什麼功夫？」這一問卻是誰也無法回答。

要知武功高明到物由心這一層，對身邊萬物都有自己的異常敏銳的靈覺，更多的時候都不是憑五官對敵人的偵知，而是取之於心意中一種超然的感覺，而他直到面對將軍本人時才發現自己根本就感應不到對方的存在，這份鬼神莫測的武功著實讓他震驚！

林青思索良久，緩緩道：「據我所知，流轉神功取自於天地二氣流轉不息之意，正是要化身為自然，汲取天地之氣。明將軍其人雖是善惡難辨，但流轉神功卻的確是道家正宗無上的絕世神功！」

物由心深吸一口氣，再歎一聲：「以前我對明將軍天下第一高手的稱號尚有些許的不服，但觀剛才的情況，若是明將軍全力出手，我們雖是有六個人，只怕仍是敗面居多。」

許漠洋反駁道：「物老何必長他人的威風，眾人同心其利斷金，依我看將軍只是知難而退，真要出手也未必真能全身而退。」

林青微笑著拍拍許漠洋的肩膀，以示對他鬥志的讚許：「我有一種感覺，將軍剛才的確是志在威懾，毫無出手之意。」

容笑風思索道：「你們認為將軍的那番話可信嗎？」

許漠洋冷哼一聲：「明將軍乃是兵法大家，自然知道什麼是兵不厭詐，他的話不能全信，莊主一方面著手撤兵，另一方面也要防備將軍人馬的偷襲。」

林青點點頭：「不錯，將軍既然說這幾日要停止進攻，我們便將計就計，明日先讓部份莊兵從後山撤軍，我們繼續留到四月初七煉成偷天弓再走，莊中的地道不到萬不得已先不用，以防被敵人看破了虛實。」

容笑風點頭稱是，當下撮指鳴哨，叫來幾個莊兵依言吩咐佈置。

杜四關心地看著林青：「照我看今天明將軍來此主要是針對於你，只是見我們人多毫無機會才沒有出手，你要當心些才是。」

林青面現堅毅：「杜大哥請放心，我既然敢給他下了戰書，便不怕他用什麼詭計。而且以明將軍的名望，若是不能在公平情況下擊敗我，就是一大失敗。」

物由心直言道：「我看林兄弟的武功只怕還是差了明將軍一籌，他自不會放過這揚威天下的大好機會。就是看林兄弟何時挑戰於他，這個時機倒真是很難掌握……」

容笑風見物由心邊說邊搖頭，顯然一點也不看好林青，連忙轉化話題道：「偷天弓的煉製全憑杜老的巧手，明將軍若是有所陰謀，只怕還是以針對杜老為多。」

林青截然道：「我感覺明將軍不會再出手，倒是要防備八方名動。機關王為人平和謙讓，一心怡情於機巧變化的土木機關學中，或是可以忽略；然而牢獄王城府極深，更是久不忿我排名其上，只怕要伺機而動。」

容笑風大笑：「牢獄王自不會放在暗器王眼裡，久聞黑山精於用刑，更是在京師中讓不少忠義之士屈打成招，我早想會會他了。」

林青瀟灑的一笑：「牢獄王黑山一向口碑極差，心狠手毒，只是他與機關王白石很有交情，一向焦不離孟，他若出動了，只怕機關王也不會閑著。」

楊霜兒奇道：「這兩人性格如此不同，怎麼會走到一起？」

林青道：「我也不知其中詳情，這二人性格做法絕不相同，到底是如何能走在一起，可能只有他二人心知肚明了。」

容笑風笑道：「必是那牢獄王黑山怕人尋仇，所以天天纏著機關王白石，我保證要是楊姑娘能殺了黑山，白石不定多感激你幫他甩掉了這個大包袱呢。」

眾人哈哈大笑，沒有了將軍兵臨城下的威脅，心情彷彿都輕鬆了許多。

許漠洋沉思道：「那個潑墨王又如何呢？」

杜四望著林青笑道：「潑墨王排名在你之上，你可有把握勝他嗎？」

林青傲然一笑：「牢獄王既然被容莊主搶去了，我也就只好找潑墨王試試偷天弓了。」

楊霜兒顯是對潑墨王很有好感：「薛大哥應該不會對我們出手吧？」

林青正色道：「潑墨王心計極深，表面看來謙遜有禮，其實暗地裡卻是犯下無數惡行，只要有機會，我絕不會放過他！」

容笑風奇道：「林兄可是與潑墨王有過節嗎？」

林青眼露異色：「我一生立志武道，從不沾染風塵，平生只有一個紅顏知己，便是她告訴了我潑墨王的一些所為……」

楊霜兒一呆，道：「林叔叔的紅顏知己是誰？」

林青頓了一下，方才輕輕吐出一個名字：「駱清幽！」

駱清幽身為京師三大掌門中的蒹葭門主，是天下人人景仰的才女。眾人見林青的神色既歡喜亦悵然，想必是與兒女私情有關，都不好再問下去。

眼見氣氛漸重，許漠洋連忙轉移話題：「林兄可有幾成把握去挑戰明將軍？」

林青的語氣中充滿著信心：「巧拙大師既然窮六年之功才研究出來偷天弓，有此神器無論如何也有與將軍的一拚之力。」

杜四豪然大笑：「以我的判斷，此弓的確有鬼神莫測之機，只要應用得法，就算是人稱天下第一高手的明將軍也不敢輕視。」

物由心耽心道：「我只怕明將軍不容我們將弓製成。」

林青堅決而不容置疑的聲音朗朗傳來：「我認定明將軍必會放手讓我們煉成偷天弓，因為那也是他所期待的。」

楊霜兒一呆道：「林叔叔憑什麼認為將軍也希望我們煉成偷天弓？」

林青笑而不答，在這一刻，他直覺到與明將軍有了一種英雄相惜的心靈感應。

或許，只有像暗器王這樣專志武道的人，才能懂得明將軍高處不勝寒，苦無一個激勵自己的對手的寂寞……

第二日，那對峙於莊外的高台已然築成，但將軍的人馬果然停止攻莊。容笑風已下令，讓所有莊兵在傷勢已半癒的副莊主酷吉率領下悄悄從莊後撤到安全地帶，偌大個笑望山莊中便只剩下他們六人。

林青雖是竭力勸楊霜兒先行離開，楊霜兒卻執拗不走，加上杜四也言明製弓時也確是需要她無雙城的補天繡地針法，只得順了她。

明將軍雖是聲明弓成前不會再出手，但誰也不敢保證他是否真作如是想，也許尚有另外的計策。而若是潑墨王出手奪弓，就憑他與他手下的六色春秋，這份實力已令人不敢輕視，要再加上牢獄王與機關王，實力更是處於上風。

一時諸人心中都預料到了將至的惡戰，各自盤算著。幾日來明將軍大營中卻是毫無動靜，各人均知敵人不發動則已，一出手定是志在必得之勢，心中俱是有些忐忑；但想到偷天弓即將如期鑄成，心裡又不免滿是期望。

日子便在表面上的平穩中度過，內裡卻洶湧著一觸即發的殺機。

四月初七夜。晴。

曆書曰：利禦寇，宜製器，忌出行。

六人再次來到引兵閣，定世寶鼎經過幾日不熄的焚燒，外表雖是如常，但離得近了，便感覺到一股灼然的熱浪撲面而來。

諸人幾經波折，從半個多月前的巧拙身死到力抗明將軍的大軍於笑望山莊外，終於等到製弓的這一天，均知今夜最是關鍵，心內俱又是興奮又是緊張。既想早日一睹巧拙大師不惜一死而傳下的偷天弓，又怕徒勞無功，有負巧拙大師的重托。

杜四隨身帶著一個大包袱，解開來卻是一方已製好的範本。眾人均來圍觀，但見其下襯以木板，木板上澆著厚厚的一層油泥。那油泥不知是用什麼材料所製，觸手柔軟，伸縮自如，見風即硬，想來應是兵甲派的不傳之秘。

杜四已用小刀在油泥上刻出偷天弓形狀，再以無數鐵片固定在四周，果就如一輪上弦月的形狀。

雖是僅見範本，諸人卻全都由此想到巧拙大師的神機妙算與巧奪天工，林青、物由心與楊霜兒未見過巧拙大師卻還罷了，許漠洋、杜四、容笑風三人睹物思人，均是神色黯然，許漠洋更是紅了眼眶。

巧拙大師的那柄拂塵早已拆開，那拂塵的塵柄本是崑崙山的千年桐木，堅固無比，正是做弓胎的最好事物；拂塵的塵絲是火鱗蠶絲，杜四精挑出數根，用鎖禹寒香的汁液中膠於一起，雖只是小指般粗細，卻是韌性極大，彈性十足。物由心小孩心性，欲要試試火鱗蠶絲的韌度，運起幾十年精純的內力，強行用雙手將剩餘的塵絲扯開，亦不過只能拉長尺餘，一鬆手卻又恢復原狀，用尺量來竟與拉扯前不差分毫。

眾人素知物由心的神力驚人，見他掙得滿臉通紅，暗地均是咋舌不已。物由心收了功，兀自嘖嘖稱奇：「以此為弓弦，若能拉至滿弓，怕射出的箭足有三四百石之力。」

要知一般弩弓只有三四十石，射程能及百步。百石便已是強弓，射程可有三百步之遠，對於武林高手來說雖不在話下，但尋常人已是難以拉開，需要借助機械的力量方能拉滿。而此弓若能有三四百石之力，只恐一箭的射程足足有將近千步之遙，簡直聞所未聞，確是千古難見的超級強弓。

許漠洋久經戰陣，對弓箭的特性亦很熟悉，想起一事：「如此強弓若是沒有好箭，只怕不能盡情發揮其威力。」

林青點點頭：「尋常羽箭重量不足，經強弓發射下只恐一出弦便抵不住勁風的撕力，近距離間自是無礙，一旦距離過遠，便會失了準頭。」

杜四沉思道：「我早料到這一點，本想借著定世寶鼎的火勢與笑望山莊的精鐵，順便再煉製幾支鐵箭。但鐵箭太重，影響射程，何況攜帶亦很不方便。」

楊霜兒道：「巧拙大師不是在引兵閣的那副對聯中尚暗示有換日箭麼，卻不知那是什麼材料所製？」

杜四眉頭微皺，也不答話，走近定世寶鼎，拿起早準備好的幾支鐵條架在定世寶鼎的火頭上，再從懷中取出舌燦蓮花，緩緩地放在鐵條上。

眾人見杜四的手都在微微地顫抖，均知像他這樣的武學高手若不是心情太過激動無論如何也不至於此，必是眼見神兵將成，卻尚有一些疑惑難解，都是不忍再追問。

林青若無其事地傲然一笑：「弓箭是死的，發箭的人卻是活的，豈不聞武道大成，飛花摘葉亦可傷人。何況神弓若成，區區箭支如何能難倒我……」

眾人點頭稱是，心中卻仍是不能釋懷。以暗器王的武功，憑著發箭時的精妙手法自可彌補箭支的不足。只是對付一般武林人士也便罷了，若是面對明將軍這樣的大敵，任何些微的差錯都可能導致抱憾終身。

許漠洋眼見杜四呆呆地凝視定鼎，容笑風巡視四周，物由心一臉期待，楊霜兒稍有不安，林青卻是若有所思，當下岔開話題：「難道明將軍果然不來阻止我們煉弓麼？」

容笑風沉吟道：「自古兵不厭詐，此弓與明將軍關係重大，或許他就是趁我等放鬆警惕方才以雷霆手段一舉出手，不得不防。」

物由心卻道：「雖然明將軍惡名在外，我卻覺得其人光明磊落，不是出爾反爾之士。」他小孩心性，本就與明將軍無甚仇恨，加上為明將軍的神功所懾，不免出言為其開脫。

杜四心神全在寶鼎上的舌燦蓮花上，渾若未聞，楊霜兒不知在想些什麼，嘴裡念念有詞，手足微動。林青毅然道：「若是我所料不差，只怕明將軍還期待我們能早日煉成神弓。」

物由心默然不語，楊霜兒聽到林青如此說忍不住插言道：「林叔叔怎麼如此肯定？」

許漠洋想了想，亦道：「我看那日明將軍的語氣誠懇，不似作偽，只怕實情果真如此。」話一出口他忽有醒悟，身子一震。以自己對明將軍的刻骨仇恨怎肯為他說情，看來巧拙大師的那一眼已在潛移默化間改變了他對世情的許多看法。

容笑風不以為然：「林兄何以有如此想法？或許那日只不過是明將軍的緩兵之計，焉知他又會定下什麼計策。」

林青肅然道：「因為如果我是明將軍，我定是很想看看偷天弓能對我造成什麼樣的威脅？」

容笑風冷笑一聲：「可惜你不是明將軍。」他的故國高昌亦是毀於明將軍的手下，是以始終對其無法釋懷。

林青歎了一口氣，仰首望天：「我有種感覺，我與明將軍之間，要麼是最真誠的朋友，要麼是最仇視的敵人。沒有第三條路。」

諸人聽他語氣凝重，且毫無留口直承足可與明將軍比肩，這份坦然與自信，大概亦只有暗器王能做得到。心底均是泛起一絲敬重。

林青看到眾人神色，哈哈一笑：「明將軍既然言明不會來阻止我們，可以不用放在心上。倒是要小心八方名動的出手。」他頓了一下，緩緩續道：「尤其是薛潑墨。」

楊霜兒對潑墨王最有好感，反對道：「林叔叔為何這樣說？八方名動與此有什麼關係？」

林青一歎：「京師中的派系鬥爭遠非局外人所能想像。據我所知，與明將軍對立的，遠非御封太平公子魏南焰一人，暗地裡有不少人深忌明將軍掌攬大權，欲除之而後快。」

聽得林青如此說，眾人都是暗暗點頭。自古為權勢爾虞我詐、明爭暗鬥的例子不勝枚舉，在京師重地派系林立，情勢猶為複雜，明將軍這些年氣焰高漲，鋒芒畢露，更應是深為人忌，林青身為京師八方名動，自然通曉其間內幕。

許漠洋道：「魏公子與明將軍處處針鋒相對，天下皆知。卻不知還有什麼人意欲與明將軍作對？」

林青思索一番，緩緩道：「在京師中最主要的派系可分為五個。明將軍與魏公子自不必多言，他二人雖是對頭，卻均算是皇上的心腹，一個手握軍權，一個在文臣中極有威望。另三個派系的情況就比較複雜了。一個是當今太子手下的勢力，以宮庭總管葛公為首，太子御師、黍離門主管平為謀，四公子中的簡歌、登萍王顧清風、妙手王關明月應該都是其中的一員；一個則是皇上胞弟人稱八千歲的泰親王的勢力，以當朝丞相劉遠為主，刑部總管、關睢掌門洪修羅為副，八方名動中支持這一派的包括追捕王梁辰、琴瑟王水秀、牢獄王黑山等……」

聽到這些均是叱吒一方的人名，幾人均是暗暗心驚，楊霜兒心直口快：「原來明將軍還有這許多的對頭，看來他在京師的日子亦不好過，怪不得寧可領軍來塞外，免得煩惱。」

林青哈哈大笑：「明將軍手握軍權，更有水知寒、鬼失驚、毒來無恙這樣的絕頂高手相輔佐，威名遠震，要說與他正面衝突，除了魏公子只怕亦找不到第二個人了。」

楊霜兒不服道：「林叔叔你現在不就是一個麼？」

林青傲然一笑：「我不過是以江湖人的名義挑戰明將軍的武學，若是要動其根基與勢力卻是遠遠不夠的。」神色一整：「不過太子與泰親王這兩派的人都應該是不希望明將軍勢力坐大的，一有機會，便由不得明將軍隻手通天，翻雲覆雨。」

容笑風心思縝密：「還有一派卻不知是什麼人？」

林青微微一笑：「另一派可稱之為逍遙派，不投靠任何權爵高官與皇親勢力，其中情況亦甚是複雜，有的人一意見風使舵，靜觀其變，有的人卻是心志高遠，不喜權謀。雖是並未真個結成什麼聯盟，但彼此間一向素有交往。若是不考慮其他因素，卻是以這一派實力最為雄厚，蒹葭門主駱清幽、清秋院的亂雲公子、凌霄公子何其狂、機關王白石等均應屬於這一派……」

他雖是沒有提到自己，但諸人都是心知以暗器王林青的桀驁不馴，必不會加入太子與泰親王的陣營中，再加上他提到過蒹葭門主駱清幽是其紅顏知己，均是心知肚明。

楊霜兒聽得仔細：「那潑墨王薛大哥又算什麼派別呢？」她對潑墨王的翩翩風度最有好感，是以追問不停。

林青聽楊霜兒叫得親熱，眉頭微皺：「薛潑墨亦算是逍遙派中人吧，但他為人圓熟，與各派均有交好，若我所料不差，只怕他與太子一系更為接近些。」

容笑風緩緩道：「若是林兄能憾動明將軍天下第一高手的地位，逍遙派人暫且不論，想必太子系與泰親王的人必都是極為歡迎的。」

林青點頭，冷然一笑：「他們最希望看到的結果便是兩敗俱傷！」

許漠洋關心的卻是偷天弓能否如願煉成：「既然如此，這幾方自然都應該希望偷天弓能製成，就算那潑墨王是太子一系的人，林兄為何還說其有可能要出手阻止我們？」

林青道：「他不會阻止我們煉成神弓，但只怕不想讓神弓輕易落在我的手上。」

「為什麼？」物由心自小長於師門，何曾想過這世上還有這麼複雜的事，聽到這許多算盡機關的明爭暗鬥，呆住了一般，此刻方才愣愣地問了一句。

林青微微一笑：「若是你有機會做天下第一高手，你會放過麼？」

「天下第一高手！」物由心愕然：「那有什麼用，最多就是名字刻在第一位而已。」

眾人均是忍不住哈哈大笑，只覺得這個老人鬍子頭髮一大把，卻還是如此天真純樸，童心未泯，實是千載難逢；而林青說起武林中人人動心的天下第一高手之位，卻是面不改色，可見他決意挑戰明將軍只是看不慣其驕橫拔扈，或是為了自己在武道上的突破，權勢名利看在其心目中亦只如過眼雲煙般當作平常。一個是不通世事，一個是視若無物，卻同是難得可貴。

卻聽得杜四自言自語般喃喃道：「火候差不多了吧！」

幾人轉頭一看，杜四雙眼死死地盯著架在定世寶鼎上的舌燦蓮花，一臉癡迷，對適才諸人的話聽而不聞。

許漠洋見杜四一門心思都放在如何能煉成偷天弓上，好能令其兵甲派留下傳世神兵。世上執著癡迷的人何止千萬，此老無疑可為個中翹楚。

他的心情驀然激動起來，從巧拙的捨身救人一直想到杜四的甘心守諾、容笑風的毅然相助、楊霜兒的不畏權勢、林青的不卑不亢……這些毫無相關的人們終因為巧拙的遺命走到一起來並肩共抗明將軍，無怨無悔，為的亦不過是對一份正義的癡狂執著，傾注的無非是一腔滾湧而出的熱血肝膽！

而這一切，唯有四個字可形容：至性至情！

容笑風看著杜四一張老臉崩得極緊，皺紋密佈，就如又老了十餘歲，心中不忍，故作輕鬆道：「這舌燦蓮花非金非木，集堅固與柔韌於一體，且長達五尺，倒是做弓柄的最好材料。」

物由心看看杜四，再看看置於定世寶鼎上的舌燦蓮花，想到這本是自己找來的寶貝，心中得意，卻猶有疑問：「我本想把這大蟒舌烤來吃了，料想是大補的東西，卻怎麼也弄不熟它。不知在這定世寶鼎的高溫下能否烤軟了？」他仍是堅持稱之為大蟒舌，似是提醒大家不要忘了這本是他的功勞。

聽他一本正經說要吃了舌燦蓮花，大家肚內暗笑。楊霜兒老實不客氣地啐道：「還大補呢。爺爺你要真吃了它，我以後再也不會理你。」

一聽楊霜兒如此說，物由心連聲告饒：「我又未曾真個吃下去，乖孫女可不要不理我。」一面用手撓撓頭，苦思不解為何吃了這蟒舌楊霜兒就不理自己，莫非怕自己化為蟒精麼？

許漠洋笑道：「這東西韌力十足，只怕物老吃下去連腸子都給它撐直了。」眾人大笑。

杜四卻是不笑，肅然道：「定世寶鼎的高溫可化天下任何材料，舌燦蓮花亦不能免。只是要把握火候，不然便烤化了……」

物由心卻道：「到時就看杜老兒你的本事了。那崑崙山的千年桐木亦是極硬之物，能否如願嵌於其中，並依範本製成那偷天弓？」

眾人心中均有此疑問，只是不好向杜四問出口。那知物由心卻不管這許多，出口直言相詢。

杜四卻是胸有成竹：「這些枝節小事都難不倒兵甲派傳人。屆時就看霜兒的補天繡地針法能否將弓弦從蟒舌的血脈中繞進去了。」

楊霜兒所學派上用場，心中歡喜，卻也知道此事事關重大，由不得馬虎，亦是有一些忐忑不安，喃喃道：「這些天我都在苦苦練習，杜老放心吧。」

諸人這才知道這幾日杜四每天將楊霜兒拉到一邊囑咐不斷，原來是親授將弓弦繞入舌燦蓮花血脈之法。

眾人離定世寶鼎近了，均覺得熱氣逼人。眼見本是暗紅色的舌燦蓮花在火頭上燒得發白，卻不見任何似要軟化的異狀，心中均是有些不安。

杜四嘴裡念叨：「敦複無悔，反用其道，離火頻泛，渙奔其機。」

幾人聽得不明所以，料想是兵甲派煉製神器的口訣。卻見杜四將一雙薄如蟬翼的手套拋給楊霜兒：「準備好了嗎？」

楊霜兒接過手套戴在手上，強自按捺住怦怦的心跳，一咬嘴唇：「好了！」

杜四眼光眨也不眨地盯住舌燦蓮花，口中猶對著楊霜兒道：「待得舌燦蓮花的顏色變青，便是開始軟化了，那時必須將其移出寶鼎，不然便會溶化成汁。其軟化的時間大約只有半柱香的功夫，只要我一將千年桐木嵌入其中，你便立刻施展補天繡地針法，將弓弦繞入其中。」他聲音亦隱有些發顫：「舌燦蓮花雖可耐高溫，但不可反覆燒之，我們只有一次機會……」

眾人聽他如此說，均是不敢開腔，只恐會讓楊霜兒更感壓力，功虧一簣。

楊霜兒將雙針挑起那火鱗蠶絲膠合好的弓弦，口乾舌躁，心頭鹿撞，如臨大敵。

杜四續道：「你不用緊張，那雙手套是吐蕃凝冰絲所織，不懼高溫，絕計燙不到你……」

楊霜兒長吸一口氣，事到臨頭，終於鎮靜下來，心中默念本門補天繡地針法的口訣，只待杜四一聲令下。

那舌燦蓮花果是神物，只見其在定世寶鼎的高溫烤炙下漸漸曲起，隱隱蟄動，便似是要活轉過來一般。

杜四左手持千年桐木，右手抓起隨身的小刀「破玄刃」，挑在已燒得通紅的鐵條端頭，也不知是緊張還是高溫的緣故，他滿額皺紋間全是豆大的汗珠，一滴滴沿著臉頰流下來，尚未落地，便化為一團水汽。林青等人目不轉睛地盯著鐵條上的舌燦蓮花，大氣亦不敢出。

「嗤」然一聲怪異的響動，那舌燦蓮花的顏色驀然由白轉青，兩端一軟，幾乎要從架著的鐵條間掉入定世寶鼎中……

說時遲那時快，但見杜四一聲大喝，右手使出巧勁，以「破玄刃」將鐵條一捅，鐵條挑起舌燦蓮花在空中翻騰了幾個圈，不偏不倚地正正落在放於地上的範本中。

範本發出「劈啪」之聲，底下的木板經不起這般高熱，已然扭曲變形，那層油泥卻是極耐高溫，仍是保持原樣。杜四左手抽開木板，右手拋開「破玄刃」，重又從地上撿起一支鐵條，將舌燦蓮花按入以偷天弓形狀圍紮好的鐵釘中。

那舌燦蓮花卻似極不安份般彈跳不休，復又從範本中彈了出來。杜四情急之下顧不得許多，左手抓起千年桐木按在舌燦蓮花的正中，將舌燦蓮花固定在範本上，再以右手將舌燦蓮花兩端箍入鐵釘間……

眾人鼻端立時聞到一陣焦糊味，杜四雙手均已被高溫炙傷，連袖口亦烤得發黑。許漠洋幾欲呼出聲來，強自忍住，知道此是杜四一生心願所繫，絕不容有失。

杜四卻是渾若不覺疼痛，死死將舌燦蓮花固定住，待得舌燦蓮花反彈之勢稍弱，大手一揚，遞至楊霜兒面前，一聲大喝：「穿針！」

楊霜兒聞到杜四手上傳來的焦味，眼眶一濕，鼻尖一窒，更是煩悶欲嘔，將心一橫，蔽住呼吸，強忍淚水，雙針上下穿插，姿態輕柔，動作靈敏：輕巧處如刺錦繡帛、綿密處如補織天衣、揮灑處如行雲流水、繁複處如落英繽紛。直令人看得眼花繚亂，目眩神迷……

補天繡地針法乃是無雙城笑傲江湖的絕學，為無雙城主楊霜兒之父楊雲清所創，共有九九八十一式，以不足尺長的雙針為武器，招招均是欺身尋隙、犯險近戰，專刺人身大穴。極盡小巧騰挪之變化，針式綿密，滴水不露。是以才有補天繡地之名。

楊霜兒身為女流，氣力不足，無雙城的其餘武功練得馬馬虎虎，此針法倒是家學淵源得其真傳。此時全力施展出來，但見她雙肘及肩幾乎不動，純是靠手腕的抖動在半尺見方的空間中做出千百種變化，若非是定世寶鼎的火光倒映，兩支細針在夜色下幾不可見，只聞得針尖哧哧破空之聲，令旁觀諸人均是大開眼界。

容笑風看得有會於心，連連點頭，物由心卻是幾乎將巴掌都拍爛了，口中更是大呼小叫地為楊霜兒不斷喝彩。

許漠洋自見楊霜兒以來，雖覺得她俏皮可愛，卻是從未料到她家傳武功竟然如此精妙。此刻半是欣喜，半是惆悵，只覺得江湖之大，能人輩出，如此看起來嬌怯的一個小姑娘亦是不能輕視，枉自己被人稱為冬歸城第一劍客，若是只論武功的精微處，還遠遠不及楊霜兒，不由有些心灰意冷。

林青似是知道許漠洋心中所想，輕輕拍上他肩頭：「昔年公孫大娘一場劍舞令杜甫亦留下『觀者如山色沮喪，天地為之久低昂』的名句。但你可知為何武林中卻不見公孫大娘的傳人？」

許漠洋心有所悟，聽得林青低聲續道：「武學之道，虛實相生。真正的武學高手尋隙一擊，動地驚天。若是太在意招式間的繁複變化，少了一劍直破中宮的豪勇，反為不美。是以有時招數太過紛繁，變化太過複雜，卻還不及攻其一點，不涉其餘。」

許漠洋知道林青在借機指點自己武功。暗器王是天下有數的高手，能得到他的耳提面命親身指點，對自己的武功修為大有裨益。當下凝神靜聽，有悟於心。他本不擅形色，此刻雖是滿懷感激，卻也只是暗銘於心，緩緩點頭。

這些日子以來，許漠洋分別見過了毒來無恙、杜四、物由心、容笑風、潑墨王、林青這幾人，其中物由心、潑墨王與林青更是天下有數的高手，還親眼目睹了天下第一高手明將軍的動靜相間從容不迫的大家氣度。若單以武功論，暗器王不及明將軍，最多亦僅高出其他諸人一線，但他的淡泊自如、坦蕩大度的淋漓風範卻是直令自己深深折服！

卻見得楊霜兒驀然雙手一揚，將雙針往空中拋開，大叫一聲：「可累死我了。」聲音雖是疲倦，卻亦是極欣然。

杜四一聲長笑，雙手高舉，眼中卻是老淚縱橫：「巧拙啊巧拙，杜四終不負你所托……」

與此同時，一道黑影驀然從旁邊的林中掠出，足尖在定世寶鼎上一挑，漫天的火光向四周迸泄而出，一掌劈向杜四。

林青亦在同一時刻發動，袖口微抬，三道寒光迅如電火般直奔來人胸口襲去。來人在空中「噫」了一聲，似是料不到會遇見這般凌厲的暗器。但他身法快得驚人，竟然在雙足凌空的情況下一個半側轉身，右掌仍是劈往杜四，左手卻將身邊張口結舌的楊霜兒一扯迎向林青的暗器。

饒是以林青的武功亦弄了一個措手不及，雙足蹬地，身體如離弦之箭般向前飛出，後發先至將自己剛才發出的暗器重又收入袖中。雖是不至誤傷楊霜兒，卻已不及相救杜四。

「怦」然一聲大響，杜四雖在心懷激蕩之中，畢竟本能的應變尚在，左手鬆開偷天弓，與那人結結實實地對了一掌。

杜四方才雙手為高溫所傷，武功本就打個折扣，加上此時匆匆發招，又是左手發力，武功尚使不出四成，而那道黑影有備而來，勢在必得，這凌空而下毫無緩衝的一掌端端印在杜四的左掌上。杜四但覺得對方如山掌力排山倒海般襲來，其內力雖不雄渾，卻是飄忽不定游走偏鋒，似是有一股大力要將自己往後拋去……

杜四心知對方志在奪弓而非傷人，是以這一掌側重於推卸而非壓實，如若此時循著掌力後退，可保無虞。但他神兵初成，如何甘心為對方所奪，當下一咬牙關，雙足如釘子般緊緊扎在地上，右手仍是牢牢抓在弓上，寧可將對方的推力盡數用身體承受。

來人不料杜四如此狠勇，寧捨一命亦要保住神弓。雙掌一觸即分，掌力盡吐，再反手抓住弓稍，他似是深悉林青暗器的厲害，身形一晃已落在杜四身後，另一隻似是失血過多般蒼白慘青色的左掌不偏不倚地按在杜四的背心上……

但見他臉上蒙著一層黑布，全然不見虛實，只餘一雙精光四射的眼睛，瞬也不瞬地死死盯著林青的手！

林青臉色大變，他事先早有防備：偷天弓一成，最有可能來奪弓的恐應是潑墨王與他手下的六色春秋。以他對潑墨王武功的熟悉，盡可防患於未然，但千算萬算亦料不到出手奪弓的竟是另有其人，變起頃刻下，導致杜四一招受制，自己出手空回。

物由心大袖一展，正要上前，但眼見杜四為來人所擒，投鼠忌器下，不敢輕舉妄動，厲喝道：「你是什麼人？」

林青深吸一口氣，臉色恢復常態，冷冷道：「絮萍綿掌，移花接木；幻影迷身，凌空換氣。如此妙絕天下的輕功，捨登萍王還能有誰?!」

來者赫然竟是八方名動中的登萍王顧清風！

顧清風右手與杜四共抓在偷天弓上，左掌抵住杜四的背心，囁唇輕吹，蒙面的黑布猝然裂成碎片，露出一張寬額窄頰極為瘦削的臉孔：「林兄別來無恙，想不到暗器王不但武功好，一雙招子也亦是這麼亮！」勁氣裂布，他口中說話卻是全無停頓，就若平日寒喧般輕鬆平常，似是不費任何力氣。在場諸人全是武學高手，眼見那黑布質地輕軟，渾不受力，而他若無其事地露了這一手驚人的上乘內功，方知八方名動確是名符其實，個個均有驚人藝業。

物由心本在一旁躍躍欲動，伺機出手。他出身隱秘，以他門中刻天下豪傑於英雄塚上的傲氣，一向不怎麼看得起中原成名人物。是以雖是聽杜四說起了京師中的八方名動，料想除了唯一以武成名的暗器王林青外，均不過是江湖好事之徒吹捧出來的，此刻見了登萍王顧清風這談笑間吐氣裂帛的內勁，方才真正收起睥睨天下英雄的心思，心神暗驚。

許漠洋持劍在手，上前幾步將尚在發呆的楊霜兒拉到身後。耳中猶聽得容笑風四聲長笑：「想不到登萍王身為八方名動之一，亦能使出如此卑鄙的手段，暗中偷襲！」

顧清風臉色一黯，目光仍是不敢稍離林青的手：「我不過是為皇上跑腿的，又不是什麼英雄好漢，用不著講江湖規矩。」

「真是想不到。只不過是為了一把偷天弓，」林青深深吸了一口氣，亦是低頭望著自己的一雙手，歎道：「連一向淡泊名利的八方名動亦要一決生死了！」

在散落四處零星燃燒的火光下，只見顧清風與杜四的手中合舉著那一把彎若弦月的偷天弓，端然正對著掛於東天的一輪明月。

暗赤色的弓身映著傾瀉而下的皎皎月色，將如霜似雪的鱗鱗流光反射入每一個人的眼底……

第九章

九轉迴腸

顧清風大叫一聲，縱身而起，躍上一棵大樹，
右腳輕點枝頭，復又彈起，往林間掠去……
本來以顧清風的武功雖勝不過林青，卻也不無一拚之力。
只是登萍王一身功夫全在兩條腿上，此刻左腿鮮血淋淋，
雖傷得不重，卻是影響戰鬥力。
何況顧清風眼角餘光瞥到林青那懾人的神態，更是戰志全無，
只欲憑藉著獨步天下的輕功逃得此劫。

笑望山莊的引兵閣內，和風輕拂，濃霧漸起。定世寶鼎的火勢已弱，在茫茫霧氣中更是映照得雙方面色閃爍不定。

林青面罩寒霜，與登萍王顧清風正面相對，物由心與容笑風緩緩向左右移動，已成合圍之勢。顧清風雖只孤身一人，卻掌握著杜四的生死。林青心懸杜四的安危，扣了滿把的暗器卻是不敢冒然出手。而顧清風雖是輕功天下無雙，自忖能從容突圍，但面對天下暗器第一聖手，無論如何亦不敢轉過身去將背心要害暴露在暗器王的攻擊下，一時雙方對峙不下，竟成僵局。

顧清風亦是一代宗師，適才被容笑風大聲指責其偷襲，顏面盡失，臉有愧色。此刻眼見物由心與容笑風分別包抄左右，目光炯炯凝而不散，行動舒展輕捷靈動，舉手投足間均是一派高手風範，何況僅是要面對八方名動中唯一以武功成名的暗器王，便沒有絲毫把握，心中更是叫苦不迭。

冬歸城近三年才被攻破，登萍王顧清風奉皇命前來軍中傳旨犒賞三軍，聞得明將軍來到了渡劫谷的笑望山莊，今晚才匆匆趕來，卻先給潑墨王截住。聽了潑墨王的一番含糊說辭，大致明白了一些前因後果，亦是對偷天弓動了心。他在京師中隸屬太子一系，心知太子眼見明將軍勢大，有意削其兵權，只是礙得明將軍那一身超凡武功，遲遲不敢上本彈劾，若是能得到這把對明將軍極有威脅的偷天弓自是大功一件，是以才動心前來奪弓。

顧清風輕功高絕，一路遠遠躡伏過來竟然無人察覺。但他終不是那宇內空空妙手無雙的妙手王關明月，潛伏匿蹤非其所長，恐離得近了被對方發現，是以只在遠處觀察著幾個人的動靜。他倒不懼動手，而是怕不能煉成偷天弓，待得見到神弓已成，這才一舉出手。

也正因如此，顧清風沒有聽到林青等人的對話，不知暗器王亦涉身其內，他與暗器王本就相交不深，僅有數面之緣，加之距離相隔過遠，竟然沒有認出來。更是聽信了潑墨王的話，以為這裡不過是幾個冬歸城的殘兵，就算有塞外異族高手，亦全然沒有放在心上。料想憑著自己天下無雙的輕功，偷天弓自是手到擒來，萬萬料不到其中不但有物由心、容笑風這樣的高手，連暗器王林青亦在其中，不由大是失策。此時方才隱隱醒悟怕是中了潑墨王的狡計，暗地後悔不該輕易出手。如今騎虎難下，只得先圖穩住場面，靜待潑墨王的接應。

「噗」地一聲，杜四一口鮮血盡皆噴在偷天弓柄上，弓柄尚燙，一道血氣瀰漫而起，原本暗紅色的偷天弓更顯得淒豔詭異。杜四卻是緊抿嘴唇，一言不發，一隻右手仍是牢牢抓在偷天弓上。

林青面上一搐，目光鎖緊顧清風，思索應變之法。心念忽地一動，已感覺到又有高手掩近身旁，不問可知應是對方的援兵，審時度勢，能不與顧清風發生衝突自是最好。他表面上不露聲色，淡然道：「顧兄若是不想逃得那麼狼狽，留下杜老與偷天弓，我可保證你可從容離去，下次相見大家亦都可留有餘地。」

這番話不卑不亢，既給顧清風留了面子，亦是隱含威脅。顧清風心中略一猶豫，試想以暗器王的威凜天下，若是當場反目，樹此強敵，實屬不智。

顧清風能名列八方名動，自也是拿得起放得下，心知事已難成，就算加上潑墨王與六色春秋，若是不能一舉搏殺林青，日後要天天提防那名動天下、防不勝防的百千暗器可不是一件說笑的事。更何況偷天弓是否真能克制明將軍亦是難解之數，當下輕咳一聲，正要留下幾句場面話，卻聽得一柔和好聽的聲音從林間傳來：「林兄先在三軍陣前給明將軍下戰書，再如此當場脅迫登萍王，果真是視天下英雄若無物了。若是此刻有酒，當與林兄痛飲三杯，以敬不畏生死之氣度！」

林青冷然一笑，譏諷道：「若是此刻有酒，定先要敬一杯潑墨王挑弄是非的二流風度！」

潑墨王人不見蹤跡，聲音仍是如常傳來：「林兄太客氣了！若你今晚能衝出明將軍的重圍，請來絮雪樓一敘，薛某定是倒履相迎。」潑墨王正是住在京師絮雪樓。

暗器王給明將軍下戰書！——顧清風心中猛吃了一驚，抬眼望來，卻見林青神態自若，毫無反對之意，分明竟是默認了。

他初來軍中，尚不知這等足可震驚武林的大事。如今聽潑墨王的言語，猜想明將軍今晚絕不容林青與眾人突圍，心中大定，已決意與暗器王反目。

縱是以登萍王的才智，以常理度之，亦絕料想不到明將軍會容忍笑望山莊諸人放手煉製偷天弓，雖是對潑墨王的話有所提防，卻也不由信了八分。在京師中他屬於皇太子派系，和一向視權財如無物的林青並無太多交情，倒是潑墨王左右逢源，常有來往。更何況明將軍手握重權，在朝中一人之下萬人之上，縱是太子、泰親王心中不忿，但表面上也不敢對明將軍有任何不滿。如今雖不能如願從明將軍的眼皮下得到偷天弓，如若能借此機會與明將軍交好亦是心中所願。

顧清風心念電轉，已有決斷，手上一緊，封住杜四的穴道，呵呵一笑：「既然如此，若能親見明將軍與暗器王一戰，我便多等一會又有何妨?!」

林青心中一凜，他雖是相信明將軍今夜不會有所行動，但情急下亦猜不透潑墨王言語的真假。眼見杜四為顧清風所擒，縛手縛腳之下，莫不真要在此與這二人耗上了。而天色一明，明將軍的大軍就必將攻入山莊，屆時就算明將軍有心放手，但軍令既出，安能讓笑望山莊從容脫險?!

周圍草叢間幾聲輕響，六色春秋各持獨門兵刃，在林間晃動不休，卻不上前圍攻，而是各占要點。顯是得了潑墨王的命令，不讓眾人輕易突圍。

潑墨王緩步走出，三個手指輕撚鬢腳，大笑道：「暗器王挑戰明將軍，這樣千載難逢的大戰自是誰也不願錯過。今晚就與顧兄並肩觀戰，定能得到不少裨益。諸位如是心急難耐，不若先讓薛某現在提筆繪下林兄英姿，以備日後瞻仰。」

他的語氣仍如平常般溫柔好聽，語意中卻是陰損惡毒至極。不但對顧清風挑明林青與明將軍已是勢成水火，迫其下定決心對付林青，更是暗示林青難逃今晚之劫。只見其清雋若仙的面容，謙恭有禮的神態，何像是有半分惡意，誰又能料到內中包藏禍心，其人心計之深，令人思之不寒而慄。

楊霜兒直到此刻，方將對潑墨王的一腔好感盡數拋開，恨恨地道：「潑墨王虧得你是一派宗師，還自詡什麼二流風度，如此口蜜腹劍，笑裡藏刀。我定要讓天下人都知道你這沽名釣譽的偽君子嘴臉……」

潑墨王面不改色，嘖嘖而笑：「乖侄女真是初出江湖不通世事啊，你既如此說，豈不是迫我要殺人滅口麼？」他城府極深，雖是被楊霜兒不留情面的痛聲指責，心中憤然卻是不形於色。料想以自己與顧清風聯手，再加上六色春秋，更有杜四人質在手，對方必是難逃生天，言語間終現猙獰。何況他在京師一向八面玲瓏，人緣甚佳，顧清風為人優柔寡斷，智謀更是遠遠不如自己，雖有絕頂輕功，但在高手林立的京師卻是人輕言微，亦難詆毀他多年來苦心經營的謙謙君子形象。

林青心中默察形勢：就算對方再無援兵，以目前雙方實力而論，物由心幾十年的修為，應能抵得住登萍王顧清風；許漠洋、楊霜兒與容笑風聯手與六色春秋對敵雖是敗面居多，但至不濟亦可支撐一會；而這些年來他韜光養晦，在武道上漸有大成，雖是少與人動手，但在武學上實已遠遠凌駕於八方名動其餘諸人之上，有九成的把握能在數招內擊敗潑墨王。如此算來，若是一意硬拚，己方勝算頗大，只是杜四身落敵手，無論如何亦不能袖手不顧。

他素知顧清風為人多疑，且一向附膺於太子，對明將軍大有成見，若能說動他袖手旁觀，自是最好不過；如此計不成，索性先穩住對方，伺機突施殺手救下杜四，再圖脫圍。

當下林青心中計議已定，朗然一笑：「薛兄素來溫文爾雅，行事低調，今日卻凶相畢露，直言相脅，卻不知是何緣故？」

潑墨王裝模作樣地一聲長歎：「我平日與暗器王雖談不上知交，但好歹是同處京師，時常相見，亦一向欽服林兄的不畏權勢，等閒名利，又豈忍此刻苦苦相逼。」說到此處潑墨王卻是語音一轉，凜然喝道：「然而林青你勾結異族，對抗明將軍大軍於笑望山莊，圖謀不軌。我身為京師八方名動，食君俸祿，自不能袖手不理。」

容笑風冷笑：「潑墨王好一張大義滅親的嘴臉，卻不知其中有幾分是為著自己的私心？怕是等了數載才遇到這討好明將軍的良機，是以再也按捺不住了。」

潑墨王訝然望了容笑風一眼，似是料不到這胡人有如此好的口才，仍是好整以暇：「明將軍乃國家棟樑，武功蓋世，爾等卻妄想憑區區兵器之利而企圖與其為敵，何異蚍蜉撼樹。若說私心，確是有一點，薛某與林兄同為八方名動，若是暗器王不自量力，豈非讓世人連帶小視了我八方名動。倒不若先讓我招呼林兄，免為天下人所笑……」他眼望林青，長歎一聲：「我的一番苦心，林兄可懂了麼？」

潑墨王的口才確是一流，這一番侃侃而談的說辭，狀極誠懇，倒似是深為林青著想一般，同時亦是暗示林青非自己之敵。

要知八方名動各有不世絕學，如潑墨王的畫、顧清風的輕功、白石的機關消息

學等，而暗器王林青身為其中唯一以武成名之士，數年前就已名震江湖，自是令其他人心有不服。潑墨王此語不但一泄心中妒忌，更是挑起了顧清風對林青的敵視。

耳中聽著潑墨王咄咄逼人的言辭，林青仍是毫無動容，一張冷峻的臉上不露半分怯意：「若說潑墨王僅是為了此偷天神弓出手，我卻是不信的；但若說薛兄已趨炎附勢，投入了將軍府，那可真是枉我與你齊名數載了。」他這番話卻是暗中提醒太子一系的顧清風莫要為潑墨王言語所惑，來為明將軍打頭陣。

顧清風果然又有些猶豫，望向潑墨王：「薛兄可是身懷明將軍的軍令嗎？」他的猶豫倒也不無道理。林青雖非朝中大臣，但在京師亦是很有影響力，更是與凌霄公子何其狂、蒹葭門主駱清幽等人交好，若是沒有明將軍的支持，縱是素來不服暗器王的威勢，卻亦不敢率先發難。

潑墨王道：「顧兄儘管放心。林青親手射殺了朝廷命官，已與謀反無異。若是今日授首於顧兄的狂風腿法下，回京便是大功一件。」他心知顧清風熱衷名利，是以如此誘之，確是工於心計。

顧清風聽潑墨王如此說，而林青坦然受之，全無異色，自是不假。心中再不遲疑，陰陰一笑：「有薛兄勾魂筆在前，在下的狂風腿法如何敢來獻拙，只需為你掠陣，看住其餘幾名亂黨就是了。」

潑墨王大笑：「以登萍王天下無雙的輕功，這幾名亂黨確是上天入地亦難逃。」他二人料定己方實力大占上風，竟然視對方如無物。

物由心冷哼一聲，正待上前，卻被林青舉手止住。

林青雖只是隨隨便便一擺手，但一份自然而然的氣度渾然天成，縱是以物由心素來的遊戲風塵放任不羈亦是微微一怔，立然止步，勢難違逆。

林青輕輕一笑：「看來在薛兄心目中，我已與死人無異了……」

「豈敢豈敢！」潑墨王正色道：「暗器王數年積威，誰人可小覷。只要薛某拚得耗去林兄幾分戰力，留你一時，待得大軍入莊，尚要看看暗器王如何挑戰明將軍這一場好戲。」

二人唇槍舌戰，語含機鋒，各藏玄虛。表面看來似是平淡，暗地卻都是劍拔弓張，各自防範，窺準時機就要給對方致命一擊。

潑墨王雖是看起來志得意滿，但行動卻依然謹慎小心，不近林青八尺之內，身法上亦不露絲毫破綻；而登萍王顧清風更是大半個身體完全在杜四的掩護之下，自是均知林青暗器的厲害，早有防範。

而林青一旦出手不中，立時便會送掉杜四的性命。潑墨王與顧清風都是久經戰陣，深明其理，亦不貪功冒進，眼見時間一刻刻的逝去，雙方已成僵局。

林青表面上意態從容，心頭卻是暗自著急。他深知明將軍言出必行，天色一亮勢必率大軍入莊，而現在月掛東天，已是三更時分，若不能及早脫身，後果堪虞。

忽聽得杜四喉間格格作響，眼光緩緩掃視諸人，仍抓在偷天弓上的右手驀然收緊，青筋迸現。

顧清風心中一驚，只覺已被點了穴道的杜四全身不停顫動，身體內各經脈間似是有一股股的力量潮湧而至，撞向自己按在其背心上的左掌，一時就連杜四的整個身形也似突兀地膨脹起來，全力運功下竟然克制不住。

原來大凡煉製神兵寶甲，不僅要有機緣湊齊材料，更要汲取天地間的靈氣方可大成，若煉製不得法，或是不逢天時地利，便需人體精血以助之，有時甚至反噬其主。是以方有鑄劍師躍身洪爐中以身殉劍的典故。

兵甲派有一項內功，名為「嫁衣」。要知兵甲傳人一生都用於煉製神兵寶甲，自己卻是無緣用之，便若給人縫製嫁衣一般，是以得其名。

「嫁衣」神功本是用於煉兵甲時自殘其身，同時引發人體潛力。一旦運功，集八脈的散氣於一體，平日往往能增強幾倍的內力，但事後必是大傷元氣，真元大耗，甚至減陰損壽，兵甲傳人若不是到了萬不得已，絕不輕用。

而此刻，杜四眼見自己被擒，潑墨王與登萍王已漸漸掌控大局。而林青等人因關心自己的安危縛手縛腳，不敢稍有異動，眼見天色將曉，明將軍大兵隨時殺來，深知如此下去必無倖理。他與林青亦父亦友，感情極深，豈忍見他因己受制於人；再加上與容笑風的相惜、物由心的投緣，更是一心維護知交好友巧拙大師的傳人許漠洋。反正如今神弓大成，心願已了，索性把心一橫，咬破舌尖，運起「嫁衣」神功，拚著犧牲一己之命來換取戰友的安全。

一時只見杜四滿面通紅，驀然吐氣開聲，一聲大喝，穴道已開，右手一擰往懷裡回奪偷天弓，左手一翻：「破玄刃」已然在手，反刺向顧清風的小腹。

顧清風不料杜四神勇至此，背心要害受制竟能尚施反擊，而且力道迥異常人，大得出奇。一時不備，偷天弓已脫手滑出，眼中見得一把鏽跡斑斑的小刀直往小腹刺來。

林青從小與杜四相識數十年，深知其武功的虛實，與杜四射來的決然目光一觸，立知不妙，雙腳蹬地，直朝顧清風撲去。

潑墨王自知若是一對一武功上未必能敵過林青，所以雖是一副從容自得的樣子，卻亦時時防備著林青突然暴起發難。他為人狡詐，心計頗深，料定林青絕不會就此僵持，必是先救杜四，一直便等著林青向顧清風發招時出手偷襲。此刻一見杜四異樣的神態立知有變，一聲大喝，雙手中已各多出一支三尺餘長如畫筆般黑黝黝的事物，正是他的獨門兵器「勾魂筆」。左筆護胸，右筆直往林青後心大穴刺來。只見他姿式瀟灑，意態從容，衣袂飄飄，長袖迎風，宛若畫中仙人，這一出手卻是陰毒狠辣，招沉勢猛。虧他亦是一方宗師，雖先是一聲大喝，但卻是聲到筆至，實與偷襲無異，全無高手風度。

這剎那間，顧清風心念電轉，此刻只要他略一伸手，自可重新將偷天弓奪在手上，料想杜四被自己剛才一掌震得吐血，已是強弩之末，這一把小刀未必能破入自己精修多年的護體神功。但眼見林青撲來，雖是不見射來的暗器，但暗器王成名數載，焉能輕視，自己的狂風腿法是否能敵得住實是沒有半分把握，何況他到底亦不想與林青做正面衝突。方一猶豫間，卻突覺得杜四那把看似鏽跡斑斑的小刀上冷風嗖嗖，一股沁涼的寒意直透小腹。腦中閃過一個念頭：兵甲傳人手上的兵器豈可小覷！

顧清風大叫一聲，右掌一按杜四肩頭，借力騰身躍起，以避過小腹要害，值此性命關頭，絕技傾囊而出，雙腿如旋風般連珠踢出十五六腳，盡皆踢在杜四的後心上。事起倉促，饒是以登萍王快捷無比的身法，左腿上亦被杜四的「破玄刃」割開一道長逾三寸的血口，雖入刃不深，卻也痛得悶哼一聲，踉蹌而退。

杜四被顧清風的狂風腿踢中要害，口中鮮血狂噴，手中猶舉著偷天弓，整個人卻如斷線風箏般飄然而起，直朝林青撞來。

林青身形驟停，左手一把攬住杜四撞來的身體，一個旋身化去狂風腿的餘勁，潑墨王本襲向他後心的勾魂筆卻已至胸前一尺處，勁風襲來，如針刺骨。

林青冷哼一聲，右手在間不容緩的剎那扣住勾魂筆，先送再收，左肩一沉，一枚小小的鋼鏢毫無預兆地驀然從攬在杜四腰間的左手袖口間射出……

潑墨王不料林青勁力轉換如此之快，原是前衝的身形立時定若磐石，身法靈動天成，變招全無凝滯，更是出手若電，一出手即端端正正扣住勾魂筆，就似是早就做好準備對付自己一般，心頭微懼，勁力已自弱了三分。但他名列八方名動之二，成名豈是僥倖，心知杜四雖是生死未卜，但若不能借此擊傷林青，對方人質脫困，實力上已占上風。當下絲毫不退，左手揚起另一支勾魂筆，肩沉腕挑，先一招「指點江山」磕飛鋼鏢，再一招「畫龍點睛」刺向林青右目。右手卻仍是緊握筆端，數

十年的內力如長河破堤般沛然發出，沿著筆身攻向林青。料想暗器王雖是招式銳烈、變化繁複，畢竟比自己年輕十餘歲，內力修為上定是不足。

林青偏頭讓開潑墨王的左筆，右手五指如鼓琴按弦般在潑墨王右筆上一陣急挑，二道黑光再從右腕間射出，一道擊向潑墨王的右肘曲池穴，另一道卻是劃了一道弧線，先直進再轉向，襲向潑墨王的太陽穴。

潑墨王從未見過林青出手，素聞暗器王出手靈動，機變百出，令人防不勝防。卻也料不到詭異至斯，眼見兩人的右手都緊抓在自己的右筆上，偏偏對方就能無中生有般射出二記暗器，且暗器的力道與方向全然不同，分襲不同部位。兩人相距如此之近，根本不及變招，若是不想讓暗器透顱而入，便只有放手後退一途……

適才杜四被擒，林青尚與潑墨王顧清風唇槍舌劍，許漠洋等人只得靜觀其變，伺機而動。卻不料杜四突然對顧清風出手，林青與潑墨王立時發動，眾人與六色春秋等人全然不及應變，待要上前時，林青與潑墨王卻已是一觸即分。

這幾下交手不過三四個呼吸間，卻是兔起鶻落，疾若閃電，看得眾人屏息閉氣、目眩神迷。只聽得潑墨王慨然一歎，退出十餘步遠。林青一手撐扶著杜四，另一手握著潑墨王的成名兵刃，全身骨骼格格輕響，雙目間精光大盛，不怒而威，幾令人不敢逼視。

潑墨王心頭劇震，何曾料想暗器王武功已高深至此，更在戰略上算穩了自己必然出手偷襲，這才佯撲顧清風，實攻自己，乃至幾個照面間成名兵刃都被其奪去。而自己幾十年的內力竟然根本不及發出，那種棋差一著縛手縛腳的感覺才是令他沮喪至極。

他的心裡更是湧上一股寒意，林青在那一剎看似情急出手，卻是謀定而動，知道如要救下杜四絕計不可能傷到顧清風，所以全力回頭對付自己，這份對敵時的沉穩冷靜實是可怕，令人驚怖。

一時顧清風傷腿，潑墨王失了兵刃，均是心萌退志，雖不肯就此甘心。但眼見林青傲立場中，雙眸間殺機四溢，竟是誰也不敢輕舉妄動。

杜四軟倒在林青懷裡，將偷天弓遞至林青手上，口唇微動，卻是一個字也說不出來，只有鮮血不斷地從口中汩汩湧出。物由心與容笑風連忙上前將杜四接過，運功幫他療傷，但顧清風那十餘腿志在保命，使出了十二成的勁道，早已震碎了杜四的心脈……

杜四命在旦夕，卻猶帶笑容，一雙渙散的眼瞳仍是呆呆望著那一把持在林青手上的偷天弓。

物由心大哭道：「杜老你答應要帶著我一路遊山玩水，你若走了我怎麼辦？」他雖是言語間猶若孩子般耍賴，但一雙老眼中淚水迷濛，卻是情真意切，令人不忍相看。

杜四嗆咳著、拚起餘力將手舉在物由心眼前，臉上露出一絲淒然的笑意……眾人不明其意，許漠洋卻看到了杜四掌中那一道與容笑風對掌留下的笑紋，眼含熱淚道：「杜老可是讓物老看那道掌紋麼？」

物由心伏於杜四身上，更是大哭不止：「都是我學藝不精，胡說什麼杜老於生機盎然中漸露敗相，在輝煌得意之時隱有大難……」

杜四卻是輕拍物由心的蒼蒼白髮，再望向林青，雙目中閃過一絲欣然，喃喃念道：「偷……天……，偷……天……」

眾人知他眼見神弓已成，心願已了，雖死無憾。但這一路來患難與共同抗強敵，何忍見此刻永訣，均是黯然神傷，楊霜兒與物由心更是淚流滿面，泣不成聲……

杜四再眼視許漠洋，手指向自己胸前，驀然凝住不動，竟就此去了。

容笑風強忍傷悲，在杜四懷中取出一物，卻是一本紙頁泛黃的小冊子，上書四個篆字《鑄兵神錄》。遞與許漠洋：「杜老定是讓你學他門中的鑄兵鑄甲之術，日後好再煉出那換日箭……」

許漠洋含淚接過，收於懷中，對杜四的遺身叩首一拜：「杜老放心的去吧，我定不負你所托！」

林青持弓在手，立於場中，動亦不動一下，只有一雙虎目定定盯住杜四，便似呆住了一般。良久後，方驀然仰天一聲長嘯，林間樹葉簌簌而落。

潑墨王與顧清風隔遠對視，適才眼見林青神勇，如今更是含著哀兵之勢，偷天弓已不可得，互打個眼色，就待同時退走。

「顧清風！」林青大喝一聲，猶若半空中打下一個焦雷，直震得各人心中怦怦亂跳。再看到林青怒目圓睜，臉罩寒霜，一反平日謙和的樣子，心頭俱是打了個突。

林青長吸一口氣，面色漸漸恢復常態，冷冷道：「薛兄要是不願此刻與我做殊死一戰，敬請回京，林青不日當來絮雪樓當面討教。」聽他漠然而決絕的語意，自是要與顧清風死戰。

要知此刻明將軍心意不明，形勢微妙，林青實不願和潑墨王與六色春秋間再起波折，是以才要潑墨王表明態度。

顧清風渾身一震，為林青氣勢所懾，抬眼望向潑墨王：「薛兄……」聲音竟是有些顫了。

潑墨王大是躊躇，看此情景，林青已與顧清風結下死仇，若是出手相幫顧清風，縱然加上六色春秋，也未必能操勝算，可若是就此收手，日後林青真要找到絮雪樓來，自己亦是無半分把握。

他原對暗器王的武功頗有不服，但剛才幾招交手下來，卻是心驚膽戰，自知公平對戰全無勝望。心中一橫，料想自己與林青亦無什麼深仇大恨，何況林青放言挑戰明將軍，他日勢必不能安然入京，此刻默察形勢，還是不插手其間為妙。

當下潑墨王苦笑一聲：「顧兄好自為之，薛某先行告退。」當下一聲呼哨，帶著六色春秋頭也不回地去了。

顧清風大叫一聲，縱身而起，躍上一棵大樹，右腳輕點枝頭，復又彈起，往林間掠去……

本來以顧清風的武功雖勝不過林青，卻也不無一拚之力。只是登萍王一身功夫全在兩條腿上，此刻左腿鮮血淋淋，雖傷得不重，卻是影響戰鬥力。何況顧清風眼角餘光瞥到林青那懾人的神態，更是戰志全無，只欲憑藉著獨步天下的輕功逃得此劫。

林青也不追擊，靜立原地，眼神中滿是一種令人悸然的殺氣。

顧清風果不愧是登萍王，幾個起落間，便拉開了十餘丈的距離，聽得林青毫無動靜，心中暗喜，料想憑自己的輕功，縱是腿上有傷，只怕亦無人能在短時間內追上了。

林青再深吸一口氣，又是一聲長嘯。左掌執在偷天弓柄上，右手拉住弓弦，如推如拒，如張如撕，目若疾電，懷若抱月，整個動作如行雲流水，一氣呵成，竟是以潑墨王的勾魂筆為矢，一箭射向顧清風。

顧清風剛剛再從林稍間躍起，忽聽得林青嘯聲，更有弦音響若金石，心知不妙，右手集起全身功力，於半空中擰腰發力轉過身來，欲要撥開來箭。

誰知那箭勢奇急，顧清風方一轉身，弦聲猶在耳邊，勾魂筆已至面門，右手才提至胸間，竟已被來箭貫顱而入，半聲將吐未吐的慘叫鱉在喉間，若冥鬼哀鳴孤狼長嗥，在暗夜中遠遠傳了出去……

箭勢不消，穿過顧清風的頭顱後釘在一棵老樹的枝幹上，深達三尺，只餘一小截露在外面，兀在顫動不休。隨即顧清風的屍身才又在此箭勁力的帶動下重重撞在樹上，激起漫天的血雨，映在清冷月輝下，猶為淒豔。

林青這一箭的時機角度拿捏極準，正是顧清風的身形方從林稍間彈起，舊力才消新力未生之際，顯示了暗器王令人激歎的精妙手法。但更令諸人驚愕的卻是這一箭威猛無鑄穿金裂石的勁力，渾不似人力所為。

偷天弓初試鋒芒，驚天一箭震憾了所有人！

林青兀是傲立原地，保持著射姿，胸間起伏不定，目中隱含淚光。這一箭不但一泄好友身死的憤怨，更是激起了挑戰明將軍的宏志，心懷動盪，難以自持。

眾人埋了杜四，自不免唏噓感慨一番，但想到杜四平生唯求煉製出一件神兵，此刻得償夙願，含笑而終，亦算是一點安慰。

許漠洋看看天色將曉，沉聲道：「只怕將軍的人馬就要攻莊，我們這便動身吧。只是不知應從地道穿過隔雲山脈，還是從後莊撤退。」

容笑風沉吟道：「引兵閣內瘴氣漸起，可擋追兵，但其後亦全是數十里的狹谷，若是一旦中伏，只怕難以脫身。」

楊霜兒一雙秀目都已哭得紅腫，輕聲道：「明將軍未必會放過我們，這幾日不來攻莊，說不定就是派兵堵截我們的後路。」

許漠洋道：「我見莊中的地道極是隱秘，料想不會被將軍的人馬發現，如若日後重收笑望山莊，可做奇兵，我建議留之不用。」

物由心本覺走地道定是有趣，但念及杜四身死，心頭沉鬱，默不開口。

大家爭論一會，都是眼望林青，等他一言而決。

林青問向容笑風：「那地道出口是在什麼地方？」

容笑風道：「這地道本是依隔雲山脈的地泉暗流而成，裡面四通八達，極為廣闊，但大多數通路極其狹窄，難容人行。經巧拙大師的親自觀察設計，一併開了二個出口，一個在隔雲山脈外麓的一片荒漠間，另一處卻是在渡劫谷的入口處。」

楊霜兒奇道：「為何要在渡劫谷內開一處出口？」

容笑風歎道：「這亦是巧拙大師的深謀遠慮。如若不是將軍實力遠在笑望山莊之上，我們本可用一支奇兵由渡劫谷反斷其退路。」

物由心道：「我見渡劫谷口有一石陣，莫非亦是巧拙大師所布？」

容笑風緩緩點頭，物由心對此機關最有研究，歎道：「巧拙大師胸羅萬象、學究天人，實非我等凡夫俗子所能比肩。」

眾人想到那迫得大家繞了足有幾個時辰的石陣，心中均對巧拙大師肅然起敬。

林青望著杜四的墓，悵立半晌：「走地道吧！既是巧拙大師所留，或許其中尚另有玄虛。」

眾人聽他如此說，心中俱是泛起一絲疑惑的念頭：巧拙大師為何不留下《天命寶典》呢？莫不是藏於地道中麼？

東天露出一線清曉，天色已然放明。幾人在容笑風的帶領下重回到笑望山莊中，來至莊右的一片空林地上。

容笑風來到一棵大樹前，左拍右碰，觸動機關，聽得樹內一陣響動，再一推樹身，竟然開了一道小門。樹身中空，可容一人，底下卻是黑沉沉的一片。原來那地道的入口便在樹下，容笑風道：「這大樹外表與常無異，若是不觸發機關，便是將樹齊地截去亦發現不了地道，真可謂是巧拙大師的傑作。」

物由心左看右瞧，心中由衷的佩服：「這機關渾若天成，製造得如此巧妙，若我見到巧拙大師定要拜他為師。」

林青道：「你不怕另拜明師，你派中便再不收你重入門牆了麼？」

物由心一呆，一拍腦袋：「林兄提醒的極是，幸好我再也見不到巧拙大師了。」他頭髮鬍子一大把，卻是從不服老，林青小了他足有三四十歲，他亦偏偏以「林兄」稱之。

眾人俱都笑了，因杜四身死的悲痛氣氛方才稍有緩解。

忽聽得明將軍大兵的營地內人喊馬叫，一陣騷動，只怕過不幾時就將殺入莊來。當下眾人更不遲疑，從那大樹的門口魚貫而入，鑽了進去。

容笑風在地道內將機關鎖上，又將開啟之法細細傳於諸人，以備後用。耽誤一段時間後，只聽得頭頂上一陣響動，雖是聽不真切，但想來應是明將軍的大軍入莊搜索。

物由心道：「這機關雖是巧妙，但若是機關王已來到軍中，只怕還是瞞不住他。」

楊霜兒不服：「那機關王真有這麼大本事？」

物由心一歎：「一想到我那墓中的層層機關都給他不費吹灰之力破去，實是不敢小覷此人。各位若是不想與將軍的兵馬大幹一場，此處還是不應久留為妙。」

容笑風望向林青：「機關王白石既是屬於京師中逍遙一派，自也不希望看到將軍勢力漸長，他可會甘心為明將軍所用麼？」

林青沉聲道：「白石平日雖是對京師諸事袖手不理，一副閑雲野鶴的模樣，與我亦有些交往。但人心難測，再加上我殺了顧清風，實也不知於此情形下他是否會相幫明將軍，與我等為敵。」

許漠洋想起見到機關王的情景，若有所思：「我看此人重信守諾，心氣頗高，未必會與將軍沆瀣一氣。」

容笑風沉聲道：「話雖如此，但如今明將軍勢大，誰都想與之攀上交情，謀得功名。我雖未見過此人，但縱觀潑墨王的陰險狡詐，只怕還是應有所防範才是。」

物由心道：「現在人人都知道將軍與我們為敵，個個都要落井下石。只怕我們只有逃到塞外荒漠將軍勢力不及的地方，方能緩一口氣。」

眾人聽到此言，心頭俱都有些沉重。此刻雖是已煉成了偷天弓，但四面皆敵，就算能從地道中安然逃出，但如何擺脫明將軍的追兵卻仍是沒有半分把握。若是落入數千大軍的重圍中，便是再高的武功最後也只能落得力竭而死。

林青沉思不語，當先向前行去。

那地道中果是別有天地。容笑風早預先備下食物與火摺等物，當下點起火折在前引路。

此地道半是人工半是天然，大多是借用隔雲山脈中豐富的地下泉道，雖是狹窄僅容二人並行，轉折間極為不便，卻是通路極多，隱透天光，亦不覺氣悶。崖壁上不時可見滴泉，飲之甘甜，清神爽氣，更有青苔遍佈，藤羅纏繞，偶爾驚起幾隻地鼠，倉皇逃竄，引得物由心與楊霜兒俱都忘了方才的傷心，齊去追趕，卻又不敢放聲大笑，只得以手掩唇苦忍。

諸人經了這幾天的血戰，此刻聽得周圍靜謐，唯有水聲潺潺，與外間的喧鬧廝喊迥然不同，仿若來到了與世隔絕的桃源洞天，心神漸安。只是越行地勢越低，漸覺地面潮濕鬆軟，稍不留心便會陷足泥中，怕已是在地面數丈之下。

許漠洋見林青一路若有所思，輕聲問道：「林兄在想什麼？」

楊霜兒心直口快：「林叔叔可是在想如何用偷天弓克制明將軍流轉神功之法麼？」

眾人一時靜了下來。林青身為暗器之王，適才神弓初試，驚天一箭射死了顧清風，對偷天弓的性能自是有所瞭解，卻不知他憑藉此弓是否有把握敵得住明將軍。

「哦！」林青彷彿才從沉思中清醒過來，隨口答道：「此弓弦力堅韌，出箭神速，確是神物。但若說此弓便是明將軍的剋星，卻也有些令我猜想不透。」眾人均是大失所望，本料想巧拙不惜身死而留下此弓，自是一件對明將軍極有震懾力的武器。但聽林青如此說來，偷天弓雖是神弓，但卻並非能憑此克制住明將軍的武功。

林青見大家臉上神色，自是知道諸人的想法，略一思索，呵呵笑道：「我雖沒有正式與明將軍交過手，但據我想來，流轉神功功行全身流轉不息，渾圓無間，就如一個旋轉的大陀螺般，任何加諸其上的外力均被化開，所以不能傷其分毫。但偷天弓集全身勁道，收聚於箭尖一點，卻是有可能讓流轉神功來不及化去箭上所蘊巨力……」

眾人聽他如此說，方稍有所悟。物由心見識頗高，點點頭道：「此言大是有理。卻不知如今林兄有了偷天弓，能有幾成把握與明將軍決戰？」

林青肅容道：「觀那日明將軍身法，行動若電、揮灑從容、轉折靈變、漫流自如，若是此刻我與其對決，必然不敵。但此弓亦是非同小可，力勁箭疾，足令明將軍不無顧忌，若是不計生死，與之拚力一搏，我應有七成把握讓其負傷。」

那日明將軍獨自尋入莊來，雖沒有展露武功，卻已顯示了極為高明的眼光，舉手投足間更是給人強大的壓力，一身武學實臻化境。要知自明將軍成名以來，出手數戰，毫髮無傷，所以才能久居武林第一高手之位，放眼天下，能與之一戰的人都是屈指可數，暗器王能有此言，已是十分難得了。

但眾人聽林青的語意，表明要拚得不計生死，捨命一搏，才敢放言能令明將軍負傷，誰高誰低自是一目了然，心底亦都是揣然不安。

楊霜兒道：「林叔叔才得偷天弓，定還不很熟悉其性能，何況我也從未見你習過弓術，若是好生參詳一些日子，定能找到對付明將軍的辦法。」

林青苦笑道：「我雖未習過弓法，但久浸於暗器之道，其理亦通。否則也不能一箭便射殺了顧清風。」

諸人心中暗暗稱是。偷天弓雖是才煉製成，但這些日子裡一旦有空暇，各人心中想的都必是此弓，林青自也不會例外。以他暗器王的名頭，再加上已動用過此弓，普天之下，若說瞭解此弓的性能，只怕除了杜四，天下無人能出其右。

楊霜兒一怔又道：「我爹常對我說勤能補拙。就算林叔叔你現在敵不過明將軍，苦練數年後自然就多了幾分把握……」

林青一歎不語，被楊霜兒的話勾起無數念頭。武學之道一如世間各理，初學時自是勤能補拙，待得到達一定高度後，除非逢得什麼奇遇，否則便難有寸進。何況明將軍的武功自也不會停滯不前，水漲船高之下，怕沒有數十年的努力亦難言可勝過明將軍。

容笑風不虞林青傷神，一指眼前兩條岔路，轉移話題道：「這一條路穿通山腹，直至隔雲山脈的東麓，其外是一片荒漠。而另一條路則是通往渡劫谷口，試想若是能有一支精兵，我們倒是可以由此截住明將軍大軍的後路，痛痛快快殺他個人仰馬翻。」

楊霜兒道：「現在的渡劫谷內只怕全是明將軍的人馬，我們只有走另一條路。」

許漠洋道：「明將軍深悉兵法，時出奇兵。我們這幾日困於此地，全然不通外界的消息，不能及時察視敵情，我卻是擔心他上次只是故意讓我們寬心，暗中卻派大軍將整個隔雲山脈包圍起來，縱使我們能從地道中穿過，誰知道會不會遇見大隊敵軍……」

林青道：「我正擔心此點。就憑我殺了顧清風，明將軍亦有足夠理由調兵遣將，大肆圍捕我們了。」

眾人其實早有此慮，若明將軍調動幾十萬大軍，確是有可能將整個隔雲山脈圍個水泄不通，只是先前諸人幾經血戰，根本不及思及於此，此刻被許漠洋一語點破，再加上林青的一番分析，俱是面有憂色。

楊霜兒哈哈一笑：「要不然我們就留在地道中，反正我見容莊主備有大量食物，應是餓不著的。」

物由心正色道：「非是我長敵人威風。這地道雖是隱秘，但恐也瞞不過那機關王。」

楊霜兒道：「就算機關王能找到地道入口，但在這狹窄的地道中大隊人馬根本施展不開，我們亦足可支持許久。」

容笑風亦是猶豫不決，望向林青：「林兄怎麼看？」這一路來，眾人中無論武功與見識，均以林青為最，自然而然中都是由他定奪。

林青思忖片刻，緩緩搖頭：「白石精擅機關消息，遲早會找到這裡，待在此處絕不是辦法。當前之計，要麼是穿過隔雲山脈，往北逃至將軍勢力不及之處；另一個便是到渡劫谷內……」

楊霜兒訝道：「那豈不是落入大軍重圍之中了？」

林青一笑，轉頭問向物由心：「物老對此地道的設計有何高見？」

物由心一路上暗察這地道的設置，對地形基本了然於胸：「巧拙大師真是學究天人，這地下水路蜿蜒曲折，時時變化，無有定向，卻也給他探得泉水的流勢，造成這條地道。我看便是機關王怕也不過如此了。」

林青續問：「若你是那機關王，找到此地道卻見不到我們，你會怎麼辦？」

物由心沉思：「我定是猜想其中另有玄虛，或還有隱道藏身，或是另有通路。」

林青雙掌一拍：「我便要明將軍疑神疑鬼一番，塞外形勢複雜，他數萬大軍絕不可能久待於此，待得幾日也找不到我們，自然想到我們已遠遁他處，便只好撤軍了。」

物由心苦笑一聲：「話是不錯。但我們這幾日又能躲到什麼地方？總不能真就隱身不見了。」

林青胸有成竹，微微一笑：「久聞英雄塚大名，物老可願帶我們參觀一下麼？」

眾人這才恍然大悟，林青此舉，在戰略上無疑是高明的一著。若依尋常人的想法，面對明將軍名震塞外的大軍，自是遠遠逃走，絕計不會料想到他們敢如此冒險，在幾十萬大軍的眼皮底下藏身。如能神不知鬼不覺地進入幽冥谷內物由心那座墳墓中，至少是處身於敵人視覺的盲點，當可尋得一線喘息之機。

楊霜兒遲疑道：「那機關王來過幽冥谷，若是遍尋不到我們，遲早也會想到此處。」

容笑風笑道：「只要我們避開明將軍的主力部隊，不與他正面交鋒，自然可想到辦法脫身。」

許漠洋有會於心，看物由心與楊霜兒猶是不解，擠個眼色笑道：「明將軍再有本事，也不會把手下幾十萬人的面目個個認得清楚吧。」

物由心這才明白過來，大笑道：「不錯不錯，幽冥谷地勢複雜，樹木林立，正是潛蹤匿伏的好處所。我們可伺機抓住幾個小兵，換上他們的服裝，若是明將軍有心把幾十萬大軍挨個照面，只怕累也累死他了。」

容笑風接口道：「現在明將軍必是下令軍隊入莊搜索我等。縱然他治軍再嚴，一大早拔營起寨亦會是稍有混亂，我們只要出地道時小心不被發現形跡，避開伏兵，此計應可成功。」

林青卻是一拍物由心的肩膀：「不過到時怕要委屈你把這一頭招牌式的白髮統統剪了，不然你這麼老的小兵想讓人認不出來都難。」

物由心佯怒道：「誰說我老了，若是我好生修整一下，定會搶了你這小白臉的風頭。」

眾人不敢放聲大笑，只得苦苦忍住，往通向渡劫谷的岔路上行去。他們本俱都抱著寧為玉碎的心理，此時眼見生機重現，皆是一派欣慰。

剛剛走了幾步，腳底忽覺微微震盪，地道深處亦是隆隆一陣響動。幾人面面相覷，均不知發生了什麼事。

耳聽得響動越來越大，由遠及近，便似有什麼怪物在暗啞地咆哮著，欲從地底鑽出一般。

林青隱隱聽得外面士兵的呼喝聲此起彼伏，想起一事，面色一變：「好一個機關王，這般趕盡殺絕麼？」

物由心亦有所悟：「不好。這定是機關王下令士兵堵住泉眼，地下水無處可泄，即將漲入地道中……」

便如回應物由心的話：「豁」地一聲，地道內一塊岩石驀然從山壁中跳出，數股水流就如峻急奔瀑一樣疾速噴湧進來，射在對面的岩石上，激起一縷散珠細霧般的白煙。

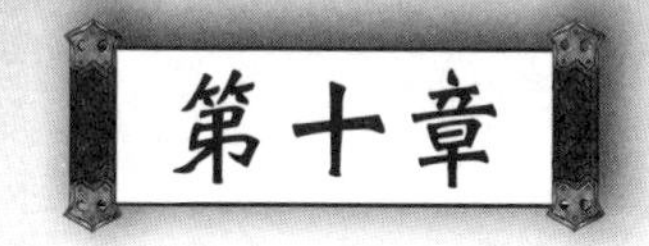

第十章

十面楚歌

物由心喃喃道：「明將軍這葫蘆裡賣的是什麼藥？
若說他猜不到地道出口還情有可原，
但萬萬沒有道理連一個士卒也看不見啊！」
眾人面面相覷，預想中的殺機四伏卻換成了如今一片平和的情形，
雖是意外之喜，但若說明將軍就此放過了他們，卻是誰亦不敢相信，
一時各人心情古怪，誰也沒了主意。

一時地道內煙霧瀰漫，水汽和著灰塵蒸騰而起，更有大大小小的岩石不斷從壁上脫落，有的更是激濺彈射而出。水流從開裂處汩汩湧出，初時尚緩，片刻便急湍若瀑，來路上地勢較低的幾處岩壁經不起地下暗泉強大的擠壓之力，轟然坍塌，聲勢驚人，便若是地震一般。

眾人俱是色變，縱是身負武功，但處於封閉的地下通道中，又如何能憑人力與這大自然的威力相抗。

容笑風大喝一聲：「隨我來。」當先引路，往通向渡劫谷口的那條岔路奔去。諸人不敢怠慢，隨著容笑風往前急行。此地道雖然甚是寬廣，水流一時不能蓄滿，但若是前方塌陷堵住了去路，便只有坐以待斃。

幸好越行地勢漸高，雖兩側壁間仍是不斷滲出泉水，但卻遠不及地道最深處猛烈洶湧。只是腳下全是一片泥濘，於此狹窄地道中又不能盡情施展身法，諸人雙足與褲角上全被泥水染得黑黃一片，身上亦皆是濕漬，甚是狼狽。

物由心一頭長髮沾了水，極是累贅，只得纏於脖頸上，一路上罵罵咧咧，將機關王的祖宗十八代都逐個數落了一番，卻也心服：「這機關王的反應確也迅速，若我是他，一時半會定是想不到這等陰損毒辣的方法。」

許漠洋心中默算：「我們進入地道不過一個時辰的光景，機關王便立時做出應變。這還不算調動大隊人馬去塞堵水道的時間，就如他早料到了我們會走地道一般？」

楊霜兒吐吐舌頭：「隔雲山脈的山岩極為堅硬，若不是憑著這天然的地下水路，一般人絕計料想不到笑望山莊能完成如此浩大的工程，何況那地道入口亦甚是隱秘，機關王能這麼快發現，的確不愧是機關之王。」

眾人默然，以機關王這等本事，若是一意相助明將軍，確是非常讓人頭疼。

林青見諸人士氣低落，思忖一番緩緩道：「也不盡然，大凡心有所好的人，見到任何事物均會做相應的聯想，如白石這等精研機關學之人，一入莊中必然先會往暗門隱道這方面考慮，亦不過是習慣使然罷了。」

物由心贊同道：「不錯不錯，像我一入此莊，就在思考若是由我來設置一條地道，會從何處入手。」

這番話卻也不無道理，眾人暗暗點頭，這才略有釋懷，稍去了對機關王的敬服之心。

林青猶是氣定神閑，淡然道：「還好機關王發動得快，若是我們選了穿山的岔路，行至山腹中再碰上地泉倒灌，怕現在個個都做了全身漲泡得發紫的淹死鬼。」

楊霜兒啐道：「林叔叔別說了。淹死鬼也就罷了，竟然還用什麼全身漲得發紫來形容，真是噁心死了。」

林青笑道：「是我說錯了，霜兒你皮滑肉嫩，就算做了淹死鬼，定也是漲得發白……哈哈！」

眾人見林青值此危險關頭居然還有心調侃，視大敵當前如無物，俱是心中佩服，更是為他強大的信心所染，重振精神，拋下了一腔顧慮，士氣復又高漲。

許漠洋久經戰陣，自是知道此刻萬不能臨敵生畏，折了自身的銳氣，對楊霜兒一笑：「楊姑娘可莫要把機關王的本事誇得太大了，徒滅了自己的威風。」

「嗯。我是把機關王想得神了點。」楊霜兒不好意思地拍拍腦袋：「再說鑿壁斷流要靠許多人力，若只是機關王一個人，怎麼也做不到。」

物由心笑道：「乖孫女說得對。像我之所以想不到堵水之法，就是怕花了偌大的力氣，地道內卻是空無一人，豈不是鬧個大笑話?!咦，不對不對，」他似是突然想到了什麼，眉頭微皺，一雙手更是揪在長長的白鬍子上纏繞不休，樣子甚是滑稽詼諧，臉上卻是難得的一派鄭重之色：「機關王怎麼知道我們不是從後莊撤走而是在地道中?莫非他有千里眼麼?」

許漠洋亦是一驚：「不錯，笑望山莊位於隔雲山脈最高的諸神主峰上，周圍亦沒有可供觀望的高峰，按理說我們的行動應該不可能為敵所察，除非……」

容笑風與林青對望一眼，接口道：「除非是後莊亦有伏兵，見我們沒有從後莊逃走，才能這般肯定我們是藏身於地道中。」

楊霜兒疑惑道：「後莊有伏兵？那為何莊中前幾日撤出的人沒有回來報信？」

許漠洋臉現憂色：「以明將軍的用兵，若真是設下伏兵將山莊團團圍住，定是神不知鬼不覺地一網打盡，斷不會容有人逃脫回來報信的……」

林青驀然一震：「如果真是這樣，那就表明明將軍根本就不打算放過我們！」他深吸了一口氣，臉上亦是微微變色：「他之所以緩攻，目的只不過是令我等安心，暗中卻是調兵遣將，待煉出偷天弓後方才出手強奪。莫非我看錯了他？」

許漠洋歎道：「明將軍一代梟雄，怕不能以常理度之。何況巧拙大師是其師叔，明將軍無論如何亦不會對偷天弓不無顧忌，定是勢在必得。林兄只怕亦被他算計了。」

容笑風亦道：「看此勢頭，明將軍不發動則已，一動必是驚天震地的凌厲。若是從最壞的角度考慮，恐怕幾十萬大軍俱已調於此地，務必要我等不能殺出重圍……」

眾人聽得心驚肉跳，如果許漠洋與容笑風所說不差，明將軍心計深沉若此，那麼這幾日表面上看來莊外敵軍雖是駐防原地，與常無異，但暗中定是早已布下重兵，層層設防，別說莊後有伏兵，便是整個隔雲山脈恐也在其掌控之中，就算插翅亦難逃出生天。

剛才眼見杜四身死，諸人同仇敵愾之下，心中雖是早就做好了與敵拚命一搏的準備，但事到臨頭，念及縱是拚了性命，辛辛苦苦煉成的偷天弓最後怕也會落在明將軍手上，當真是一敗塗地，一時俱都作聲不得，各自盤算著將至的苦戰。

他們口中說話，腳下卻是不停，又奔出里許。容笑風放慢腳步，苦笑道：「再往前走百餘步便是出口，就算是突然見到列好戰陣的幾千大軍，我也是不會吃驚的。」

物由心歎道：「反正事到如今，料想左右不過一死，更有何懼，索性便衝出去與敵人拚了。我倒寧可大殺一陣死在亂軍中，也好過待在這裡，渾不知是先被悶死還是溺死。就算能憋住氣，一見山中滲出水來，將軍的人馬定也會搜索到地道出口……」

林青面上尚是鎮靜，心中卻亦是毫無主意。眼見得地道中水位漸高，後路低窪處都已被水淹沒。好在此處地勢已高，水壓亦小了許多，雖然仍有一些鬆動的小石從岩壁上不停落下，但滲出的水流已大大緩和，沿壁流下，不似方才的激湧。可儘管暫時算是安全了，一時無溺水之虞，但勢不能久，無論出口處有多少將軍的兵馬正蓄勢待發，他們卻是毫無退路，便若已然輸光家產的賭徒，只有硬著頭皮拚得壓上性命去參與下一場豪賭。

楊霜兒左顧右看：「要不我們再找隱蔽的地方將偷天弓藏起來，總好過落在明將軍手上。」

許漠洋沉吟道：「這主意倒可考慮。此弓既是神物，日後或許會被有緣人得到。不過就怕瞞不過那機關王的一雙利眼……」

物由心卻是拍手叫好：「好呀好呀，那機關王將我英雄塚內的機關盡數破去，我心裡甚是不服。便讓我與他再鬥最後一場，看他能不能找到我藏的弓。」看他興高采烈的樣子，就如小孩子想到一個好玩的主意一般。

聽物由心如此說，眾人本想笑笑，卻俱覺得胸口像壓了一塊大石般沉重，誰也笑不出來。他們一行四人，個個都是武功高強心高氣傲之輩，初時為巧拙大師的遺命煉製偷天弓對付明將軍，雖是料想必是困難重重，卻亦是滿懷信心。何曾想到為這區區一件兵器卻引出這許多事端，且不說明將軍親率大軍來攻打笑望山莊，單是八方名動便出動了潑墨、登萍、白石、黑山四人之多。雖林青一箭射殺了顧清風，但杜四以身殉弓，笑望山莊又落入敵人之手，更是被機關王倒灌地泉於地道中，無計可施下迫得要與上萬大軍做敵眾我寡的殊死一搏。

這一路來處處縛手縛腳，原本想總算煉成偷天弓，不負巧拙所托，誰知所做一切全然落入敵人的算計中。雖然物由心說得輕鬆，但若是再棄弓而走，實是到頭來一事無成，徒然送命，心中俱是戰志全失，沮喪至極。

楊霜兒搜尋的目光停在左上方，驚訝地叫了一聲：「你們看那是什麼？」

眾人循聲望去，就著容笑風手中火熠明滅不定和光亮，卻見頭頂左上方的方岩壁上露出了一道弧溝，寬有四寸，長有尺許，黑黝黝地不知深淺。

「啊！」許漠洋與物由心亦同時驚叫一聲，那道溝角直邊正，輪廓分明，弧若弦月，清清楚楚便是偷天弓的形狀！

此時山壁表面上的岩石俱都鬆動脫落，其下的底岩形狀各異，露出這麼一道溝絕不出奇，若是平日見到定然忽略過去，但眾人這幾日的心緒都掛牽在那弓之上，乍見之下自是不免一震，目光不由瞅向林青背上所負的偷天弓。

那弧溝較偷天弓雖是短小了許多，又是懸於上方暗處看得不太清楚，但遮蓋的岩石一落，隱隱顯出弧溝的輪廓，線角勾勒處渾就如小了幾號的偷天弓。想來是用什麼兵器所刻，鐵鉤銀劃之餘，更是蒼勁圓秀，逸氣橫生，雖是一方靜物，卻有一種勁挺有力、若活物般觸之欲飛的感覺……

地道頂端並不高，那道溝正在他們頭頂上方一尺半處。林青走前幾步，伸手輕觸：「此溝四角圓整，毫無起突，應是人工所製……」他再將手探入溝中，面上神情古怪：「岩石中間一片冰涼，似是嵌入了什麼金屬之物，恐怕是有機關。」

物由心發問道：「這個地道少有人來，莫不是巧拙大師留下的？」

眾人心中俱作如是想，興奮中又有一絲疑惑：巧拙大師若是有東西留下，為何不直接交給容笑風，而要藏在這地道中呢？

此事實是太過湊巧。那道溝本是掩蓋在岩石下，與周圍一般無異，若不是機關王堵住地泉，使得表面上的岩石脫落，露出這道弧溝，定是難以發現。而一般人就算是看到了這道溝，縱然覺得形狀奇怪，也定不會聯想到偷天弓上去。也幸好他們在此停下商量對策，而偏偏楊霜兒想到要找個地方藏弓，各種機緣巧合下，方才找到這個機關。

林青知道物由心精通機簧暗鎖，當下讓開身子，示意物由心來開機關。

物由心個頭較矮，先將一方大石墊在腳下，將手伸入溝中，閉上眼睛，喃喃道：「奇了，那金屬之物約有寸方，但其上滑不留手，也並沒有什麼開關樞紐之類的東西，莫非是離合之鎖麼？」

楊霜兒問道：「什麼是離合鎖？」

物由心道：「離合鎖便是開鎖的鎖口與機關不在同一處，而是暗中以韌絲相連，開這種鎖需得小心從事，若是開啟不得法，將繫動機關的韌絲拉斷，便再無法可想了。」他眉頭微皺：「我見過最精巧的一個離合鎖，鎖口離鎖源足足有三十步遠，而這地道中亂糟糟一片，卻是難找了……」

眾人見物由心說話間吐氣將鬍子都吹得起伏，想來定是緊張的緣故，心內也俱是驚喜交集。既有如此精巧的機關，必是巧拙大師留下了極重要的物品，但若是不能依法開啟，卻是徒然。

楊霜兒聲音都有些顫了：「物爺爺你可有辦法打開機關麼？」

物由心嘿嘿一笑：「想我門中機關消息術天下……」語音忽止，卻是物由心念及機關王與巧拙俱是此道高手，自己這番胡吹大氣豈不讓人笑話。何況那溝中狹小，手掌轉動不便，摸了半天渾不見絲毫端倪，一雙怪眼左右亂看一番，也不見四周有何異常之處，仍是找不出半點頭緒。

許漠洋遞上佩劍：「是否需要將溝開得大一些？」

「別急別急！」物由心搖搖頭大叫一聲，額間汗水涔涔而下。他心知眾人此刻身陷絕境，束手無策，唯寄望此機關能帶來一線轉機。他這一生遊戲風塵，玩世不恭，怕是從沒有現在這刻的鄭重其事，可偏偏又是沒有一點把握，心中著急，口唇微動，卻是一句話也說不出來。

「嘩啦」一聲響動，一塊半尺見方的石塊從上方側頂落下，眼見便要砸在物由心肩上，而他卻專心開鎖，渾若未覺。容笑風眼疾手快，用手將石塊撥開，但頭頂上水泉噴湧，剎時將幾人的身子都淋濕了。眾人面面相覷，只怕時間已不容物由心慢慢尋找開鎖之法了。

林青浸淫暗器之道，手上感覺極好。剛才幾次觸碰之下，對那溝中的虛實已大致了然於胸，當下也不客氣，一把拉開物由心：「物老休息一下，我來試試。」物由心被林青拉開，尚待分辨幾句，卻見幾人衣衫盡濕，又聽得地道中水聲大響，知道情勢急迫，只得長歎不語。

林青將手探入溝中，按住那金屬之物：「你們猜這是什麼？」

楊霜兒搶著道：「會不會是《天命寶典》？」眾人心中贊同，巧拙既是早知將死，應該不會不提前交托好門內至寶《天命寶典》，若是藏於此地道中留待有緣人發現，卻也不無道理。

林青望向眾人，微微一笑，緩緩道：「我現在試著強行將此物扯出來，若是引發了什麼機關將大家活埋於此，可莫要怪我。」

眾人見林青雖是說笑的口氣，但面上一派肅然，心中卻也頗為忐忑。但事已至此，別無他法，亦只得拚力一試。心中更是不由欽佩他此時的鎮靜自如。

容笑風笑道：「林兄儘管出手，若是不見到其中玄虛，就算與明將軍的人馬交手時心裡亦會惦念不休的。」幾人均笑了，眼望林青，俱是期望之色。

卻見林青深深吸了一口氣，面色由淡轉紅，衣袂無風自動，身體就似膨脹了一般。一聲大喝，一條長逾四尺的金屬盒子隨著他的手掌從溝中拔出，砂石從他頭頂上紛紛落下，便若下了一場沙雨。

幾人愣了一會，見四處別無異常，亦聽不到機關發動之聲，這才忍不住歡呼起來。只有物由心還頗不服，賭氣般道：「再精妙的機關碰上你這樣的野蠻人，就好像逼著大家閨秀嫁與伙夫，縱是千般不情願也只好認命了！」

楊霜兒心中高興，揪揪物由心的鬍子：「只要人家喜歡，嫁給伙夫又有什麼不好？」

物由心恨恨道：「好好好，待我去抓個最粗俗的伙夫來做孫女婿……」眾人大笑。

物由心雖是口中如此說，卻是對林青心服。他深知那金屬盒嵌入石中，表面上一片光滑，根本無處著手施力，而林青純以內力將其吸出，實是令人佩服。自問以自己近一甲子的修為，亦未必能做到。

那金屬盒上卻是平常的鎖扣，輕易便可打開。林青手按盒蓋，遲遲不動。眾人此時方想到就算得了《天命寶典》，卻無助於對付渡劫谷內的大軍，但一顆心都彷彿跳到了嗓間，壓住了滿腹的疑惑。

林青臂肘不動，手指微挑，盒蓋輕輕彈開，數道目光齊齊彙聚於盒內。

——裡面是一支長達四尺的箭！

「換日箭！」這三個字跳蕩於每一個人的唇邊，卻沒有一個人發出聲響。反是心中疑惑更甚，若是巧拙大師早已製下換日箭，又為何故弄玄虛般藏在如此隱蔽的位置呢？幾個人一時愣在原地，渾不覺頭頂上的滴水將身體浸得透濕。

林青再長吸一口氣，方將箭從盒中取出，饒是以他鎮靜自如的淡泊心性，此時亦覺得口唇發乾，掌指微顫。

林青身為暗器王，箭握在手中立知蹊蹺。那箭外型雖是與一般的箭支形狀無二，卻頗有些份量。箭杆筆直挺勁，甚有骨力，箭羽輕捷秀逸，疏朗勻稱。觸手光潤，如溫涼軟玉，不知是何材料所製。

物由心乾咳一聲，打破沉默：「我算是服巧拙大師了，剛才只怕沒有一個人想到這盒中會是一支箭。不過區區箭支也需要如此興師動眾麼？委實教我猜想不透。」

許漠洋沉聲道：「此箭收藏得如此隱秘，定是大有來歷的。」

容笑風亦道：「觀巧拙大師平日行事，雖是時有超出常規之舉，但俱是大有深意。此箭應不是凡物。」

楊霜兒猶是不解：「可為什麼巧拙不直接留給容莊主呢？」

物由心遲疑道：「會不會並非巧拙所留？」自然無人能給他一個答案。

幾個人口中說話，目光卻是一直盯在那支箭上。唯有林青望向盒內：「盒中尚有一封信，應該能解我們的疑問。還是請許兄來看吧。」

許漠洋上前，果見盒內有一封信，當下拿在手上，慢慢展開，才見到頂端幾個字，睹物思人，眼眶便是一紅：「這正是巧拙大師的手跡……」

眾人屏息閉氣，一時全都靜了下來，偌大個地道中唯聽得水聲瀝瀝，延綿不絕。

許漠洋強壓心潮，緩緩讀信：

本門聖功，傳於祖師昊空真人，合天地之精氣，渡心念之元神，以意趨力，以外載內，動靜不止，變化無休，是名流轉。其功法分為九重，一曰清思、二曰止念、三曰靜照、四曰屏俗、五曰開合、六曰闢神、七曰氣滅、八曰凝虛、九曰驚道。其功法博大精深，有鬼神難測之機。昊空門立派八百年，歷十九代弟子，除昊空祖師修至八重，餘人終一生之力，皆七重而止，是為本門至憾。

二十九年前，掌門師兄忘念遵先師遺命收二十代弟子明宗越，明於十四稚齡始修流轉神功，歷十二年即達至五重開合境地，實乃不世天才，卻於功成之日叛門而出，投身京師求取功名，大違道心，且其聚眾於江湖，刀兵於四海，幾欲除之而不得，深為本門之羞。

余修習本門《天命寶典》三十餘載，深明天地萬物相生相剋、循環不休之至理，暗種慧識，妄知天理，苦思六年後，方才悟得可破本門流轉聖功之神器。即以三才為引，五行鑄器，憑偷天之弓以克師門逆徒。

雖以五行之法鑄成神器，有弓無箭，亦差一線。縱有偷天之能，卻無換日之功，其中隱有異數，百思難解。此箭以天翔之鶴翎作箭羽，地奔之豹齒作箭簇，更以南海鐵木為箭杆，與神弓相合，或可十倍於功。姑暗藏此處，待有緣之士得之，以湊三才之數。

然數日前見逆徒明宗越神息鬱勃、內氣全斂，流轉神功當是已欲至七重氣滅之界，縱執偷天之弓，射換日之箭，成敗卻亦未知，唯盡心力耳！

余觀天之道，執天之行。唯盼能除門內逆徒，平天下亂，安天下心。自知妄引天機，命不久矣，字留有緣。

昊空門下第十九代弟子巧拙書

許漠洋讀完最後一個字，遙想巧拙大師生前音容，呆然不語。眾人聽得信中不但提及了換日箭的名字，更是隱隱道出了明將軍的來歷，亦都是思潮起伏。

物由心長歎一聲：「信中說昊空門歷代祖師除了昊空真人外，其餘人都只不過能將流轉神功練到七重，而明將軍於十四歲修功已是嫌晚，現不過中年，卻已至如此境界。其天資之高，確是舉世無雙，令人佩服……」

楊霜兒一臉驚容：「明將軍的流轉神功現在不過是七重，這些年來已是穩居天下第一高手。若是練至九重驚道的境界，豈不是天下再也沒有人能制住他了？」

容笑風亦歎道：「我起初只道明將軍已將流轉神功練到極至，方能威震武林數十年。誰知聽巧拙信中如此說，其武功應還有極大的潛力可挖，流轉神功果不愧是

道家武學上的不世神功……」眾人靜默，細細琢磨容笑風的這一番話，心中均覺沮喪，相較之下，得到換日箭的欣悅亦不足道。

楊霜兒問向許漠洋：「我未見過巧拙大師，卻不知他的武功如何？」

容笑風插言道：「且不說巧拙大師是明將軍的師叔，就只憑《天命寶典》能將自己一生的慧覺、明悟匯於內力中，再運功傳與第二個人，這份神通便已是驚世駭俗了。」

許漠洋緩緩點頭：「巧拙大師雖從未在我面前顯露過武功，亦自承不及明將軍，但我想他的武功應不在我們任何一人之下。」

楊霜兒道：「若是巧拙大師憑藉著偷天弓與換日箭，再加上他深悉明將軍武功的弱點，總有一搏之力吧。」

容笑風回想信中內容：「但看巧拙大師信中的口氣，縱是弓箭合一，似乎也沒有把握勝過明將軍？」

物由心見識高明，想了一想道：「大凡習武之人總有一項最擅長的武功，巧拙大師精修《天命寶典》幾十年，我雖對其不甚明瞭，但聞言思義，想來應是道學易理方面的武學，未必是用來與人爭強鬥勝的。何況偷天弓殺氣太強，大違道派平和無欲的心態，若不能將弓箭與人體本身的潛力融會貫通，只怕根本發揮不出其威力。」

楊霜兒恍然大悟：「所謂良器擇主，大概就是這情況吧。」

物由心歎道：「不錯，若是運用不得其法，神弓亦同廢鐵。就算我拿著偷天弓，也不知如何可以對付明將軍。」

許漠洋卻是深怕這些言語影響林青的戰志，對物、楊二人打個眼色，二人知機住口不語。可偷眼望去，卻見林青眼落空處，似是陷入沉思中，不敢打擾。

楊霜兒聰明，知道許漠洋的用意，吐吐舌頭：「是呀，若是我拿著偷天弓，只怕拉也拉不開，還如何談破敵。普天之下，大概只有林叔叔最有資格用這把神弓了。」

容笑風呵呵一笑：「若是明將軍看到暗器王射殺登萍王的那驚天動地的一箭，心中定也如捶重鼓吧。」

楊霜兒接著道：「江湖上能人輩出，明將軍之所以能在第一高手的位子上待那麼久，只怕也是因為真正的高手不屑為區區名望而挑戰他。」

許漠洋正色道：「此話亦有道理。這些年明將軍雖是號稱江湖上的第一高手，但放眼天下，仍有不少成名高手能與之抗衡。如與明將軍同列邪道六大宗師的北雪雪紛飛、南風風念鐘、枉死城主歷輕笙、將軍府總管水知寒、川東擒天堡的龍判官，再加上白道第一大幫裂空幫主夏天雷，華山無語大師，二大殺手之王蟲大師與鬼失驚……」

楊霜兒道：「水知寒與鬼失驚都是將軍府的人，難怪明將軍的勢力那麼大。」

物由心雖是活了一大把年紀，卻對這些江湖人物都不甚瞭解，聽得津津有味：「好傢伙，以往在我那墓碑上見到這些名字時尚不覺得什麼，現在聽來卻著實令人心驚，江湖上有這麼多厲害的高手，我們還混什麼？」

容笑風熟知江湖諸事，接口道：「若說高手何止這些人，據我所知，尚有京師中的太平公子魏南焰、凌霄公子何其狂、霜兒的父親無雙城城主楊雲清、海南落花宮宮主趙星霜、『刀王』秦空……這些都是成名已久的人物，與明將軍亦不無一拚之力，或許還有一些不知名的高手隱伏於野，不為人知。」他似有意無意間望了物由心一眼：「何況還有傳說中點睛閣、翩躚樓、溫柔鄉、英雄塚這四大家族的長老級人物。」

物由心一呆：「原來你早知道我的來歷。」容笑風拍拍他的肩膀，一笑不語。

許漠洋與楊霜兒卻是第一次聽說四大家族的名字，欲要知道詳情，卻見至物由心扭捏的神態，想到他門內忌諱甚多，不好開口追問容笑風。

容笑風一轉話題：「天下之大，夠資格與明將軍一戰的人實不在少數，但若要說有把握勝之，卻是談何容易，只怕連水知寒與鬼失驚那一關都過不了。是以這麼多年來，縱是有人窺伺這天下第一高手的位置，卻也無人敢明目張膽地挑戰明將軍。乃至將軍府的氣焰高漲，近至中原武林，遠至漠北塞外，無人敢捋其鋒！」

物由心欽佩地看了林青一眼，長歎一聲：「我現在才知道暗器王給明將軍下戰書需要多大的勇氣。」

聽到說起自己的名字，林青方驀然警醒，淡然一笑：「物老過獎了，我本是不存勝望，只求無論成敗，都可激起江湖上被明將軍威勢壓伏多年的豪氣。」

許漠洋擊掌道：「正是此理。大好男兒豈可袖手不顧，一任明將軍熾焰囂張。林兄知難而行，置生死於度外，此等胸襟實為我等所仰慕。」

林青謙然道：「我一個人獨來獨往，亦無家室所累，不像其他人有許多顧忌罷了。」他微微一笑：「何況公然挑戰明將軍，勢必是與其光明正大的決戰，無需面對水知寒鬼失驚等人，相較之下倒像是占了便宜一般。」

楊霜兒笑道：「林叔叔不要客氣，你現在又有了偷天弓與換日箭，定能擊敗明將軍，那天下第一高手就是你的了。」

林青大笑：「我若真做了天下第一只怕無人會服氣，那些隱居的高手定都會來找我麻煩，霜兒你這豈不是在害我。」神色一整，眼望地道中越漲越高的水位：「更何況，面對這數萬大軍的重重圍困，縱是絕世高手也無法倖免。」

容笑風望向林青，眼神中皆是鼓勵之色：「不過說起這偷天神弓，歷數江湖人物，怕也只有暗器王最有資格用之了。」

林青黯然一歎：「別人卻未必會如此想，所以登萍王才會動心來奪弓……」眾人又想到了慘死的杜四，皆是默然。

一塊大石從頂上落下，濺起一片水花。幾個人身體早被淋濕，也不去躲避，眾人想到地道外的大軍，均是有些氣餒，面對此刻的困境，俱是苦思無策。

物由心一臉愁容，沉吟道：「我可以憑本門的機關之術引開部份水流，但也支持不了太久。依我看還不如趁現在體能尚存，拚力衝殺出去。敵人未必知道我們從何方位出現，措手不及下，也許可以破圍而出。」

林青望著許漠洋：「許兄行伍之人，可有何良策？」

許漠洋歎道：「陷身大軍的重圍中可不比江湖上的混戰，每一刻面對的都是密如飛蝗的箭支與幾無空隙的各式兵器，全無閃避騰挪之機。我在軍中待了多年，深知其厲害，縱是武功再高十倍，對著怎麼也殺不完的敵人，最後亦只能力竭而死。當今之計，唯求能多殺些敵人，最好能幹掉幾個敵人主將。」

物由心喝道：「那就與他們拚了，就算最終死於亂軍中，好歹也要讓武林中記下我們幾個的名字，也要讓明將軍知道，並不是所有人都懾伏於他的淫威下！」

林青手撫換日箭，沉聲道：「以明將軍的驕傲，必會在大軍圍逼前接受與我公平一戰，不肯先讓大軍耗我戰力。」

許漠洋點頭道：「不錯。林兄既然給明將軍下了戰書，他絕不會放過在手下立威的機會，必是要與林兄一戰，便讓他試試偷天弓的厲害！」

楊霜兒道：「這樣最好，若是林叔叔能勝過明將軍，就算我們最後都死於亂軍中，亦足以大損他的威望了。」

容笑風眼中精光閃動：「我們都見了偷天弓那驚人的威力，若再加上換日箭，寶弓神箭乍然現世，或許真能勝過明將軍。」

許漠洋亦道：「萬人矚目下，就算明將軍如何掩飾，這個消息亦會傳遍武林。只怕許多高手都會借機挑戰明將軍，這就足以讓他以後的日子加倍難熬了。」

容笑風道：「若是林兄真能勝過明將軍，且不說是否會引起江湖上各路高手的挑戰，單是對明將軍心志上的打擊就足以讓其武功難有寸進。」他這話不無道理，武功高明到明將軍這樣的程度，苦練已是次要，重要的反而是心境上的修為。

物由心大笑：「那我英雄塚上的第一個名字就要姓林了。」

眾人自忖必無生望，但想到此處，俱是大為興奮，渾然忘了此刻的困境。

林青卻是搖搖頭，面上不見絲毫悅容，一如平日的漠然，反問道：「你們想過沒有，巧拙大師為何要將換日箭藏在這個隱秘的地方？難道他不想我們得到換日箭麼？」

容笑風沉思一番：「巧拙大師必有深意。會不會是他生怕我們有了神弓良箭在手，便自認可憑此勝過明將軍，反而懈怠下來，不思苦練？」

物由心道：「此話也有道理。就像一個人得到了削鐵如泥的寶劍，心理上便有了依仗，捨本求末，不去練好劍法，成日總想著如何去憑藉寶劍去削斷對方的兵器，對付一般人尚可，對付明將軍這樣的大敵卻是行不通的。」許漠洋與楊霜兒聽得暗暗點頭，物由心雖然平日看起來瘋瘋癲癲，但這份武學的見識確是不凡。

「你們看。」林青將手中的換日箭往眾人眼前一舉，卻見那箭杆上刻了一個小小的「換」字。那箭杆細若小指，若非幾人都是武功高強眼力極好，在這昏暗的地道中定然看不清楚。

許漠洋道：「為何不刻上『換日』二字呢？」

物由心笑道：「說不定巧拙大師還留下了另一支箭，上面定是刻了一個『日』

字。」

容笑風細細察看，卻是一皺眉頭：「此字筆意甚奇，尤其那最後一捺草草刻完，似是匆匆而就。我熟知巧拙大師的筆跡，字字鐵鉤銀劃，力透紙背，這一字卻是不像他的筆風了。」

楊霜兒不解：「這說明什麼？」

林青長歎一口氣：「容兄見識高明，我亦作如此想。天機難測，看巧拙大師信中暗中流露的疑惑，只怕連他自己也不確定這支箭是否真有換日之功，所以才藏於此處，不願直接交給容莊主。」

眾人心頭一震，林青這話雖只是出於臆度，卻也不無道理。

許漠洋想起一事：「巧拙大師以前雖然從來沒有對我提到昊空門，但曾提及他門內只有一個師兄一個師侄，他師兄忘念大師數年前病故，師侄便是明將軍又已叛出昊空門，巧拙大師已是昊空門的唯一傳人，那麼《天命寶典》又會留在什麼地方呢？」

聽許漠洋如此一說，眾人心頭的疑惑更甚。

林青道：「你們可注意到巧拙信中所說：掌門師兄忘念遵先師遺命收二十代弟子明宗越為徒……」

容笑風心念一動：「為何是要遵先師遺命？明將軍和巧拙大師的師父有什麼關係？那時明將軍不過十餘歲，除非是他大有來歷，不然就算其天資令忘念大師心動，卻無論如何也不至於非要有師父的遺命……」

林青點點頭：「昊空門內與明將軍的關係只怕遠不是表面上看來那麼簡單。」物由心卻是一心想著林青與明將軍即至的大戰：「如果此箭未必就是巧拙大師所說的換日箭，林兄你可有勝算麼？」

「縱無勝算又如何呢？」林青臉色凝重，緩緩吟道：「自反而不縮，雖褐寬博，吾不惴焉。自反而縮，雖千萬人吾往矣。」他凜烈的目光掃過眾人：「所以我要你們答應我，無論我是否當場戰死在明將軍手下，亦絕不要喪了戰志。如能有一人衝出重圍，便是我們的勝利！」

幾個人聽林青直言不敵明將軍，卻坦然視死如歸，期望用自己的生命鼓動士氣，心頭俱都湧起沖天豪氣，伸出雙手交相緊握，數目互視，眼神中俱是立意拚死一戰的決絕與痛烈。

當下眾人再不遲疑，往地道出口走去。行了一柱香的功夫，前路被一方大石擋住去路。

容笑風用手握住一截突起的條石：「只要我往左旋三圈，大石就將移開，外面便是渡劫谷口。趁敵人措手不及下，最好能殺到那石陣中，借著地勢可略阻敵人，爭取多殺幾個。」事到如今，面對明將軍威震塞外的精兵，他們對突圍已然沒有了信心，只求能多支持一會，讓刀劍上多染幾個敵人的鮮血。

物由心將耳朵貼在岩壁上聽了一會，奇道：「外面靜悄悄的沒有一點動靜，莫不是機關王算準了出口，大兵枕戈以待麼？」

許漠洋慘笑一聲：「反正都是一場血戰，管那麼多做什麼？」

容笑風望向林青，待他一聲示意便發動機關打開出口。

林青緩緩望向眾人，但見物由心白髮飛揚，容笑風虬髯直立，許漠洋面色剛毅，楊霜兒緊咬嘴唇。各握兵刃在手，雖然都頗緊張，眼神中卻全然是一派寧為玉碎不為瓦全的壯烈。

林青心頭湧上萬千豪情，直欲放聲長嘯，以壯這份慨然赴義的行色。對著容笑風重重一點頭，只待洞口一開，便當先殺將出去。

容笑風手上用力，轉動機關，大石毫無聲息地移過一旁，露出洞外燦若錦繡的明麗朝霞、旭日天光。

外面卻是一片寂靜，全無半個人影。

眾人不虞如此，俱都呆住，又驚又喜之下，強忍跳蕩於唇角的歡呼聲，壓住一腔欲要沸揚而出的熱血，互望幾眼，淡然一笑，頗有一種肅穆的歡悅。

一陣強勁的山風從渡劫谷外吹入洞中，將谷內的清芬草氣拂入鼻端，令人神志一爽；一注陽光破開晨霧，隱約可見幾十步外便是那奇兀的石陣。

物由心喃喃道：「明將軍這葫蘆裡賣的是什麼藥？若說他猜不到地道出口還情有可原，但萬萬沒有道理連一個士卒也看不見啊！」

眾人面面相覷，預想中的殺機四伏卻換成了如今一片平和的情形，雖是意外之喜，但若說明將軍就此放過了他們，卻是誰亦不敢相信，一時各人心情古怪，誰也沒了主意。

容笑風面上陰晴不定，望向林青：「下一步怎麼辦？」

林青亦是把不準明將軍的用意，沉吟道：「這數萬大軍不可能一時盡數撤走，我們仍是依原計劃先去物老那墓中躲一段時間，伺機行事。」

許漠洋道：「我們本是計畫暗中點倒幾個小兵，換上他們的衣服混出去，可現在不見半個明將軍的士兵，這個計畫卻是行不通了。」

容笑風歎道：「我料定明將軍必有什麼詭計，卻是一點也猜不出眉目。」

楊霜兒道：「管他有什麼詭計。反正我們早就做好拚死的念頭，大不了最後亦是一死罷了。」

眾人一想也是道理，當下放開心懷，大搖大擺地走出地道，往幽冥谷的方向行去。強自按捺住揮之不去的疑惑，索性大聲說笑，指點景物，內心中倒是想引出伏兵大殺一陣，也好過現在如蒙在鼓中般渾不知明將軍意欲如何。

一抹晨光從林葉間透下，腳下的小路亦似鑲起了天際邊的絳紅淺紫，一路上只見林萌匝地，曉風怡懷，景色悅目，草木輕揚。幾人經了幾日連續不斷的戰事，再親眼見了杜四的慘死，本都是心中一片鬱然，但此刻見到這如同仙境的美景妙色，不知不覺間都是心緒大暢，楊霜兒更是哼起了山間小曲，哪有半分將臨大敵的惶惑。

有了上次的經驗，只用了半個時辰便繞出了那片氣象森嚴的石陣，來到了幽冥谷中。一路上卻仍是不見半個人影，且不時從路邊驚起晨鳥，周圍想來亦無伏兵，抬目眺處，已可從霧靄中隱隱望見英雄塚的那個亭子。

他們雖是絕口不提明將軍，但各人心中都是一番猜測。眼見這方圓數里不見一個人影馬匹，亦看不到匆匆撤軍的痕跡，都在思忖會不會是明將軍故意下令不許人馬進入幽冥谷，實難猜測其心意。可事到如今，亦只得將生死置之度外，見機行事。

物由心重回舊地，大是興奮，忙著給幾人介紹幽冥谷內的風物，又是說起那日初見時的情形，談及杜四，俱是唏噓一番。

林青眼望那亭上「天地不仁」的四個大字，心思一陣恍惚。想到自己本是身為京師八方名動之一，雖談不上什麼權勢，卻亦甚是風光。誰曾想為了這偷天弓竟然勾起滿腹雄志，先是當著數千人面前給天下第一高手明將軍下了戰書，又是因杜四慘死，一箭射死與自己齊名的登萍王顧清風，與潑墨王交惡。縱是今日逃得此劫，日後且不說將軍府會如何對付自己，亦要時時防備著京師中的緝捕，大概亦只能流落江湖，浪跡天涯，往日風光俱成昨日黃花，真真是造化弄人。偏偏此刻心中毫無半分悔意，但覺人生在世，若不能拚出這份血性豪情，做一番頂天立地的大事，更有何歡！是以這「天地不仁」四個大字方一入眼，更是覺得胸口如灌了杯老酒般湧起一股暖意，直欲跪拜於地，以敬謝天父地母，君臨諸神……

其餘人哪料林青的心中會有這許多想法，仍是言談甚歡。

物由心大踏步走到那亭下的墳墓前，轉過身來一躬到地：「我在這裡待了近十年也沒有什麼客人，今天有這許多的摯友登門，且讓我好好招待一番。」眾人見物由心姿勢如此誇張，俱是大笑。

那墓門本是一個幾百斤的大石，需用機關開啟，物由心小孩心性，有意炫耀一番，先左搬右弄，解開了鎖住的機關，卻不直接開啟墓門，而是用右掌往那大石上按去，要用他數十年的精純內力將這闊達六尺的大石推開……

掌才一觸石面，便聽得「格格」的響動不休，那大石果然緩緩朝裡退去。眾人見物由心舉重若輕，看似不費吹灰之力便將這重達幾百斤的大石推開，俱是紛紛叫好，楊霜兒更是滿面興奮，不停的拍掌，口中大呼小叫個不休。

而物由心卻猶是保持著推姿，立於墓門口，動也不動一下，便如癡住了一般。

只有物由心自己心中明白，他剛才就根本不及發力，那方大石便若活物一般自動朝裡退去。更令他心悸的是：大石的退勢與他的出掌配合的天衣無縫，掌到門開，外人看來似是由他將大石推動，其實他的右掌距離石面一直保持著肉眼幾不可察的一絲間隙，枉自他運起了幾十年的內力，卻是沒有半分勁道落在大石上！

明將軍那似遠似近的聲音從墓中悠然傳出：「我雖是算定你們必會到此處，卻已多等了半個時辰，林兄是不是太讓我失望了？」

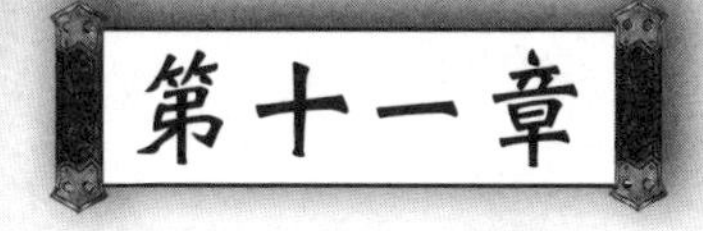

第十一章

百折不屈

明將軍的目光鎖在林青蓄滿勢道的雙手上，
良久後方長吸一口氣，凌厲的眼神漸漸黯去，終長歎一聲：
「武學之道最忌心浮氣燥，
林兄在如此情形下還能保持一份崩泰山而不變的沉穩冷靜，
這份修為已是我所不及了。」

初曉的陽光隱隱斜透進墓中，映射著明將軍頎長而沉雄的身影，在身後的牆上投下一道青黑的輪廓。隨著明將軍大步從墓中踏出，陽光從他雙足、膝蓋、大腿、軀幹一路延伸上去，終現出那傾瀉而下濃密的黑髮、不怒而威凜傲的面容；那道影子亦從牆上落於地下，越拉越長，踽踽而動，恍若是一隻從遠古洪荒中放出的猛獸，張牙舞爪於他身下。

「物老快退開！」林青最先從震驚中清醒過來，提聲喝道。

物由心立於墓門口，眼見明將軍不緊不慢地行來，對自己視若不見，心中不忿，本是功集雙掌，作勢欲撲，耳中卻聽得林青的聲音，再觸到明將軍靜若池水的雙瞳有意無意間的冷冷一瞥，饒是他素來膽大，心中亦是莫名的一寒，雖有不甘，卻終不敢出手阻擋，錯步讓開。

明將軍雖是信步而出，卻挾起一股衝逼之勢，直欲令人想後退數步以避其鋒芒。

那一刻的幽冥谷中，只見周圍青草芽嫩，樹木葉翠，山風朗潤，春色雋逸，處處鵝黃嫩綠，蝶舞蜂喧，正是一派早春盛景。而明將軍的驀然出現，卻令良辰美景俱都黯然失色，縱是這黎明淡暖和熙的光彩，亦不禁使人毫無來由的一陣目眩。

明將軍走出墓外，負手而立，森寒的目光緩緩掃過眾人，最後鎖定在林青身上，卻是不發一語。眾人只覺他眼光有若實質，射處如中刀槍，面上雖都不動聲色，心中卻是一陣忐忑。

容笑風心知諸人都為明將軍的氣勢所懾，強攝心神，大喝一聲：「明將軍堂堂朝廷命官，亦要做如此鬼鬼祟祟之事麼？」

明將軍冷冷一笑：「容莊主此言差矣，宗越孤身一人與諸位相見，依足江湖規矩，何來鬼鬼祟祟之說？此刻來的若是朝中的明大將軍，你們身邊早是圍得水泄不通了！」

物由心悶哼一聲：「機關王呢？若沒有他，我才不信你能神不知鬼不覺地進入墓中？」

明將軍道：「大軍一入笑望山莊，毒來無恙依機關王之計率軍士堵水，我則與白石徑直來到此處，解開機關後待我入墓後便令白石重新鎖上機關，回去交命。」

墓內更無半分動靜，果似無人的模樣，但眾人心中仍是半信半疑，料不到明將軍為何會捨易取難，獨自來會他們，莫非他的武功真高到足有把握敵住五人的聯手一擊麼？

楊霜兒道：「你如何知道我們要來此處？」

明將軍傲然大笑：「因為我只給你們留了這一條路。」眾人心中一冷，聽明將軍的言語，似是一切都在其意料之中，繼而想到以機關王的能耐，只怕早就算出地道的出口，所以才在渡劫谷口不設一兵一卒，讓他們能安然抵達此地。事到如今，沒有人再敢小看機關王，更遑論這多年來穩居天下第一高手的明大將軍！

物由心喃喃道：「若是我們不走地道呢？」

明將軍冷然道：「那現在你們早就被亂軍分屍了。」

許漠洋戟指大喝：「上次在引兵閣你故意讓我等安心，卻另派兵馬繞道莊後埋伏，你分明根本就不想放過我們，卻裝出一副慈悲心腸，到底意欲如何？」

明將軍淡淡道：「不錯，我本就不想放過你們，只是那時還不及調度兵馬，若不是穩住你們的心，如何能一網打盡。若有漏網之魚，豈不又要讓我大費一番周折？」

楊霜兒亮出雙針：「你現在與我們說話拖延時間也是在等大軍合圍嗎？你且下令進攻吧，若不拚死一戰我就不是無雙城的弟子。」

「好一個女中豪傑！」明將軍哈哈大笑，仰首望天：「我以往尚是不明白，以楊雲清那華而不實的武功，為何無雙城身處關中要地亦能久居不衰。現在看來，有女若此，當知其教誨有方，確是不可輕忽。」

楊霜兒先聽到辱及父親的武功，正要發作，卻又聽得明將軍對其頗為推崇，一時分不清明將軍的態度，不知如何是好。

「將軍如此拖延不知是何用意？」容笑風正色道：「若是妄想以言語動我等心志，只怕不但是徒勞無功，反會給他人留下笑柄。以為明將軍在官場打了幾年交道後便只懂得逞口舌之利了。」

明將軍亦不動怒：「容莊主言辭鋒利，改日倒要好好請教一番。我並非是拖延時間。若是要致你們於死地，只需一聲令下，大軍守在渡劫谷外，豈有倖理？」明將軍看眾人仍是一臉疑色，嘲然一笑：「我保證這周圍五里內沒有任何士卒，不知這樣可會令諸位稍稍安心？」

林青終於開口，先是長歎一聲：「明將軍又是言明孤身一人，當真是視我等於無物了！」他眼中精光一閃，語意突冷：「不過將軍忒也托大，豈不知困獸反噬，絕境求生，我可保證沒有人能敵得住我五人合擊，天下第一高手亦不例外。」

明將軍自現身以來，揮灑作答，意態從容，以一人之力震懾局中。直到此刻，眾人方覺扳得平手。縱是最後仍得面對數萬大軍的圍攻，但在他五人的聯手下，就算明將軍能勉強脫身，亦勢必會逃得狼狽不堪。

「不錯，我雖一向自負，面對英雄塚的狂雲亂雨手、無雙城的補天繡地針、容莊主的四笑神功、許小弟的嘯天劍法的合力一擊，也是沒有絲毫把握。何況還有一個持著偷天神弓的暗器王！」明將軍侃侃而談，對諸人的成名武學如數家珍，臉上卻仍不見任何悸容，正色望向林青：「不過林兄既敢公然給我下戰書，卻又如此挾眾取勝，豈不有損暗器王的盛名麼？」

林青大笑：「若能與明兄同日而死，不亦快哉。人生不過百年，區區聲名又算什麼？何況若能一舉除去明兄這個大敵，江湖上更不知會有多少人要給我著書立碑，以傳後世……」他口中調笑，暗中卻是集氣待戰，更是以「明兄」相稱，以壯己方氣勢。

「好！」物由心大叫一聲：「明將軍好歹也是我英雄塚上第一位的人物，且讓我這老頭子先領教名動江湖的流轉神功。」他天性純樸，縱是明知不敵，也不願與人聯手夾攻。料想自己就算戰死當場，至不濟也可先耗去明將軍的戰力，林青旁觀之下尋出流轉神功的破綻，把握自然又大了幾分。

「林兄笑談生死，物老爺子光明磊落，明某佩服。」聽到林青明目張膽的要脅，物由心含忿出口的挑戰，明將軍仍是一臉沉靜：「不過螻蟻尚且貪生，讓楊侄女這樣的妙齡少女與我等陪葬卻是大煞風景！」

楊霜兒冷笑：「你本就不打算放過我們任何一個人，又何必現在見到情勢急迫，

方才惺惺作態？真是讓人笑掉大牙。」

明將軍呵呵一笑：「我本確是如此打算，現在卻已改變了主意。不然又何必要與你們這許多的廢話?!」此言一出，眾人俱是疑慮參半，雖然看著明將軍一臉肅容不似作偽，但見識過他虛虛實實的手段後，誰亦把握不到其真假，怎知他不會又是緩兵之計。

物由心初時尚懼明將軍，豁出去挑戰後反而解開心結，已是一副急於出手的模樣，嘿然一笑：「我可是再也信你不過了，焉知你又有什麼陰謀詭計。你若是個漢子，就快快來接招。」他這番話已是毫不客氣，勢必迫明將軍立時決戰了。

明將軍驀然轉身，眼中神光暴漲，若箭般射向物由心。物由心絲毫不讓迎前一步，掌提至胸前，一雙老臉驀然通紅，全身骨節格格作響，一頭白髮飛揚而起，威勢十足。容笑風、許漠洋、楊霜兒亦是展動身形，圍住明將軍左右。他們雖是不會聯手出擊，可一旦物由心遇險，自是不會袖手。

形勢驀然急迫起來，一觸即發，看此情形只要一動起手來，只怕非得濺血方止。

「且慢。」林青跨前一步擋在物由心身前：「明兄且說說為何要改變主意？現在又是做如何打算？若是不能釋我等之疑，只怕我們六人都難全身而退。」

明將軍的目光鎖在林青蓄滿勢道的雙手上，良久後方長吸一口氣，凌厲的眼神漸漸黯去，終長歎一聲：「武學之道最忌心浮氣燥，林兄在如此情形下還能保持一份崩泰山而不變的沉穩冷靜，這份修為已是我所不及了。」

林青心神暗驚，他浸淫暗器之道數十年，能被江湖上尊為暗器之王，深明最重要的不是勁道上的鋒銳犀利與準頭上的機變奇詭，而就是那份臨敵前的冷靜與應變。而明將軍在如此劍拔弓張的情形下還能及時察視彼此長短，這才是最可怕的敵人。

明將軍待得幾人敵意稍減，方緩緩再歎了一聲：「林兄本是我敬重的人，不到萬不得已，實不願就此毀了你。」林青沒有作聲，楊霜兒卻哼了一聲，顯是不滿明將軍直言林青的武功不及。卻聽明將軍續道：「你給我下戰書也沒有什麼，只是你實不應該與塞外叛黨糾纏一起，縱是我有心放過你，卻也需給手下一個交代。」

許漠洋忍不住道：「你們毀我家園，屠我百姓，對我們而言只不過保衛自己的族人不受傷害，何叛之有？」

明將軍也不分辯，眼光只盯住林青：「暗器王雖然名震江湖，在我眼裡卻也不過尋常。所以起初確是先緩你之心，暗中佈置人馬，務求一網打盡。」

他見林青仍是不動聲色，目中露出一絲欣賞之意：「直至見了顧清風的屍體，我方才第一次正視林兄在武道上的修為。」

林青淡然一笑：「我卻自知尚不及你，不然此刻必將痛痛快快地與你一決死戰。」

明將軍微微點頭，坦然受之：「顧清風身為登萍王，其幻影迷蹤的身法輕靈矯健，更能凌空換氣，轉折自如，加上其絮萍綿掌勁力陰柔，狂風腿法跳脫飄忽，若論近身博戰之敏捷，確是天下無雙，縱是與我對敵，若是一意逃避，怕也要大費周折方能制服於他。」

「薛潑墨臨走前匆匆告知我林兄殺了顧清風，我還只道是你二人正面對敵，顧清風不敵身亡。」明將軍眼望空處，似是在回想當時情景：「然而見顧清風屍橫樹枝間，血濺丈許方圓，分明卻是正欲施展幻影迷蹤身法逃遁時被林兄一箭射殺，且那一箭從正面穿顱而入，必是顧清風身在半空轉身拒箭而不得……且不談那一箭的勁道，只是這份把握稍縱即逝時機的能力，便足以令我對林兄的武技刮目相看了。」

明將軍再道：「薛潑墨的勾魂筆狀若墨筆，筆管中空，筆端微曲，以之做箭固然別出蹊徑，但弓力難以凝聚，極易散於筆尖，而林兄卻能讓此筆先追上顧清風迅捷無雙的身法，再穿過登萍王的殊死防禦，更是射入樹幹中深達三尺之多，若不是親眼所見，實難相信天下竟有如此霸道的強弓……」他長歎一聲：「巧拙師叔既然出了這一道難題，我若不親試一下，卻也枉為昊空門的弟子了。」

幾個人聽明將軍侃侃而談，雖不在場，卻幾如親見。其分析的精微之處更是常人絕難想到，俱是大增見識，心中甚是佩服，更為其身處眾敵環伺卻淡定自容的氣度所懾，不知不覺退開幾步保持距離，再無適才急於出手的緊迫，就連物由心亦聽得頻頻點頭，渾忘了去指責明將軍早已叛門而出，如何能再以昊空門的弟子自居。

林青微一沉吟：「明兄可是直到此刻方才認為我已有資格與你一戰？」

明將軍先頷首，再搖頭：「只不過，現在的暗器王仍非我之敵。」

林青一雙銳目如針般射向明將軍：「你待如何？」

明將軍負手望天，語意中滿是期待：「假以時日，林兄若能將偷天弓的性能融會貫通，將其威力盡情發揮，足可謂是我出道以來的第一勁敵！」

能得到天下第一高手如此推崇，物由心撚鬚長歎，容笑風兩掌相擊，許漠洋雙目放光，楊霜兒更是張口結舌，林青亦不由聳然動容。縱是江湖人士再不齒明將軍所為，但這樣的話出於他之口，亦足以讓每一個在場的諸人心懷激蕩，難以自制。

林青深吸一口氣：「我卻尚有一事不明。」

明將軍微笑：「林兄請問，明某知無不言。」

「即便如明兄所說，欲待日後與我放手一搏，所以改變主意放我一條生路。」林青似是示弱的語氣突然一變：「可顧清風身為京師八方名動，又是太子手下的紅人，我既殺了他，已是迫明兄放手對付我。你若放了我，卻如何給手下交代？如何回京與太子覆命？」

明將軍沉聲道：「尚不止如此，顧清風此次來身奉詔命，實與御用欽差無異。」容笑風接口道：「明將軍自是清楚一旦放過我等，只怕回京亦會受人詬病。若說你肯做出如此犧牲，我實不解。」

物由心亦怪叫一聲：「對啊！非是我們信你不過，而是此事根本就難以讓人相信。」

「看起來你們倒似在為我著想了?!」明將軍哈哈大笑，豪氣乍現：「顧清風算什麼東西？殺之亦不足惜。何況我手握兵權，忠心為國，太子見我亦是謙恭有禮，豈在乎屑小挑撥於人後。只是攻打笑望山莊士卒傷亡頗多，若不能將爾等擒下，實是有損士氣。可我偏偏又很想知道林兄日後能達到什麼樣的境界，是否真可與我一爭長短。林兄可知我的矛盾麼？」

林青面容如古井不波：「明兄意欲如何？儘管劃下道來，林青定與奉陪。」

「好！」明將軍眼望林青，狀極誠懇：「我左思右想，兩難之下，便想與林兄打一個賭。」

「什麼賭？」

也不見明將軍如何提氣發力，身體突如山精鬼魅般一晃，已然從身後許漠洋與楊霜兒之間的空隙中穿出。許楊二人措手不及之下，直至明將軍從身邊一掠而過，方才驚呼出聲，手中兵器匆匆出手卻是空擊無功，連明將軍的衣衫也未觸及半點，一時俱是愣在當場。

幾人心頭大震，以明將軍這般事前毫無預兆的運勢，若是突然出手襲擊，只怕己方必會有人負傷。

「我賭的是——」明將軍退勢忽止，渾若無事般油然立定，目光炯炯望向林青：「我便在此處，不閃不避，亦可硬接林兄一箭！」

靜。大家俱為明將軍這個提議所震驚，他方才尚對林青的武功與偷天弓的威力推崇備至，此刻卻提出對自己如此苛刻的條件。何況見明將軍剛才所顯示的身法，只怕林青縱是擎弓在手，在劇鬥間匆匆出招，亦未必能一箭中的，而現在明將軍距離林青不過二十步左右，雖非最佳射程，確是能發揮弓箭的最大勁力，他為何要捨

長求短，立下這個賭約？

一時偌大的幽冥谷內再不聞人言，只有勁冽的谷風在每個人的耳邊嗚嗚作響。每個人心中都只有一個想法：明將軍若不是失心瘋了，便是對自己的武功具有極大的信心。

楊霜兒口快：「你若被林叔叔一箭射死了又是如何？」她倒也不是信口發問，他們全見過偷天弓那至剛至強的威力，再加上現在有換日箭在手，實難相信明將軍能安然接住這一箭，若是他真被一箭射死，幾萬大軍圍上前來復仇，只怕亦只落得兩敗俱傷之局。

明將軍呵呵一笑：「我既讓士卒不得進入幽冥谷方圓五里之內，一來是讓林兄能安心與我一戰，二來縱是我不幸身亡，你們只需在此墳中等候數天，大軍群龍無首下自然便會散去。」他挑畔似的眼神盯住林青：「林兄以為如何？」

林青眉稍一挑：「我若輸了是否就要束手待斃？」他實不願占明將軍如此便宜，但若是他五人的安危全繫於他一身，自是另當別論。

明將軍見林青問出這樣的問題，顯是心思縝密，處處留有餘地，心中暗讚，反問道：「我若能安然無恙硬接下一箭，林兄還認為你們還有勝望麼？」

林青昂然答道：「不然，若是這一箭令你負傷，我們未必不能留下你。」

容笑風與物由心對望一眼，均想若是林青一箭能令明將軍負傷，擒下其做人質，倒未必不能殺出重圍，最多也就拚個魚死網破，玉石俱焚。

明將軍哈哈大笑，眾人眼前一花，俱防備其突然出手，卻見明將軍仍立於原地，手上卻多了一支明晃晃的銀簪，傲然道：「我若執意要走，天下誰能阻擋？」楊霜兒只覺髮頂一輕，感覺有異，伸手摸去，驚呼一聲，原來插在髮間的一支銀簪卻已被明將軍神不知鬼不覺地摘了下來。

幾人心頭狂震，見到明將軍這疾若閃電的身法，自知他所言無虛。那登萍王顧清風雖是號稱輕功天下第一，但亦只勝在能在空中換氣，轉折自如，若僅以速度而論，怕也趕不上明將軍。

明將軍露出頗不耐煩的神色：「反正你們本就是落在大軍的重圍中，現在有這樣的機會，怎麼都會試一下。縱是我有什麼計策，你們亦是別無選擇。何去何從，請林兄一言而決！」

林青心念電閃，卻也沒有想出明將軍能有什麼詭計，此提議無論從哪個方面想來俱是對己方有利無弊，何況若明將軍的武功當真高到如此地步，再加上其鬼魅一般來去無蹤的身法，抵抗亦是枉然。當下將心一橫：「好！若是我一箭無功，我五人便由明兄發落。」

「林兄爽快！」明將軍的目光慢慢掃過諸人，見無人有異議，長吸一口氣，左手握拳垂於腰側，右手姆、食、中三指拈著銀簪提於胸前，神態便若欲送心愛女子一件禮物般悠然：「林兄可隨時發箭……」

林青從肩上解下偷天弓，將換日箭搭在弦上，抬眼望向二十步外的明將軍，緩緩道：「無論此箭成敗如何，明兄此舉都贏得了我十分的敬重。」

明將軍不語，眼光緊緊鎖定在林青的手上，勉強做了一個微笑的表情，不管他對自己的武功如何自信，此刻亦能感覺到偷天弓強大的壓力。

林青揚眉、昂首、擺腰、舉肩、抬肘、擰腕。剎那間他輕鬆瀟灑的神情一變為虔誠肅穆，左手擎住偷天弓柄，左臂伸直舉過頭頂，右手二指挾住換日箭羽，就像挽了千斤重物般，一寸、一寸地將弓慢慢拉開。左手以固定的速率緩緩沉下，終垂至胸前不動，偷天弓由高至低劃了一道優美的弧線，換日箭端端瞄定明將軍的胸口……

明將軍亦是神態莊重，雙腳不丁不八，身體亦直亦曲，眉眼若開若閉，手足似顫非顫。面上陣紅陣青流轉不定，全身衣衫無風自動，令人吃驚的是其衣內似藏了一個圓球般，在身上滾動不休，最終凝於胸前……

眾人屏息閉氣，望著這兩大高手每一個看似自然卻是皆有深意無懈可擊的動作，只覺得一顆心都快從喉間跳了出來。這運勢十足的驚天一箭真能破去明將軍的流轉神功嗎？

「開！」隨著林青一聲大喝，隨著猶在耳側的弓弦之音，隨著他口內噴吐而出的一口真元之氣，換日箭離弦而出，挾著肉眼難辨的高速直奔明將軍的心口襲來。這一箭絕無任何花巧，便只有凜冽無匹的勁道、疾若流星的迅捷、奔騰潮湧的氣勢、破釜沉舟的狂烈！

與此同時，明將軍垂於腰側的左拳猛然擊出，旁觀眾人只覺拳勢至剛至烈，渾若襲向自己一般，均不由退後一步。那拳風卻只聚於一線，迎向疾射而至的換日箭。

換日箭微微一滯，其勢不變，仍是徑直往明將軍的胸前射來，明將軍左手曲指一彈：「哧」地一聲，銀簪脫手而出，正撞在換日箭頭。

箭簪相撞，銀簪粉碎，雖是沒有半分聲息，但眾人的心中卻似俱都響起「怦」得一聲，經久不息。

換日箭略緩一線，明將軍蟹鉗似的右手一把抓在箭杆上。那一刻，他的右掌彷佛驀然變大了數倍，縱是隔了數十步，仍可見其發白的骨節、暴現的脈胳。

換日箭再緩，但仍從掌隙間穿出，挾著一去不回的氣勢射向明將軍。

「嘿！」明將軍吐氣開聲，外衫盡裂，凝於胸前的那個圓球似有質實物般彈起，將換日箭裹住。那是明將軍全身真元之氣所聚，若還不能擋住換日箭，只怕立時便是破腹開膛之禍！

「轟！」然一聲，眾人只覺大地彷彿也抖震了一下，疾馳於空中的換日箭不可思議地驀然一停，箭杆不甘心似的彎折成一道弧度，復又彈得筆直……然後，在空中——寸、寸、碎、裂！

明將軍大叫一聲，退後兩步，面色蒼白，嘴角現出一絲血跡，聲音似金石交擊，透著嘶啞：「好霸道的一箭！」

眾人全然呆住，都不敢相信自己雙眼所見到的一切。

這石破天驚的一箭雖能讓明將軍退開兩步，而且負傷咯血，但巧拙大師精心製下的換日箭，竟然亦被其用無上神功震成了碎片！

誰也不知道明將軍算不算接下了這一箭！

林青亦是一臉慘白，這一箭蘊含著他全身數十年精純的內力，現在真元枯竭，幾欲虛脫，更是眼見明將軍震碎換日箭，心神俱奪，全憑著一股堅強的毅力方能站立不倒。

物由心咋舌半天，方才喃喃道：「這個賭勝負如何？我是看不出來的。」其實明將軍言明不閃不避硬接一箭，若要說其退後一步便作負論亦不無道理，但物由心為明將軍神功所懾，實不虞如此抵賴，只得勉強視為平局。

明將軍淡然道：「只憑林兄能讓我破天荒地吐血負傷，已可算我輸了。」他雖是如此說，眾人心中卻是大不舒服，許漠洋大聲道：「明將軍可回軍營，我不想欠你一個人情。」

容笑風與楊霜兒亦是一齊點頭，他們均是心高氣傲之輩，縱是性命交關，亦不肯占此便宜。此仗或可勉強算和，若是算林青勝了卻是均覺得有失公允。

明將軍一愣，仰天大笑：「林兄怎麼說？」

林青的一雙眼卻只望著明將軍的腳下，輕輕一歎：「明兄心中早就有了定計，不妨說出來吧。」

「好！」明將軍微笑點頭：「我只留下一個人，其餘人盡可留於此地，三日後大軍便會撤出隔雲山脈！」

物由心道：「你若是需要人質，不如把我老頭子拿去，反正我活得夠了，要殺要剮亦都由你了。」此刻他卻破天荒承認自己年老了。

明將軍不置可否，仍是看著林青，口中道：「我若是將你們全體放過，無功而返，只恐將士難以心服，林兄當知我苦衷。」

林青卻仍是望著地下：「留下誰？」

「我大軍在笑望山莊前傷亡逾千，我總要給部下一個交代。」明將軍一字一句道：「便留下容莊主吧。」

幾人詫目望向明將軍。他們都只道會留下許漠洋，卻不料他指的乃是容笑風。容笑風身體微微一震，心中暗思若是以自己一命換眾人的安全，總好過全體戰死。當下跨前一步，正待開口，卻被林青抬手止住。

林青臉上看不出喜怒：「留下容莊主又會如何呢？」

明將軍轉向容笑風，正色道：「容莊主敬請放心，你身為高昌望族，我絕計不會為難於你，只想請你盤桓於京中，在皇上面前亦好交代。只要你安心待於京師，或做我府上清客，我保證你不會有生死之憂。」

幾人心中躊躇，他們本是決意攜手突圍，不然也一併戰死。可如今將軍有這樣的提議，確已是相當通情達理了。

容笑風哈哈大笑：「承蒙明將軍看得起在下，自當從命。」轉頭面對眾人，一臉愨色道：「諸位不必多言，若是選上任何一人，都自會欣然赴命。何況明將軍答應不會害我性命，權當去京師遊山玩水一番了，哈哈。」

楊霜兒眼眶一紅，欲要再說，卻也不知從何說起。諸人亦是默然，容笑風此言極是，就算明將軍點名要留下自己，亦都會慷慨捨身赴義。

林青痛下決斷：「容兄敬請放心，少則三五年，多則十年，我必會來京中與你相見。」

容笑風對著明將軍哈哈一笑：「明將軍敬請帶路，若是你事後不守諾言率軍來攻此處，我必將自盡以謝。」

明將軍緩緩點頭，又對林青道：「林兄先後殺了崔元與顧清風，不但京中難以容身，就是流落江湖上，只怕洪修羅、梁辰等人亦不會袖手。顧清風與太子交好，勢必也會引出太子一系的追殺，請好自為之。」關睢門主洪修羅身為京師刑部總管，專職緝拿朝中叛臣，追捕王梁辰更是御用神捕，替皇上捉拿欽犯。

林青淡然一笑：「明兄放心，我尚要留著命與你一戰呢。」

明將軍哈哈大笑：「只要林兄準備好了，可隨時找我。在京中我亦有幾分面子，可保證在決鬥前沒有人敢動你一根毫毛。」他這番話倒也不是虛言，若是林青公然與明將軍定好日期決戰，就算太子系的人想找林青報仇，亦只能等到決鬥之後。

林青默然不語，明將軍帶走容笑風，也許亦是在迫自己難以放手，遲早必赴京一戰。若是暗器王在公平決鬥中敗給了明將軍，自是令天下震動。而從此明將軍勢必威凌天下，再無人擋。從這個角度上來說，明將軍此次孤身來幽冥谷，恐怕是早就擬定好了計畫。無論武功與心智，明將軍無疑都可為一個超卓的人物。

明將軍突然一掌拍向容笑風的肩膀。變生不測下，容笑風措手不及，被他按個正著。

眾人心中一涼，只道明將軍終現殺機。卻聽得一聲悶響，容笑風面上神色古怪，仍是好端端地站著，但全身衣衫卻盡數迸裂，便像經了一場劇鬥的樣子……

明將軍微笑道：「便當是我與你們大戰一聲，好不容易才擒下了容莊主，卻無力再阻他人逃脫。以容莊主的聰明，必不用我教你在人前怎麼做了。」

眾人這才釋疑，容笑風更是撫胸一聲長歎：「明將軍好雄渾的內力，這一掌幾乎要了我的命……」大家俱是展顏一笑，與明將軍相對以來，氣氛倒是第一次如此輕鬆。

明將軍再不耽擱，對容笑風微一點頭：「容兄請！」當先向前行去。容笑風眼中流露出極複雜的神情，對幾人拱手一揖，隨之而去。

「且慢！」林青心念一轉，緩緩道：「雖有容莊主隨行，但明兄此次回師亦難言大獲全勝。以我熟知明兄的為人，若便只是為了能與我一戰而如此自墮威勢，實是難圓此說。尚請明兄指點一二，以解我心頭之惑！」

明將軍停住腳步，也不回頭，輕聲道：「林兄不妨想想，以機關王白石那般閑雲野鶴的心性，如何會來這塞外一趟？」

林青怔了一下，心中似是隱隱把握到了什麼關鍵，卻聽明將軍續道：「白石非是奉皇命來幽冥谷，只不過是陪黑山走一趟而已。」

林青全身一震，豁然而通。眼望明將軍與容笑風緩緩走遠，繞過一道山谷後，再看不見。

眾人靜默良久，楊霜兒方開口道：「我們現在怎麼辦？」

「等！」林青語氣堅定：「等大軍撤走。」

物由心歎道：「其實剛才明將軍已是元氣大傷，我們一起出手怕也能制住他。只可恨我是無論如何做不出這種事的。」

許漠洋此刻的心情更是複雜，他的好友家人盡數在冬歸一役中喪生，本與明將軍有著不共戴天之仇，可經了這一場賭約，看起來明將軍亦並非不通情理之人，心中實不知應以何態度面對他，連仇恨也似乎淡了許多。

楊霜兒關切地看著林青依然慘白的臉色：「明將軍雖然負傷，但林叔叔也是元氣大傷。何況以他那神鬼莫測的身法，我們就算一齊出手也未必能擒下他。」

物由心撓撓頭：「不過總算明將軍亦知道了偷天弓的厲害，看他開始不可一世的樣子，大概也料不到那一箭能讓他吐血負傷吧。」

許漠洋長吐一口氣：「明將軍出道十餘年來，誰能讓他負傷？可見偷天弓確有克制他武功的效果。」

「是呀！」楊霜兒拍拍胸口：「看那箭忽然停在半空，我的心差點都不跳了……」幾人想到適才那一場時間雖短卻足以刻骨銘心的一戰，俱是心有餘悸。

「你們都錯了。」林青長歎一聲：「這場賭約明將軍是故意輸給我的。」

「什麼？」物由心一雙眼睛瞪得老大：「林兄為何如此說？」

「你們看……」林青一指地上：「箭的碎片齊齊整整圍成一個半圓，散而不亂，可證明他足有餘力化解箭上之餘勁。」他長長吁了一口氣：「我懷疑明將軍負傷亦是假的，不過是自己運功吐血以惑我等耳目罷了。」

許漠洋聽得心驚肉跳：「他為何要如此？這對他有什麼好處？」

林青道：「我起初亦想不透他為何如此，但最後我問他一個問題卻明白了一切原委。」他再歎一聲：「此人武功心智冠絕天下，均不做第二人想，實是可怖。」

楊霜兒回想剛才的對話：「林叔叔最後是問明將軍為何會這般自墮威勢地放過我們，但他的回答我卻不懂了。這與機關王白石有什麼關係？」

林青道：「我聽許兄說起你們見到機關王與牢獄王的情景，他們是要問物老的識英辨雄術。你們不妨想一想，這有什麼用處？」

物由心亦道：「對呀，我也很是奇怪。那白石與黑山二人一入幽冥谷便徑直找我，似是早就計畫好要問我識英辨雄術，所以我才與他們打賭二日內不能走出英雄塚……」

「你們可聽明將軍說了，白石是陪著黑山一起來的，而黑山則是京師泰親王的愛將。」林青道：「若我沒有猜錯，黑山是奉泰親王之命來問識英辨雄術的。」

物由心猶是不解：「識英辨雄術又非武學，只是可看一個人有沒有富貴之相。這等雕蟲小技對他們有什麼用處？」

林青眼望遠山，似是在回想京師錯綜複雜的關係：「泰親王是皇上的胞弟，雖小了幾歲，卻是正宮所生，當年先皇立封太子時也是幾經猶豫方才選定。是以這些年泰親王雖是表面上服膺皇上，心中卻是不服。只是羽翼未成，不敢稍有異變，但他卻是極立反對冊立太子，為此與太子幾度失和。如今派黑山來問物老的識英辨雄術，據我猜想，怕是要上諫另立太子，待得皇上百年後，他自就可以隱做太上皇了。不然太子一旦登基，怕是要先對他不利……」

幾人聽得心神不定，何曾想看似波平浪靜的京師中還有這許多不為人知的明爭暗鬥。

許漠洋問道：「那明將軍是何用意？他是支持太子一系的麼？」

林青搖頭：「將軍府有水知寒、鬼失驚、毒來無恙等一流高手，更網羅了不少江湖異士，可以說是京師中最大的勢力，便是皇上也懼其三分。泰親王與太子若是羽翼已豐，最想除去的怕就是明將軍了。」他長歎道：「明將軍通觀全域，深知樹大招風之理。如果泰親王與太子見他勢大，從而聯起手來，只怕他亦輕易應付不了。所以明將軍此刻故意示弱於我，雖是於他聲名有損，卻也可先去人之忌，從而坐看泰親王與太子相鬥……只要我這個大敵一日不死，在別人眼中他就尚有顧忌，不能盡情放手應付京師中的權謀相爭。形勢越亂，對他卻越是有利。」

物由心脫口道：「好一個明將軍，竟然如此工於心計！他想做什麼？莫非也想做皇帝麼？」

林青不語。事實上一切都只是他的猜想，對於明將軍的真正心意，就算是將軍府的大總管水知寒也不會知道！

他們便留在物由心那墳墓中，聽得地面上人馬來來往往，幾日方休。想是士兵都奉有明將軍的號令，誰也沒有來此墓中查看。三日後，待他們從墓中出來時，數萬大軍果然全都撤走了。

四人在墓中悶了三天，此時重新呼吸到幽冥谷中清新的空氣，渾覺恍若隔世。幾人靜立於谷中，心中均知道這一路來經過許多的變故後，如今亦到了分手的時刻。

「物老打算去何處？還留在此處麼？」林青問向物由心。

物由心歎道：「我在這待了幾年早就悶得不得了，和你們這一路來打打殺殺來好不熱鬧，卻是再也靜不下來了。現在杜老兒死了，容莊主又被明將軍帶往京師，我左右無事，便去京師救容莊主吧。」

「不可。」林青肅容道：「明將軍既然答應不會害容莊主的性命，定會做到。京師內關係錯綜複雜，一旦陷身其內難以自拔，以物老的心性，實不宜去那種地方。何況你這招牌式的一頭白髮，走到哪裡亦會被人認出來。」

物由心苦著臉道：「那我應該怎麼辦呀。」

楊霜兒道：「物爺爺隨我去無雙城吧，我帶你去看看關中風貌，你定會喜歡的。」她轉臉看著許漠洋：「你也一起來吧。」

物由心大喜，他這一路當楊霜兒如自己的親孫女般，實是不忍遠離，此刻聽楊霜兒如此說，拍手叫好。

許漠洋卻道：「我現在仍是京師中緝捕的對象，不能去無雙城招惹麻煩。」

楊霜兒道：「有我父親在，你什麼也不用怕。」

許漠洋道：「我想找個僻靜的地方參詳杜老留給我的《鑄兵神錄》，何況巧拙大師既然傳功與我，必有深意。」眾人見他心意已決，也不好多勸說。

「不錯。」林青拍拍許漠洋：「巧拙大師在地道中留下的那支箭被明將軍震碎，只怕並非真的換日箭。待你身兼昊空門與兵甲派之長，或許換日箭便著落在你身上了。」

許漠洋重重點一下頭：「林兄如何打算？」

林青淡然一笑，反手握住縛在背後的偷天弓，眼望雲天深處：「我將雲遊天下，增長閱歷，一面去找那真正的換日箭，另一方面亦努力將弓技與我本身武學合而為一。待我重回京師之日，便是正式挑戰明將軍的時候了！」

幾人隨著他的眼光望向天際深處，遙想未來，心中充滿了那份不畏權勢的豪情與鬥志。

楊霜兒撅嘴道：「林叔叔你可要記得時常來看我。」

林青笑道：「你放心，我會經常與你們聯繫。也許我找到什麼適合製箭的材料尚要請許小弟幫我打造呢。」他轉頭望向許漠洋，滿面關切：「江湖上人心險惡，最好找個偏遠的地方落腳，離京師越遠越好。一旦安定了，可找走江湖的戲班中佩帶月形珠花的女子，將你的地址留於她，我屆時便自會找到你。」

「帶珠花的女子?!」楊霜兒奇道：「林叔叔你怎麼認識這些人？」

林青一笑不語。許漠洋卻是想到杜四曾提到過那蒹葭門主駱清幽文冠天下，藝名遠播，是天下詩曲藝人最崇尚的人物，林青所說的戲班想必與此有關，當下也不點破，暗記心中。而杜四告訴他們京師中「一個將軍，半個總管，三個掌門，四個公子，天花乍現，八方名動」這句話時亦正是在此地。如今景是人非，念及杜四音容，又想到容笑風生死未卜，心頭不由一陣鬱然。

林青似也是想到了什麼，眼落空茫之處，良久不語。乍然清醒般一聲長笑：「大家各自保重，我們後會有期。」也不多言，飄身而起，往幽冥谷口行去，數個起落間，終消沒於林蔭深處。

三人望著林青的背影漸漸消失，一時心間俱有些悵然若失般的不捨。暗器王縱是武功尚不及明將軍，但為人光明磊落，行事縝密慎重，在氣度上亦不遜明將軍半分。

楊霜兒握緊拳頭，一臉正色：「我相信總有一天，明將軍會敗在林叔叔的偷天弓下。」

物由心喃喃歎道：「真希望我這老頭子還能活到那一天。」

楊霜兒奇道：「物爺爺你可不老，待到了無雙城把你這頭白髮和鬍子都剃了，說不定比我爸爸還要年輕英俊呢。」

物由心哈哈大笑：「是極是極，到時候我們兄妹倆重出江湖……」也虧他順桿就爬，居然厚起老臉便以「兄妹」相稱：「就由大哥做主，給我的蓉蓉小妹找個上門女婿……」

楊霜兒不依，嬌笑著來撕物由心的鬍子。二人打鬧一陣，卻見許漠洋仍是呆呆站在原地，眼望林青離去的方向。楊霜兒想到他一家妻兒全死於戰火中，心中不忍，復又勸道：「江湖險惡，許大哥還是隨我們一起去無雙城吧。」

「不用了。」許漠洋長吸一口氣，語氣中充斥著一種不容置疑的堅定：「你們放心，我一定會好好活下去，直到暗器王擊敗明將軍的那一天！」

請續看《明將軍傳奇之換日箭》

附錄：明將軍大事記

明將軍〇年	明宗越本為遺腹子，而母親亦在生他時難產而亡。半歲前，他不哭不鬧，令於當屆行道大會中勝出、得以親手撫育少主的四大家族中人嘖嘖稱奇。昊空門苦慧大師在明宗越抓周時洞悉了他的命運，建議四大家族暗中尋一個家有半歲男嬰的人家，將他偷偷與農家子互換。四大家族從之，將農家嬰兒接回族內精心養育，成為日後名動天下的白道殺手之王蟲大師。
明將軍一四年	明宗越長大成人，其間由四大家族傳他文治武功。苦慧將《天命寶典》交給四大家族，並在留下幾句禪語之後坐化。其徒忘念遵先師遺命收明宗越為徒。明宗越始修流轉神功，蟲大師離開四大家族。
明將軍二六年	明宗越流轉神功修至五重，功成叛門而出，投身京師，聚眾江湖，刀兵四海。其師叔巧拙幾欲除之而不得。
明將軍二八年	明宗越崛起京師，擊敗關睢門主包素心，一戰成名，被尊為天下第一高手。
明將軍三三年	明宗越擊敗刀王秦空，並與之定下二十年再戰之約。
明將軍三四年	明宗越流轉神功修至第六重。忘念暴斃，明宗越獨闖靈堂，被巧拙借九曜陣困住。兩人約定只要巧拙終身不動武，明宗越便不對他出手。

明將軍三七年	四月初七小弦誕生。巧拙在修習《天命寶典》三十餘載後，悟出可破解明宗越流轉神功的神器。
明將軍四三年	明宗越流轉神功修至第七重。東歸城守許漠洋聽從巧拙遺命，會同笑望山莊莊主容笑風、無雙城主之女楊霜兒、英雄塚棄徒物由心、兵甲傳人杜四，合五行三才之力煉成唯一能擊破流轉神功的神兵——偷天弓。而暗器王林青亦介入其中，在執偷天弓力斃登萍王顧清風之後，與明將軍初戰告負，二人遂定下七年之約。（詳情請見《偷天弓》）
明將軍四五年	第一面將軍令現身長白派，長白派被明宗越所滅，至此江湖除名。
明將軍四七年	明宗越政敵魏公子亡命天涯，於峨眉金頂死於天湖傳人楚天涯與北城王之女封冰的聯手一擊。封冰在滇南成立焰天涯，成為江湖中唯一正面對抗明將軍的白道勢力。（詳情請見《破浪錐》）
明將軍四八年	蟲大師懸貪官魯秋道之名於五味崖殺手榜，與明宗越將軍府大總管水知寒與黑道第一殺手鬼失驚相鬥。最終魯秋道身死，將軍府遭遇首次挫敗。（詳情請見《竊魂影》）
明將軍四九年	許漠洋隱身滇北，收養孤兒小弦。其後因緣種種，小弦巧識林青，且身中絕毒，只得前往四大家族療傷。幾經曲折，小弦學會弈天決，助四大家族在行道大會上大破御泠堂。而後林青來到四大家族，終於明白了原來小弦就是他找尋已久的將軍剋星——換日箭。（詳情請見《換日箭》）

明將軍五〇年	元宵之夜，明宗越離京前往泰山赴約，泰親王乘機造反。絕頂一戰爆發！蒙泊法師逆天而行，妄圖幫助林青獲勝，卻不想反而害死林青。為幫林青報仇，小弦投入蒙泊門下，遠赴邊荒。（詳情請見《絕頂》）
明將軍五三年	北雪傳人葉風義助蘇州五劍聯盟對抗將軍令，卻愛上五劍盟盟主雷怒的夫人祝嫣紅。最終五劍山莊瓦解，雷怒投降明宗越，祝嫣紅隨葉風遁走。刀王秦空出山，助葉風練成忘情七式，令之足有與明宗越一戰之力。明宗越惜英雄重對手，與葉風定下七年之約，可惜葉風與祝嫣紅一場不容於世情的驚天之戀，卻仍以悲劇告終……（詳情請見《碎空刀》）

明將軍傳奇之 **偷天弓**

作者：時未寒
發行人：陳曉林
出版所：風雲時代出版股份有限公司
地址：10576台北市民生東路五段178號7樓之3
電話：(02) 2756-0949
傳真：(02) 2765-3799
執行主編：劉宇青
美術設計：吳宗潔
行銷企劃：林安莉
業務總監：張瑋鳳

初版日期：2020年6月
版權授權：王帆
ISBN：978-986-352-831-9

風雲書網：http://www.eastbooks.com.tw
官方部落格：http://eastbooks.pixnet.net/blog
Facebook：http://www.facebook.com/h7560949
E-mail：h7560949@ms15.hinet.net
劃撥帳號：12043291
戶名：風雲時代出版股份有限公司

風雲發行所：33373桃園市龜山區公西村2鄰復興街304巷96號
電話：(03) 318-1378
傳真：(03) 318-1378
法律顧問：永然法律事務所 李永然律師
　　　　　北辰著作權事務所 蕭雄淋律師

行政院新聞局局版台業字第3595號 營利事業統一編號22759935

定價：299元　

國家圖書館出版品預行編目資料

明將軍傳奇之偷天弓 / 時未寒著. -- 臺北市：風雲時代, 2020.05　面；　公分

ISBN 978-986-352-831-9 (平裝)

857.7　　109003945